消失的沙漠中隊

THE SQUADRON

CHANG KUO-LI

張國立 著

・目次・

第一部　逃出里斯本

第二部　逃出馬德里

第三部 逃出伊斯坦堡

第四部　逃出葉門

第一部　逃出里斯本

兩個黃鸝鳴翠柳，一行白鷺上青天。
窗含西嶺千秋雪，門泊東吳萬里船。

——唐・杜甫

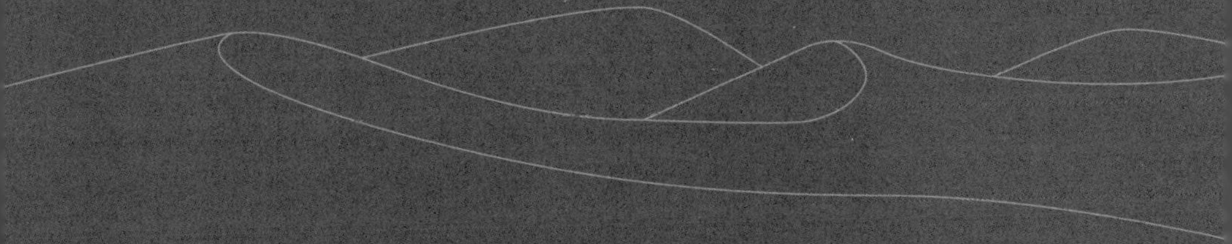

西班牙
波多
北大西洋
葡萄牙
西班牙
里斯本
貝加
法羅

1 將軍、老伍、小艾

一月二十三日晚上八點十九分，沒聽到槍聲、上膛聲，老人上半身弓曲向前傾倒，臉重重摔進桌面盤子內。無聲的子彈穿透玻璃，穿進背心，鮮紅血滴濺射至雪白桌布，剎那間令人驚訝地誤會三月桃花竟在餐桌提早綻放了。

一月十九日，將軍照例七點正吃早餐，長年養成的習慣。五點半床頭鬧鐘響起「凌雲御風去，報國把志伸」的空軍軍歌，他從不賴床，即使外派歐洲那五年。

疊好棉被，豆乾形狀，以麻將牌尺刷平床單，吸塵器吸走地面纖維，開窗透風，順帶引入剛冒出金黃色彩的清晨陽光。戴鴨舌帽換運動鞋，跑三千公尺是日常生活的開始。從後門出去沿杭州南路跑到中正紀念堂，繞五圈再往回跑，不必擔心八點開始車潮排放的廢氣、寒流侵襲下的低溫，一身汗水令他每次都有重生快感。

早餐分單雙日，規律得一如同樣是運動鞋，跑步用與走路用絕對分清楚。本來他連襪子也分左右，買回新襪子即在右襪縫上幾道紅線做標識，被老婆嘮叨幾年才戒掉這個她口中找自己麻煩的「什麼毛病」。

週一三五日中式早餐，砂鍋煮稀飯，得收得半黏稠，配淋上幾滴醬油的荷包蛋，小菜是妻子生前最愛的醬瓜、肉鬆、花生米、罐頭沙丁魚與包錫箔紙現烤菠菜。吃得任由暖流在體內循環舒暢每個毛孔。

吃的是懷念。

這天星期二吃西式，待在歐洲時養出的習慣。烤麵包、煮兩顆蛋、大片火腿與香腸、一碗生菜沙拉。

吃的更是回憶。

有時忍不住，放縱自己於餐後來個奶酥麵包，巷子口 7-ELEVEN 的，搭配機器沖的美式黑咖啡。他愛甜食，不過醫師不贊同。因而每當他見到貨架排列整齊的各式麵包、蛋糕，眼前浮現出三總副院長緊皺眉頭的肉桂麵包臉孔。

當他眼前剛出現副院長額頭皺紋，手機不識趣發出振動，看了號碼，未接，再回到奶酥麵包，就著桌面上餐巾紙小口吃，不喜歡麵包屑落得到處都是，招來螞蟻。當然，吃完得再刷一次牙。不少同事曾關心問，這把年紀還貪甜食？他總微笑回答，你們以為我每天跑三千公尺為啥，就為消滅這幾口甜點帶來的熱量。天秤座個性改不了，一切講究平衡。

妻子冬天蒸八寶飯，夏天煮綠豆湯，過年前自己做紅豆年糕，端午節絕對不忘記買南門市場南園豆沙粽子。如今只剩 7-ELEVEN 奶酥麵包，偶爾解饞，幾乎不進南門市場，怕想到妻子。

不怕難過，怕涼在心頭的孤單。

將軍妻子三年前過世，當時他剛退伍，許多同僚、同學擔心他一人沒辦法跳脫憂傷，替他介紹了幾位女朋友，不是對象不好，他對人生已看得淡。六十三歲的人，一切以減法計算，肌肉萎縮、視力退化，上帝記性好，收回祂恩賜人生的速度並不慢，感情是其中一項。將軍明白，過了六十，得一天天小心又狠心撇開不需要的，扔掉多餘的，回到初誕生時的光溜溜。即使一時間撇不開老婆、忘不了孩子，但明白人生終究生不帶來，死不帶去。西方人說的，塵歸塵，土歸土。

辦完喪事，送兒子回美國，送女兒回香港，他列出每週活動行程表，大部分時間投注於運動，不僅跑步，游泳、網球、高爾夫——高爾夫代表向年齡低頭的一個注解，一年前告別，整套球杆寄去香港送女婿。那天打到十一洞，開出去的球照樣左狗腿飛至另一球道，他下杆時就知道不對卻毫無辦法，腰轉不過去了。同組另三名官校時期老同學見他拿一號木杆進樹林，聽見砍樹聲音，幾分鐘後他拿斷成兩截的 TaylorMade 對大家說，今日起，戒高爾夫。

用一號木杆開球，用七號鐵杆也一樣開球，幾歲的人還想打三百碼，你就是好強。

同學罵。

既不是好強，也非痛恨不聽使喚的球杆，終於把喪妻之痛藉機發洩罷了。

連斷掉的一號杆也寄去給女婿，他會問妻子，你爸連斷杆也寄來什麼意思？女兒大概說，他想媽了。

官校三年級一次舞會認識妻子，五年後結婚。本來他官校畢業時求婚，妻子不答應，她說擔心變成飛行員寡婦。四年後她甩甩那時烏黑亮麗胡茵夢般長髮接下戒指不忘咬著將軍耳朵說，不准留下我一人。沒想到他戰戰兢兢飛了二十年從未出事，退伍想過幾年好日子，她反而先走了。

妳卻留下我一個人。

仍保有似有若無、秤不出重量的職務，總統府戰略顧問，無給職，不需要上班，甚至不必定期寫報告呈送總統府，這個職位純粹表彰他過去成就與多年建立的人際關係。

軍方敬佩他耿直個性，卻很少人知道他和新內閣的國防部長小時候同一眷村廝混長大，部長向總統大力推薦，於是他收到兩盒印了「總統府戰略顧問」頭銜的名片和三節由總統府祕書專車送來的禮物，很有意思，哪種農產品生產過剩賣不掉，禮物就是哪種。像中秋收到一大簍高麗菜，他分給鄰居、分給親戚，剩下的包餃子、做菜卷，晚餐必有蝦米炒高麗菜。用哪句成語形容恰當？啊，是了，夙夜匪懈吃了他足足兩星期。

基於長年養成的責任感，他曾在就任總統府戰略顧問兩個月內，寫出三萬五千字

《提升幻象兩千戰力方案》，國防部長派上校參謀送來兩瓶酒，卡片上特別寫明，一瓶是邱吉爾最愛的保羅傑香檳，一瓶夏目漱石留學英國常喝的 Blair Athol 蘇格蘭威士忌。將軍懂意思，部長要他感情多到溢出鼻孔擤不乾淨時就去寫回憶錄。

忘不了飛行，去寫小說，少鑽在冷冰冰的戰機性能裡。部長在卡片上寫，最後不忘應景地附一句：中秋快樂。

戰略顧問沒事可幹，幾位學長再拉他進民間的海峽戰略學會，叫他有事沒事去坐坐，免得待在家裡長苔。今年初學會改選，他被選為會長，每年辦六場講座，年初會員大會，和以前軍隊比較，仍然清閒。

吃完早餐看完報紙，退伍後時間過得尤其快，居然十一點多了。拿出很久沒穿雖略微縮水但仍合身的西式淺棕色毛料獵裝、長褲，打了藍色啾啾走出這棟空軍眷村改建的國宅大樓，笑著向保全室老蔡道早安，對刺眼陽光回以 Ray-Ban 飛行員墨鏡，筆直走向停於人行道旁的黑色豐田，以右食指關節輕敲車窗，

「我不接電話，你們就直接上門？部長找，司令找？」

車內下來穿西裝而非軍裝的中年男子，緊張得肌肉緊繃立正敬禮，

「報告將軍，國防部長辦公室中校參謀陸忠實奉部長命令請將軍去一趟。」

將軍不問什麼事，低頭坐進後座，車子開經兩個隧道，未進國防部，反而停在大直一家川菜小館前。熟，但好些年沒來了。他依然不囉嗦隨中校步入館子，進最裡面小包

廂。圓桌，可以坐六個人，桌面四樣小菜一壺茶、一瓶高粱酒，三套餐具。

五十歲那年他申請試飛F-16戰機，也是在這裡，當時的空軍作戰司令湯姆舉起酒杯開罵，五十的人，你打報告要飛戰鬥機，不是存心給我找麻煩，年齡沒理由偏愛你。將軍的飛行夢至此像後來的香菸、自行車環島、清晨的勃起、高爾夫、油滋滋的滷肉飯，一一未告別即不聲不響退場。

湯姆本姓湯，年少輕狂時代連兩天以F-5E衝場，震得塔臺人員圍住機堡要揍人，於是大家叫他湯姆，《捍衛戰士》的湯姆．克魯斯。

湯姆．湯，不嫌繞口。

坐下喝完第一杯茶，匆促腳步聲進來，將軍立即起身，

「祕書長好，部長好。」

將軍知道分寸，不問總統府祕書長怎麼也出現。

他們那天點了四菜一湯，將軍記性好，回家寫在日記：

湯姆點的菜，夫妻肺片、豆瓣魚、水煮牛肉、乾煸四季豆、酸菜豬血湯。

將軍寫了心情：

不算酒，三人一千四百五十元，比起動不動一人兩千元的五星級行情，便宜多了也舒服多了。

日記是多年來睡前必做的工作，以前記載今天犯了什麼錯，明天該辦的事，退伍後

寫下想念的、享受的，有時晚飯多喝了兩杯酒克制不住情緒，寫下錯過的。

當軍人不吃白飯不滿足，四十歲前一頓兩碗。湯姆胃口好，吃一大碗，並堅持將軍也得一大碗。酒則喝得有限，三分之一瓶，意思一下而已。惟祕書長過去當過八年立委、八年市長，堅決不吃米飯，媒體上有過相關報導，他戒澱粉多年，以便騰出熱量的預算用在應酬酒攤。

顯然湯姆．湯是店家老客人，不用交代，兩碗飯上桌時各鋪了枚煎得半生荷包蛋，將軍見了忍不住大笑。這樣的吃法，看樣子湯姆仍懷念物資匱乏的童年歲月。

鑊氣，將軍吃一口煎蛋，愉快地點點頭，多年前聽過一個忘記名字的伙房老士官長提過，大火大油快速翻炒食材、快速起鍋，既能炒熟也保留食物原味。沒有超過攝氏兩百度高溫和長年練出的單手翻鍋功力，出不來鑊氣。

他沒向長官談鑊氣，靜靜吃，靜靜聽。

一個小時後從頭到尾一語未發的祕書長先行離開，他緊握將軍右手深深點了頭。

湯姆部長鬆開領結花十分鐘講完正事，最後敬了一杯表面張力的酒，七十一歲老大哥，兩眼閃射切得開空氣的銳利眼神。

「這件事務必保密，你了解台灣政府的分工，外交、國防歸總統，內政、交通、法務這些事情歸行政院，除了我和祕書長，任何人找你談這檔子事，就算扛把五十斤重的尚方寶劍，你一概不知。」

「是。」

「空軍裡的老話，未安全返航降落基地的，都他媽的不算好漢。等你回來喝酒。」

兩人會心哈哈一笑。

將軍婉拒陸忠實中校好意，選擇走路去搭捷運。他走在冷清的大直街上，入冬第一波寒流抵達，氣象預報三天內合歡山頂將降雪。他穿得單薄，又瘦，令人擔心他被東北風吹得打哆嗦。他不抖，踏出旋律、節奏、敏捷的步伐走進捷運站。

並未直接回家，轉一趟車彎去忠孝東路刑事警察局，他和警方一向沒來往更無知交，經過刑事局大門未停下腳步，右轉進小巷子，門口擺滿綠色植物花盆的咖啡館掛只有英文的招牌：

Julie's CAFÉ

茱麗對台灣人的英文有信心。

門口兩名二十出頭年輕人倚著花棚抽菸，硬是狠狠把將軍從頭瞄到腳。

推門進去，體重遠超過健康標準的老人挪開腿上毛毯要起身迎接，將軍按他回座，

「老哥哥，別跟我客氣。」

將軍跟著坐下，一年四季總穿緊身黑裙與黑絲襪的老闆茱麗有雙紅外線眼睛，隨時注意十二張桌子的變化，即使她正忙著為一桌客人點菜，眼睛立即拴在將軍臉上。她說了句讓客人發出笑聲的話，轉身走來，一反平常和顧客的打情罵俏，恭敬地問：

「將軍，好久不見，吃過飯？來杯衣索比亞咖啡？早上做的米布丁？」

「最好。」

「我做的布丁，糖少，將軍放心吃。」

「把妳爸照顧得真好，看他一臉紅光。」

「女兒該做的，謝謝將軍誇獎。」

黑絲襪、黑高跟鞋，將軍記得那是某個年代女性神祕的性感，未隨光陰流逝竟依然存在。

「茱麗沒再婚？」

「看透男人，也好，我賺回女兒。」

將軍看看桌上紅酒杯，

「大中午喝酒養生？」

「少跟我哈啦，柱子將軍，你來沒好事。我早退休了，你不是不知道。」

「你二十五年前就退休對吧，那天我們在哪裡喝酒？」

「莎莉還是莎莎的 piano bar。」

「莎莎，我記性比你好。茱爸，聽說你金盆洗手，我特地向基地請假趕來台北，你大牌，黑道大哥大大，只有空陪我喝一杯酒。同個村子，你看我長大，講什麼一起對淡水河撒尿的交情，就一杯酒。」

「算老帳？」
「大哥當太久，連聲音也大，引來幾把槍？」
那天茱爸已經喝了九分醉才來赴會，講話不用擴音器能從忠孝東路傳到八德路，隔壁桌三個少年仔不爽，一把黑星擱在茱爸面前。茱爸當沒看見，酒保不能裝瞎子，一通電話，十分鐘後進來十一個汗溼背心喘著大氣的兄弟，朝少年仔桌子乒乒乓乓堆了長短十七把噴子。
「帶頭跑來護衛你的叫小毛？」
「小毛你的頭，小鋼，鋼鐵的鋼。還記性好咧。提往事幹麼？說，什麼陰謀？」
「四十五歲退休，江湖上混幫派的有退休的規矩嗎？」
「你軍人能退伍，流氓不能退休。」
咖啡送來，抿了一口，將軍輕聲開口：
「茱爸，不論你管不管江湖事，問你一個人，兩件事，他本事真如外面傳說那麼好？信得過？」
「問誰？」
「以前陸軍特戰中心鐵頭教出來的徒弟小艾。」
「欸，講好，我真退休了，幫你忙只此一次，下回少煩我。你運氣好，小艾的事我無巧不巧聽說過。記住，我聽說過而已。他，陸軍排名第二的神槍手，兩年前在布達佩斯把第一名幹掉。個性內斂，話少，信得過。可是既然你問，我又退休幾十年，人頭生了，兄弟一場，幫你打聽一下。」

說著茱爸掏出手機滑出號碼，他對手機說：

「伍警官，好久不見。」

老伍忙一件理賠公事，從刑事局退休後轉為保險公司理賠調查員，公司交代的工作原則是無論死亡原因為何，找出不理賠的合法理由。他曾對老搭檔兼老朋友台北市警局副局長蛋頭說：

「幹我這行，好比到米其林三星餐廳吃一隻上萬元的烤鴨，談笑之間，桌上剩最後一片，大家見你年長推給你，小朋友甚至幫你包了餅皮、抹了醬、加了蔥段，你在大家不甘心又故作關愛的眼神下一口吞了烤鴨，那一刻，你放了個屁，響屁，響到你下輩子沒臉再跟這些朋友吃飯。尷尬。」

理賠調查員大概專幹這種吃掉人家最後一片鴨肉的事，陪著承辦業務員安撫未亡人、鼓勵繼承人，打聽死亡過程，找出其中漏洞，最後拿出證據說抱歉，不合乎理賠條件。從此保險理賠調查員要記得未亡人、繼承人、對方律師的臉孔、姓名，免得在街上遇到，尷尬。

當四十年警察，其中三十年辦刑事案件，升不成從早到晚穿掛滿勳章禮服的局長級大官，認命地屆齡退休。人不能閒著，保險公司主動獵人頭找上門，三推四請無可不可改行換換心情。這行業，必須不停以法律說服自己：

誰叫他們違反保險合約，怪不得我。

讀警校念憲法念刑法，進保險公司更要重讀偌大一本六法全書。每當讀得困惑，公司法務部李經理總這麼開導他：

「法律條文死的，怎麼解釋是活的，我們這行，口才，找出足夠條文和案例，開庭以三寸不爛之舌說得死人活過來，不但活過來，還活得伸手要掐死你。關鍵在條文的字裡行間，看你找不找得到。不用說服全世界七十七億五千萬人，說服法官一人就夠。」

這宗案子的案情單純，一名來自屏東的男子於二十一歲即由其父母投保意外與醫療險，二十一歲到二十七歲死亡為止，該男子累積出傷害、恐嚇勒索、槍械與毒品前科。看來他這幾年忙碌追趕保險合約白紙黑字載明的理賠金額。

根據警方調查筆錄，該男子進大同區某地下賭場，因涉嫌詐賭和賭場人員發生衝突，他拔出手槍嗆聲：你們有種來殺我啊。賭場沒客氣，開了十一槍，槍槍命中，連救護車也免了。

該男子死亡是事實，能否適用於意外死亡的問題癥結在他對賭場人員喊「你們有種來殺我啊」，算不算意外死亡？

三種情況意外險不理賠：生病不算意外，即使八十八歲做愛造成心肌梗塞，你老婆意外，保險公司不意外。自殺不意外，主觀意識下的決定。職業病不意外，明知當酒促小姐得喝酒，酒喝多還騎車，當然出事。

賭場內七名目擊者於筆錄中表示，男子且以槍口指自己心臟位置喊「打準一點，有種，打這裡」，符合台灣民間常說的「找死」。死者家屬請的律師認為這種嗆聲言辭只有形容詞用途，不能當成動詞。男子在賭場內並無交往多年朋友，明知賭場內槍多、人人火氣大，他喊「來殺我啊」該算氣話還是根本負債太多還不了，挑釁找死換保險金？合乎意外死亡的條件嗎？

保險公司根據老伍的調查，提出更具說服力的證據：一，死者欠下賭債五百多萬；二，死者怎麼也不該帶把槍進賭場並舞槍示威；三，槍是違禁品；四，詐賭；五，女朋友三天前甩了他。

當然，理不理賠由律師去打官司，打到對方受不了，私下同意保險金打折和解。死者家屬以傷心換台幣，律師用口舌領出庭費。身為負責此案的理賠調查員只有薪水，沒有獎金，卻不能不跑斷腿到處蒐集證據、證人證詞，提供律師必要資料，且每次開庭得一早打著呵欠到庭旁聽，以示盡責，對得起薪水。

老伍才步出地方法院，冷風吹得他打噴嚏，路邊叫不到計程車，接到茱爸濃濃鼻音的電話，

「聯絡得上小艾？」

「很久沒聯絡，什麼事？」

「電話裡不方便說，來我這兒喝杯咖啡？」

快過年，老婆聽他早上要去法院，離南門市場近，開了單子，他如奉聖旨，進地院前先辦好貨免得忘記，得罪老婆不划算，尤其六十歲以後、血糖高、運動量不足、外面沒溫柔小三的男人。

他提一大袋臘腸、鹹肉、粽子、年糕，怕至少十來公斤，捷運站離茱麗的店得走一段路，搭公車吧，少走五百步。不料年前人多，擠得他差點右手脫臼。好不容易進了茱麗的店，得先解釋袋子內是老婆交辦年貨，不然人家以為他送禮，一手接去怎麼回家交代。

果然茱麗一手接去，

「人來就好，送什麼禮。」

老伍橫下心，

「老婆要我買的年貨。」

「廢話，有人東買一斤、西買八兩，夾了蔥薑蒜當禮物嗎？逗你的。」

老男人剩下的一點點自尊被黑絲襪與高跟鞋當爬到腳前的蟑螂，踩兩下再踢進水溝，不忘朝水溝噴克蟑。高跟鞋未必痛恨蟑螂，純粹嫌蟑螂一身窮酸的老人味。

咖啡館內近十年起碼重新裝潢三次，茱麗厲害，不論桌椅燈飾怎麼換新，始終維持一九八〇年代台北風情。有些人停在某個時代自得其樂不肯朝外邁出一步，怕外頭的風塵經三十年折磨，夾太多陌生的火星味，吹得人找不到回家的路。拿進門處的熔岩燈來說，從綠的換成紅的，再換成黃的，她上哪兒買這種骨董燈？

「茱爸好，這天氣，關節炎還好？」

「又來個講屁話的老傢伙。記得小鋼和西門町萬國幫結的梁子？打了場無傷亡的小架，沒幾天被這位伍警官抄進條子館當業績，我老臉上門拜託，他退回我名片說不便見我，操，老伍，仔細反省，你是人嘛。」

「不提往事，往事不堪回首。」

老伍見到銜著小湯匙的體面老先生，他面前盤子內映著透過百葉窗灑進來的冬天陽光，猜得出空盤內原本裝著茱麗拿手米布丁，忍不住嚥了口水。

「這位是將軍，當年和我一個村子長大，空軍退伍，總統府戰略顧問。」

「將軍好，敝姓伍，退休警察，保險理賠調查員。您找小艾，陸軍退伍的小艾？」

小艾開著小貨車爬山路，他低速行駛，留意前一晚被雨水沖得滑溜的路面，車上載滿從市場討價還價買來一星期分量蔬菜、肉類、水果、衛生紙，還有校長拜託他順道從郵局提回來各界捐的上百本課外讀物。

他對娃娃一千個不爽，唯獨買菜這件事，心甘情願當義工。和娃娃在一起幾個月，坦白說，愛情一回事，長期二十四小時相處另一回事，一個人過日子多年的小艾尚難適應，他曾這麼問老伍：

「她要我坐馬桶尿尿，說我站著尿，滴得到處，噁心。我三十多歲青壯男子漢，伍警官，有坐著尿尿的道理嗎？」

他還問：

「她問我尿完為什麼不用衛生紙擦乾淨老二？我跟她說，男人不用衛生紙，用抖的，環保。所以現在我得坐著尿，尿完用衛生紙。長官，你在家是不是也這樣？」

他不該問：

「娃娃身體不適合吃避孕藥，要我戴套子，深山裡套子斷貨，她說沒套子別想碰她。她們女人知道男人沒辦法控制那根不了解環境、氣候、安全期限制的傢伙嗎？」

本來這天他想傳簡訊向老伍吐苦水：

「上星期她問我想不想要孩子，我說好啊。她罵我自私，明知道她受過傷不容易懷孕。昨天她問我真不想要孩子？我說不要孩子。她又罵我不考慮女人心情，哪個女人不想要孩子。她們女人是怎樣？」

當然，伍警官可能照例回答，小艾呀，都不咬奶嘴多年了，女人心情像月亮，初一十五不一樣，不懂嘛。但小艾只有老伍這個朋友，不找他發發牢騷，總不能對神父懺悔：坐著尿，恁伯真的有點不爽；不能向上帝祈禱：上帝呀，要是伊甸園在台灣，沒有蘋果，夏娃不被蛇引誘，脾氣會不會好一點。

這段山路得開一個半小時，不算長，夠窄夠陡。娃娃從陸軍退伍後，在花蓮信了天主教，神父對她啟發極大，從此立志幫助偏遠山區居民，聽說深山裡一間國小營養午餐瀕臨斷炊，二話不說帶了小艾翻山越嶺當志工，幫學生張羅午餐。

煮飯炒菜，小艾拿手，沒什麼了不起。第一天中午他當場表演炒飯，全校二十多名小學生，炒個十鍋了不起，讓他們吃熱的。哪想得到一個個菜龍菜虎，小艾根本來不及炒。他一手鍋，一手長筷子，下油，等油冒煙下肉絲、下蛋液，接著下冷飯，用筷子在鍋內攪拌均勻。小學生愛看他甩鍋絕技，左手腕出力將鍋稍稍往上一揚，飯在空中畫個弧形曲線再落進鍋內，帥。

帥卵，連續炒一個小時，左手沒差點斷掉。七歲吳娜不是才吃完，又端碗進廚房，「艾哥哥，我還要。」

要是手筋發炎找外科開刀，醫師問，艾先生是棒球投手？不，我炒飯的，為一群小蘿蔔頭一星期炒五天飯。沒有簽約金，沒有百萬起跳的月薪。吳娜嘴角種了好幾顆飯粒說艾哥哥炒的飯好好吃喔，眨著不知她從哪兒學來貓劍客的眼神。

能不炒嗎？

麻煩事情在後面，學校經費有限，娃娃一心讓學生吃好的，吃營養的，教會雖有補貼，僧多粥少，小艾得向外募款，幸好伍警官幫忙，他人頭熟，找了個慈善基金會每月匯錢來。

錢永遠不夠，山裡小學生吃完學校提供的營養午餐，還得打包帶回去當晚飯。好吧，算一天兩餐，小艾以革命軍人精神迎接挑戰。

兩餐不夠，山區年輕人去台北、台中工作討生活，孩子交給阿公阿嬤帶，有些老人老得幾乎無法料理自己的一日三餐，學生午飯後打包剩菜剩飯得包括老人家的晚餐。

事前沒人教過他和娃娃如何在離麥當勞車程五小時的地方當志工為小學生製作出完善的營養午餐，更哪裡想得到他做給小學生吃的午餐要考慮適不適合老人牙齒、消化系統、胃口，而且中午打包到晚上帶回家都涼了，山區家庭沒有微波爐，老吃涼的對老人不好。他和娃娃做了幾次家庭訪問，發現有些老人一天三頓都以泡麵打發，娃娃心疼地說我們不能幫幫他們嗎？

最近小艾忙著設計能於五個小時後帶回家、方便加熱，且保持新鮮，適合老人，甚至讓老人愛上的菜單。他快得憂鬱症。

文化差距也超乎想像，有對獵人打了隻野豬，送一條腿來學校。為小朋友加菜，多棒。小艾打算一部分切肉絲，一部分滷肉，一部分抹鹽、花椒，風乾做臘肉。他被客訴，學生直接反應，艾哥哥，我們原住民吃山豬用烤的。

烤吧，難不倒小艾，不料學校不准生炭火烤肉，擔心火災也怕吃壞小朋友肚子。看著學生期望的眼光，他找塊空地，以石頭堆成爐灶，遠離學校不讓校長、老師看見。小學生吃得高興，沒料到傍晚放學帶回家，老人啃不動，因為間隔時間過久，肉乾了。

「我說山豬肉太韌，不如拿下山和肉販交換飼養豬的五花肉，肉片炒青椒，給老人下飯一流。」

「山豬肉用烤的就烤的，別想破壞他們的文化。」娃娃的命令很不講人情。

娃娃近來心情不好，山區小學的學生少，縣政府教育局預算有限，計畫併校，山上學生到山下上課。他們習慣在山林奔跑，上山下山一天花三小時在交通上，沒玩的時間。

還有一項，娃娃打聽過，山下國小學生多，營養午餐很難打包回家當晚飯，阿公阿嬤怎麼辦？

這樣心情下接到伍警官打來的電話，小艾實在不想答應。將軍在手機裡以誠摯口氣對他說：

「小艾，伍警官說了你最近忙的事，好事，我們都有責任幫你忙，這樣，賣我這張老臉能說動些老關係，按月撥基金去你學校，小朋友吃好點。微波爐、冷凍櫃、保溫飯盒，行，還要啥，找輛貨車給你拉去。你跟我去工作大約一星期，伍警官在警察大學念研究所的兒子自動請纓，請假去幫娃娃一星期，到你回來。我問了，他兒子三個月前考到丙級廚師執照，有點本事。」

手機傳來將軍詢問伍警官的聲音：

「是這樣對嗎？喔，你們父子一起去，太好了，感謝。」

伍警官的聲音：

「小艾，這個差事不用謝我，不必見到我磕頭，保險工作快煩死我，兒子一心想做點幫助別人的事，替他當刑警多年的老爸贖罪，好像我當刑警沒事殺人領獎狀好升官發財。算了算了，兒子大了隨他。」

他們父子弄得定廚房的事？

「開玩笑，我們家一號大廚是我，不是我老婆。想當年我切肉絲，廚房內但見刀光劍影，肉絲切得細到可以穿進針孔。」

吹牛不犯法。就這樣，第二天下午兩輛車開進學校，伍警官與他兒子和塞得後座滿滿的睡袋、衣物、野營用折疊桌椅、鍋子、鏟子、火腿、燻雞，就差沒把伍家廚房搬來。將軍則坐穿迷彩軍裝司機駕駛的草綠色休旅車，也滿車補給品，連日本青森蘋果也兩箱。

「電器用品隨後到，學校電壓夠不夠？沒關係，花蓮基地明天派人來檢查。總之，我們補給到娃娃滿意為止。」將軍笑咪咪看著運動場上踢球的學生。

交接廚房完畢，娃娃這時顯得果然女兵出身的爽朗風範，她捏捏小艾手臂，

「陪將軍去，我曉得你在山裡悶，出國走走。處處當心，任務第一。」

她看看廚房內研究各式鍋盤面帶興奮的老伍父子，

「盡快回來，他們好像靠不住。」

娃娃這兩句話說明在她心目中，的確真愛小艾，的確真不放心老伍煮的飯。

2 阿富

一月二十三日晚上八點十九分，殺手透過瞄準鏡，他看到如霧般似有若無的雨絲、沾著水氣的玻璃窗、黑色西裝、銀白短髮罩住的後腦，十字形準星停在第七節頸椎。打開保險，考量雨、溼度、雖不大卻也能影響準度的風，槍口向上移至第二節的樞椎，停止呼吸，他輕輕扣下扳機，子彈咻地衝出槍口，從槍管內刷出薄薄幾乎看不出的淡煙，見到玻璃裂出小洞，而後老人背心迸出星點鮮血有如二月初綻放的台灣山櫻。

該瞄低點，第五節頸椎應該最理想。手中是把陌生的槍，他和槍來不及培養感情。

退伍兩年換過五個工作，總算在林森北路這棟公寓管理雜務勉強安定下來。名義上是總幹事，說穿了無非保全兼水電，一個月三萬五加上退休俸，單身男人過日子還寬裕。四十一歲，抓著青春尾巴死不放手，不承認已屆中年，偶爾半夜醒來，他會點起一根菸坐在櫃檯後旋轉椅看著玻璃門外閃過的車燈，覺得人生下半場便要在這小櫃檯與小櫃檯後的小房間之間如王家衛電影朦朧的霓虹燈影裡流逝。

小套房的集合式住宅，一層樓切割出十二間約六坪小房間，浴廁、小客廳與臥室齊全，要是弄個微波爐、電烤盤，三餐亦能解決。離日式酒吧一條街的六條通不遠，住戶不外乎酒店小姐、北漂打工年輕女孩，房東規定一戶只能住一人，有些夾帶朋友窩進來分攤房租，作為門房唯睜一眼閉一眼，該擔心的莫過於小家電引發火災，因而每天早中晚固定搭電梯到七樓走安全梯往下一樓一樓巡三趟，類似定時吃感冒藥，以免打噴嚏。每半年檢查一次屋內與走廊防火警報器，每個月清掃大樓前後水溝，噴消毒劑，女住客最怕蟲啊蟑螂之類的。

住戶傍晚光鮮出門，回家則毫不掩飾她們許久未晒太陽的蒼白肉體，僅穿小內褲下樓拿包裹，晃動T恤裡面可以想像波濤洶湧、企盼解放的青春。

住了七十五名女孩，全與他無關。

但也有關，六〇八室瑞美是個迷糊女孩，這個月就替她找了兩次鎖匠，忘記帶手機、鑰匙出門，忘記每天跟她照面的總幹事姓什麼叫什麼，昨天晚上忘了客人帶她出場吃宵夜，下班便回來，搞得付了出場費的男人氣呼呼撂人來討公道。他不能不穿上短褲鑽出小房間應門鈴，對方居然推他胸部。

推女人胸部足以依性騷擾起訴，刑事罪，推他的胸部不刑事，是挑釁，直覺反應捏緊拳頭。

學搏擊的第一天，教官講授頭部骨骼構造，和其他部位不同，鼻骨指鼻梁連結額骨的上段，往下是側鼻軟骨和鼻翼軟骨，所以整個頭部屬鼻骨以下最脆弱。

「一招內叫對方無還手之力，往上打鼻子，往下打老二。」教官拳頭伸到他鼻子正中央，「鼻子一酸痛，眼睛睜不開，腦袋昏沉，接下來你拿他當沙包捶就是了。」

他沒忘記如何舉起拳頭，如何快速攻擊鼻尖附近的軟骨，腦中出現對方抱著鼻子滿臉淚水和血水的模樣。如果一對一，打鼻子省事，問題出在對方身後站了四名少年仔。

沒出拳，可能他背心外緊繃的肌肉與凝結成塊的臉部表情依然令人不快，三把槍與一把刀揮舞到他面前。

他們不曉得眼前大冷天短褲背心的男人柔道黑帶、全陸戰隊拳擊冠軍。他們不曉得他受的訓練是空手殺人。

一輛黑色賓士停下，車窗內冒出一張臉孔大聲喊：

「士官長，你是士官長，我是你部下厭頭仔，記不記得？你怎麼在這裡？」

看來眼熟，以前帶過的兵，記得厭頭仔，卻怎麼也想不起他名字。

厭頭仔下車和流鼻血的談了幾句，不客氣揮手叫槍和刀收回口袋。

「三板橋這一帶是我家祖傳角頭，士官長，有事找我。我不叫厭頭仔了，附近鄰居叫我厭頭大仔。」他扯開嘴笑，「差一個字，差很多。」

「士官長，花錢是大爺，明天叫你們小姐去跟客人道歉。」

於是厭頭仔把他變成媽媽桑。

「小事啦。你退伍待在這棟破公寓守雞籠？」

於是他再變成馬伕。

「不行不行，國家太對不起你，來我那裡上班，軍隊有悍馬我也有，你來幫我開。」

他根本是泊車小弟。

「把名片收好，我名片從南京東路到市民大道，搧搧有風喔。」

那一晚沒睡好，剃三分頭、表情惶恐的厭頭仔臉孔愈來愈清晰，沒錯，武裝游泳游不到二十公尺往下沉，他下水拉人上岸，喘口氣的時間再把人連裝備扔回泳池，沒游完一百公尺不准上岸。其中之一正是這個厭頭大仔。

面對三把槍，本來該保護住戶的大廈總幹事變成被保護者，而且保護他的還是他連正眼也沒瞧過的小流氓。

沒人知道他不僅士官長，領部隊回營區，一聲命令，士兵兩手打直高舉五公斤重的步槍，整齊跑步聲如水牛群在塞倫蓋提草原追逐迷路的獅子。路過的旅長好奇地問中隊長：哪個白痴惹我們士官長生氣？

坐在櫃檯後打開一罐啤酒，沒人知道他曾經贏得三軍聯合演習的狙擊冠軍。

一早看著厭頭大仔留下的名片，他該打電話去接受邀請還是打電話去拒絕？是或否都得打電話，林森北路是厭頭仔的地盤，犯不著得罪人。他恨這種選擇，不過他必須先和瑞美聊聊。

沒來得及和瑞美聊，她老公一早站在櫃檯前吐著酒氣說，找瑞美。

月底到了，演同一齣戲，男人來要錢，瑞美下樓將一個信封塞過去，他則扮演嚴格的舍監用重貝斯聲音說：「大樓規定，訪客不准上樓。」拿了錢仍不甘心的男人往瑞美胸部抓，似乎抓那一下代表所有權的滿足、令人反胃的利息。女人閃躲，男人追著抓，直到他往中間一站，男人才踩著夾腳拖罵可以裝一卡車的三字經不甘心地離去。

嫁到台灣的越南女孩未必個個幸福，開小店賣河粉、春捲貼補家用，不然進工廠當作業員，每月薪水養婆家，年底獎金偷偷藏起一部分寄回北越老家安慰父母。瑞美雖瘦小，可是長得可愛又擁有超出她體型的上圍，桃園茶室到板橋 club 再進台北中山區的 snack bar，收入多好幾倍，省去每天回家操心柴米油鹽，只要月底準備幾萬元應付名義上的老公。

是啊，這種事他見多了，男方手上扣著女人護照，威脅要去警局告她離家逃亡，不履行婚姻義務。外籍配偶在台灣得合法居留三年才能歸化國籍，這三年內申請居留證延期要繳交有婚姻登記的台籍配偶戶籍謄本，戶籍謄本自然在手握生死簿、要女人跪下解開他褲帶的男方手裡。

碰上不幸福婚姻，要麼離婚回越南，要麼忍耐三年取得身分證再做打算。

他敲了瑞美房門，提醒她昨晚可能忘記有位客人買了出場，請晚上上班時對公司解釋，向客人道歉。

瑞美聽懂沒？她一個勁地哭，一八〇公分、九十公斤的男人很難拍一五〇公分、四十公斤左右小女生的頭表示安慰。大象彎不下腰陪兔子散步。

於是他回到一樓櫃檯，兩手撐住沉重腦袋，看小小手機螢幕裡不知演什麼的韓劇，提早思考每月重複的人生困惑，他在這裡做什麼？

沒人知道他是兩棲偵搜大隊資深士官長，胸前別過三種獎章的國軍英雄。沒人知道他輕輕咳嗽，幾百名陸戰隊隊員馬上靠腳跟立正，蒼蠅停到眼皮尿尿也不敢動。

退伍前快樂了大半年，上級特別批他申請出國旅行的簽呈，騎自行車環歐洲一周，與幾乎攜手步入禮堂的女孩討論找哪家婚宴廣場請喜酒，然後紀錄歐洲風景的手機掉了，

女孩嫁給別人，他喝了三個月酒，直到有天早上醒來發現睡在中正紀念堂涼亭內。掙扎起身，迎面跑來白髮老先生，背挺得筆直，腳步節拍穩健，穿印著空軍官校字樣汗衫。他明白該是找個地方停下來的時候，並且設法消滅啤酒壯大的腹部。

「陳小姐好。」

三樓的陳小姐當沒聽見，風一樣地出門並重重甩上門。

房東兒子兩手插口袋晃來，朝櫃檯扔個信封，薪水。念了碩士不工作，賴收房租過日子，扁平足連四個月的兵役都不必當。不必期待人生公平，DNA早在誕生前決定一切。

燈一閃一閃，五樓又同時使用微波爐和氣炸鍋。老樓，電壓不穩，該再去催房租了。按了三天門鈴，她從不開門，只吼別煩我。至少令人放心，她活著。出租公寓最怕自殺；令人不放心的是，她又燒壞什麼？

還是不肯開門，門縫飄出濃濃塑膠燃燒氣味。

「吳小姐，我進去嘍。」

拿出鑰匙，他扭開門鎖，屋內不僅一口冒著煙的電壺，還有個一絲不掛女人發出嚇不到老鼠的尖叫。

沒人知道他去美國受過訓，沒人知道在美國酒吧有人找他參加搏擊。真實世界裡他不過是個門房，看住戶臉色，看房東臉色。看眼前女人蒼白膚色。他抓起毛巾扔去，

「開窗，明天要是不繳房租，我只好打電話請妳爸來了。」

他不理會抱著毛巾哭的女人，用鞋櫃頂住門透氣。沒人知道他處女座，絕對受不了雜亂環境。大家叫他老富，沒人知道富姓來自滿洲貴族富察氏，他曾祖父在二十世紀初仍戴插花翎的紅頂子，出門坐八人扛的大轎。據說祖先對著環北京故宮的護城河喊一聲，七月天河水照樣結凍。

沒人知道他已用盡庫存多年的笑容，他累了。

3 將軍、老伍、小艾

一月二十三日晚上八點整，將軍和他的祕書畢小姐坐計程車兜阿爾法瑪的山路在廣場西口下車，拐幾個彎走了段階梯進入餐廳，坐進背對落地玻璃的椅子，神態輕鬆自然，服務生點亮桌面小燈。

這是里斯本著名舊城區東邊看得到海景的餐廳，將軍未坐看海那排桌子，挑面山的，如果白天，應該看得到山頂聖喬治城堡飄揚的綠紅兩色旗幟，說不定將軍對城堡沒興趣，寧可看閃著車頭燈、拉出警告行人鈴聲、經過餐廳門前的28號輕軌電車，但他坐的位子看不到電車。

八點十三分，三名穿整齊西裝與大衣、留落腮鬍的西方人出現在餐廳內，由服務生引導至將軍對面停下，將軍與畢小姐起身，兩邊相互握手後落坐，另一名服務生送來瓶裝礦泉水，並熟練拔出紅酒瓶瓶塞。

負責點菜的是畢小姐，她拿菜單站到一邊與服務生討論，花不到兩分鐘，畢小姐轉身坐下時，將軍抖了抖，臉朝桌面倒下。她立刻趴向將軍背心，三名西方人發了不到三秒的愣，朝不同方向躲進桌底。

血濺在白得有如雪地的桌布，頓時潑成盛開的一叢叢、一朵朵桃花。午後八點十九分。

「假設敵人的部隊逼近，其中吉普車上的機槍手正把槍口瞄向你們藏身地點，而站在另一輛車拿望遠鏡調動部隊的是敵人長官，這位敵人長官還是位衣領掛星星的將領，你先解決哪一個，機槍手還是掛星星的？」

將軍放下咖啡杯，面帶微笑等待回答。

「機槍手。」

「說說你的理由。」

「機槍手是立即的威脅，將軍——掛星星的將軍不是。」

「再考慮一下，殺死一名將軍和殺死一名士兵、士官，差別很大。」

小艾依然未考慮即回答：

「優先解決立即的威脅。」

「很好。」

將軍伸過手，緊緊握住小艾的手。

「口試通過，我們的事，說定。」
「是。」
將軍從手機內滑出一張對焦不很清楚的照片，
「我認識你在特戰中心的鐵頭教官，曾經一起被派去戰爭學院受訓，留下合照。」
小艾坐在運動場的鞦韆旁，他低頭沒回應。
「不是伍警官開的槍，是你，一槍擊中鐵頭。寶藏巖那場槍戰，聽說伍警官中槍躺在旗竿旁，你沒跑，救出伍警官，膽識夠。」
小艾抬起頭，眼神迷惘看著將軍。
「你那一槍為了保護伍警官，司法單位事後也查出鐵頭上校涉及軍購非法佣金案，考慮牽涉國防機密未對外公開真相，所以你背了殺鐵頭師父的責難。」
小艾再低下頭，這麼久了，他不在乎同情、諒解，更不鳥指責。
「你還殺了同袍大胖和小段，沒錯吧？你查出內幕，兩名優秀退役狙擊手不念舊情殺你滅口，反被你解決了，為他們可惜，為制度感慨。以上是我知道的，要補充嗎？」
小艾搖頭。
「老人家愛講古，你施捨我一點耐心。少年得志，同一年畢業生我最先升中校中隊長，那時候台灣民航業發達，很多飛行員服役期一滿，二話不說遞退伍申請，做個自在老百姓飛民航機，待遇高好幾倍。我符合退伍資格前，學長介紹我去和鈔票聊聊天，和我接頭的是民航公司副總經理，談了談，嫌飛空中巴士做不出英麥曼迴旋，無聊，決定留營繼續飛戰鬥機，不過命中注定，這位副總經理口風不緊，空軍總部某位長官得知消息，對我的不忠誠恨到骨子裡，幾年後找了機會調我到總部聯二。你聽說過吧，聯二管情報，現在改成情報參謀次長室。混了幾年再外調駐法國台北代表處擔任祕書，負責國防業務和情報，不讓我飛了。氣了好一陣子，一心想找出誰背後修理我。官校老師送我一句話：堅持弄清緣由，過去會變得愈來愈巨大，現在的生活就被擠壓得不見蹤影了。」

他停下，看著小艾眼睛。

「我老婆一聽我調巴黎，天天唱歌，兒女還小，雖說出國念書開始時會很苦，他們也都開心，兒子說反正將來都要出去念書，提早出去也好。懂了吧，太計較過去，人陷在裡面，天天掛念昨天而忘記今天。」

將軍拍拍手，像拍去手上昨天留下的灰塵。

「我補充完畢，你沒補充，過去那些事在你我之間即刻起不存在，我徹底忘記，你盡量忘記，不如此，我們無法談接下來的事。」

小艾終於點了頭。

「你擔心教育局廢了這所小學，學生得到山下上課，他們還小，跟著祖父母，我了解他們的苦處，請託了幾位立委幫忙疏通，希望縣政府教育局重新考慮併校的案子，保留小朋友在家鄉的童年記憶是件好事。」

小艾瞪大了眼。

「有事得去歐洲一趟，什麼事，我不會告訴你任何內容，能憋住不問？很好，你的工作是陪我去，不是當我祕書、侍從，你當不認識我，不必跟我打招呼，萬一在街上撞到，你說 sorry，我說 nice weather。小艾，你只一項工作，牢牢看住我背後。」

「背後？」

「我的事擔些風險，風險不會來自我前方，來自我背後。」

「懂。」

「明天出發，二十一日，最快二十六、七日可以回台北。我猜你不放心學生的午餐，」將軍笑了笑，「我也擔心，光看伍警官進廚房手忙腳亂的樣子，不擔心也難。」

小艾看了眼運動場對面那排兩層樓教室西端的廚房，伍警官和他兒子在廚房外比手畫腳，可能對菜單有不同意見。

「記住，看好我背後，幸好我瘦，背部面積有限。」將軍又笑了。

「一位老朋友的女兒與我同行，姓畢，外文好，通葡語西語，她不知道你的存在，除非萬不得已，你不用和她打招呼，如果非打招呼，你對她說四十六，你們之間的暗語，僅我們三人曉得。我百分之百信任她，百分之百信任你，如果用數學公式，A＝B，B＝C，A想當然耳等於C那套，換算之後，你們也可以百分之百彼此信任。」

「將軍相信茱爸，伍長官相信茱爸，等於將軍相信伍長官的意思？」

「不錯，一點就通。加上C＝D，我相信你。」

「我數學一向很差。」

將軍咧開嘴大笑，不過笑的時間很短，好像他能控制笑的強度和長度。小艾以前見過這種自然而然表現出的控制力，軍中很多長官有同樣功力，特別是更高階長官在場的聚會。

「我們的事，你我知道，不說不問不聽不輕信任何人。」

「三隻猴子，一隻遮住眼睛，一隻掩住嘴，一隻蓋住耳朵，我在某個遊樂場見過，廣告還是海報。」

「本來是指孔老夫子說的非禮勿視，非禮勿聽，非禮勿言。」

「需要用槍？」

「最好不必，我去談的事情不複雜，對方早些年也見過面，算朋友，不是動槍動刀的人。要是你覺得需要，我不能提供槍枝，憑你人脈，可以在當地弄到。選擇你的另一原因，你在歐洲待的時間夠長，法國傭兵部隊給你的考驗夠強。」

「沒去過葡萄牙。」

「我也沒去過，人生，凡事都得有第一次。正因為人生有不算少的第一次，活得不至於單調。」

「是。」

「說定了？錢明天匯進伍警官戶頭，他會轉交給你，或娃娃？」

「娃娃。」

「好女孩，你狙擊手訓練班同學？信教的女孩單純，別虧待人家。男人，挺住家之前要先學會挺住自己女人。」

「嗯。」

「有問題嗎？」

「一個，轉移陣地。」

「聽畢小姐的，如果畢小姐也不幸出意外，記得我是軍人嗎？你也是軍人，知道怎麼從我身上找出下個陣地。其他的我不多說。」

「是。」

「我們今晚不同時間回台北，我坐我的車，你開伍警官車。我到宜蘭走北宜高速公路，你也到宜蘭，不過走頭城到基隆再上一號國道。不同路，之後也不通電話。」

「明白。」

娃娃朝他們招手。

「將軍，娃娃叫我們去吃飯了。」

「今天晚餐由伍警官父子試做，期待。我爸愛說一句俗語，一個和尚拎水喝，兩個和尚抬水喝，三個和尚沒水喝。廚房裡三位廚師？」

「還好，娃娃不下廚，她對煮飯做菜沒靈感。」

「剩下兩個和尚，還是父子檔和尚，希望不會只讓我們喝水。不過，小艾，不管誰煮得如何，你我一路鼓掌叫好到底。」

「是。好像沒別的選擇。」

老伍堅持他掌廚，開出的菜單異常精彩，獅子頭、紅燒魚、炒青江菜、豆乾肉絲、玉米湯。

和兒子免不了爭執一番，兒子認為應該練習明天中午給學生吃的營養午餐，不要搞花樣。

「什麼是花樣？」

「獅子頭啊，我不信全台灣有一所小學給學生吃獅子頭，你還加荸薺，根本來不及做。這個紅燒魚，魚有刺，小朋友不一定會挑刺，萬一鯁到，深山裡怎麼送醫院。」

「部分同意，不同意部分是我今晚下廚純粹為了溫習手藝，晚飯後再討論明天中午正式開工的菜單。你很久沒打籃球，過兩天要下場比賽，今晚你練運球還是朝籃板碰運氣砸三分球？基本動作，獅子頭和紅燒魚我拿手菜，今晚溫習基本動作，找回記憶。」

兒子沒吐他爸基本動作的槽，替老爸留點面子。

首先，獅子頭沒捏成，只好捏成小肉丸。紅燒魚的尾巴燒焦，為了救尾巴，魚頭再燒焦，縮小為江浙菜魚肚襠，剩下魚肚子的意思。

「豆乾肉絲炒得好。」將軍開始鼓掌叫好。

「肉絲切得不夠細，根本是肉條。」兒子不滿老爸手藝，天經地義。

「伍警官的青江菜炒得比我還好。」小艾跟進。

「你們，」兒子看看將軍，看看小艾，「狗腿。」

「小艾，你是廚師，雖然我長你幾歲，聞道有先後不是嘛，別客氣，我老伍接受批評和指教，你也該教我兩手，明天中午就上工，多少有點忐忑。」

「爸，你忐忑，我想到明天快昏倒。」

「別理我兒子，自以為有廚師執照了不起，他老爸煮了幾十年飯，實戰勝過紙上談兵。我做的菜怎麼樣？你說。」老伍誇張的笑臉逼近，把小艾的臉逼得後仰。

「炒青江菜用薑絲比蒜頭好，玉米湯加點火腿，小朋友喜歡。」小艾吃一口豆乾肉絲，「不能加辣椒，小學生還沒到吃辣的年紀。」

「我們揠苗助長，提早讓他們學吃辣如何？」老伍的笑臉逼得更近，快用鼻尖把小艾推下桌。

「小肉丸不錯，不過我們的營養午餐不做炸的，花時間、費油、危險，打包到晚上，山裡溼冷，油結成塊，肉丸就難吃了。」

「魚不錯。」將軍用筷子指指，「趁熱快吃。」

「你吃呀。」老伍夾了塊魚往小艾飯碗裡放，「我說請你指教，我說過請你挑毛病，打擊士氣嗎？」

將軍呵呵大笑，

「見到火，見到鍋，我也露一手。需要蛋、牛油、鮮奶油。」

將軍打了蛋，加進牛油與鮮奶油，拌得如濃稠液體才下鍋。

「歐式炒蛋，沒別的學問，用小火，邊煮邊攪。」

所有人圍著看，小艾算過，將軍打進六顆蛋，如果每天做給小朋友吃，一人兩顆蛋，得上百顆的蛋，娃娃的預算又破表了。不過錢花在小朋友肚子裡，比什麼都實在。

「煮得半熟，黏黏的，起鍋。來，小艾，你的碗，把炒蛋澆在飯上，倒點番茄醬，是不是像日式蛋包飯？」

這回老伍不說話，低頭忙著記下配料與作法，沒伸鼻尖戳將軍。

「小艾的炒飯是一絕，我的炒蛋勉強，」將軍笑著說，「無論什麼時候，蛋總是最簡單最好的應急菜式，杜甫一首詩，兩個黃鸝鳴翠柳，一行白鷺上青天。窗含西嶺千秋雪，門泊東吳萬里船。被後人牽強附會為蛋詩，兩個黃鸝指兩個蛋黃，擺在炒韭菜上，剩下的蛋白呢，打了澆在韭菜上就成一行白鷺，千秋雪指的是豆腐渣，最後門泊東吳萬里船依然是豆腐渣煮韭菜湯，上面撒上碎蛋殼像小船。雞蛋、豆腐渣、韭菜都是便宜、家裡常有的食材，突然來客人，只好應急。雞蛋，天下第一食材。」

小艾了解將軍用心，希望伍長官聽得懂，萬一菜炒糊了，肉煮老了，加進蛋，什麼都變得好吃。

飯後將軍先搭車回台北，小艾得趕快替老伍惡補。他在電腦內留一百道菜的菜單，

「都是簡單容易做的，蓮藕排骨湯常買不到蓮藕，可以換成蘿蔔排骨湯、山藥排骨湯，不過山上孩子愛吃蘿蔔。雞湯適合老人家，往山下開半小時左轉的農場養幾百隻雞，你對老闆阿江說山上小學的營養午餐，他會挑特別肥的給你。牛肉吃不起，用西式火腿、熱狗取代，洋蔥炒熱狗，熱量高，小朋友需要熱量，不過洋蔥得炒爛點才甜，不然有人不吃。」

小艾停止對電腦打字，用他自認比對娃娃更柔和的語氣對老伍說：

「伍長官，炒菜前第一重要的是先煮開一壺水備用，煎荷包蛋加點水燜燜，蛋嫩，炒青菜起鍋前加點水，菜葉綠也嫩。不能用冷水，要和炒得差不多的菜同溫層，熱水。」

老伍站起身兩手朝上伸地拉筋，表示他近來不常進廚房，做頓晚餐即肩硬脖子痠。

「看樣子一心向善回饋社會真不容易。」

「有容易的，你捐薪水，我來就好，不用假掰以為自己是被警局埋沒的天才廚師。」

兒子聲音涼颼颼，少了溫度。

「被埋沒的廚師？兒子呀，你說出我人生的飲恨。」

當父子回廚房準備明天午餐材料，娃娃拉小艾到樹林散步，

「去一個星期？」

「大概，我們需要錢，很多錢。將軍人又很好，沒辦法拒絕。」

「我也軍人退伍，懂啦。倒是，明天起，我可不可以罵伍警官他們？」

「怎麼罵？像罵我一樣？不行，太傷自尊心，伍警官年紀大了。」

「那怎麼辦？」

「把他當小學生，」小艾細起嗓子學女聲，「伍長官，今天的青菜炒得好像有點老喔這樣。」

「如果明天營養午餐做不出來，有沒有預備方案？」

「將軍送了五箱哪個演員自己研發的乾拌麵，網路上說比泡麵好吃。」

「乾拌麵，要我天天給學生吃乾拌麵，你今天晚上不想睡床？」

「預備方案傳到妳信箱，盡量別用。妳要建立他們父子信心，否則每天都要一個預備方案，妳累死，他們恨死妳。最後絕招，將軍講的蛋。」

「看樣子我的日子不好過。」

「想太多。娃娃，我見識過伍長官的耐力，特戰中心受訓教我們近戰搏鬥的教官講

過《三國演義》裡諸葛亮六出祁山故事，明明不是曹魏對手，諸葛亮完全老子打不過你，老子還是天天打，打到你怕為止。」

「亂比喻。回房去。」

「等等。」小艾摸口袋，「還剩下一個套子，好險。」

「等下不准出聲，他們父子睡隔壁。」

「以前夜行軍要求肅靜用哪句成語？」

「銜枚疾走。」

「好，你我各咬一根筷子上床。喂，配合一下。」

「我可不可以在你耳邊講很小聲很小聲的話？」

「讚美我的話？好吧，同意。」

4 阿富

一月二十三日晚上七點五十一分，他端槍窩進旅館頂樓山牆後面，不久看到穿著整齊的老人下計程車，接著是黑色套裝女人，個子不矮，比將軍還高出半個頭。

他們進餐廳，雨沒有停止跡象，隨著海風一陣陣飄擺。路燈不夠亮，隔著沾滿水珠的玻璃窗，看不清室內活動，幸好他們挑窗前座位。

推子彈進槍膛，上肩，瞄準。夜視鏡內的人物模糊，歐洲餐廳不講究明亮，講究情調。

感謝服務生點亮桌上小燈，感謝白髮男人始終打直脊椎坐得挺，露出利於瞄準的背心。

進來三個老外，女人站起身點菜。她多高？大約一七〇至一七二。呷意高瘦的女人。

距離不遠，不過背景複雜，外面來去的電車、汽車、奔跑躲雨的觀光客，裡面起落的食客、忙碌的服務生。白髮老人起身時開槍或他端起酒杯時開槍？記得服役時經驗，最好的射擊時機在於感覺而非選擇。他停止呼吸，輕扣扳機。

桌燈倒了，熄了，高瘦女人趴至老人背心，他只有這一槍的機會。

收槍翻至對面屋頂，翻的瞬間他見斜前方樓房出現一閃而過的光點，立刻縮住脖子，一顆子彈射進離頭部不遠的牆壁，雨滴摻著泥灰滲進他左眼。沒時間尋找敵人，攀牆跳至隔壁二樓屋頂，另一顆子彈飛過他小腿，再翻到一樓，跨上機車加了油門鑽進小巷。

幾分鐘間隔，他已經懷念剛才扣下扳機剎那的快感，毫無懸念，精確射中目標，距離開里斯本的飛機尚有七個小時，他聽機車引擎吼聲，感受釋放力量後的舒暢。

「你喜歡高的女生？」

「不錯。」

「因為腿長？」

「可以。」

「因為我們看起來比較高傲，你喜歡高傲的女人？」

「嗯。」

「你又硬了。」

他的腰抖一下，但無法確定是否真硬了。

「因為我們生的小孩會更高？」

「無關。」

「每次提到小孩你就不回答，如果不想要小孩，為什麼不早說。」

「再想想。」

「你不是可以退伍了，二十歲當兵，馬上滿四十，拿終身俸，再找個工作，我也有工作，買房子不成問題。」

「兩個月。」

「對，你離退伍只剩兩個月，我們趕快做計畫。老爺，我也三十四了，古代算高齡產婦。」

「還有兩個月。」

「什麼？」

「沒什麼。」

「怎麼軟了？」

他的腰再抖一下，果然軟了。

又是午夜三點，他起身抓了一手啤酒坐到公寓門外對著巷子內踩不穩腳步的遲歸人吐煙。退伍前兩個月，起初還收到她的 Line，突然有一天未傳訊息，再一個月她退出所有社群媒體，極端的女人，甚至換了手機號碼。她看穿他不想退伍。

不過他仍到時間即退伍，天真地以為換上便服站在她住處樓下，她會飛奔下來摟著他脖子喊我等你，就知道我等得到你。

搬走了，陌生男子從二樓鐵窗對他吼，她搬走了，這裡現在我住。

似乎不用問她搬去哪裡。

該思考他退伍有價值嗎？留在部隊沒人敢對他大小聲，他大小聲別人。不用為下一餐該吃什麼上網查餐廳，到時自有人準備好，他只需要和其他人一樣抱怨軍中伙食不是人吃的就好。明天該做什麼，他比上帝還清楚，一成不變的訓練課程表刻在每個明天作息表之中。休假恢復老百姓身分，用觀光客心情回到都市，走走看看，其他人談論一天比一天高的房價與他無關，愛吃的牛肉麵又漲了二十元，不會變成他的煩惱。

太自私了嗎？

手機振動，厭頭仔傳來的：士官長，明天上午十一點來我公司，中午請你喝畢魯配殺西米。

他可以去吃中飯，厭頭仔會對所有人介紹這位是我以前陸戰隊的士官長，你們看他胸肌，走在路上就嚇死路人甲乙丙丁。

七天過去，厭頭大仔會說，欸阿富，有空去派出所巡巡，你們軍人和警察一國的，混熟一點，請所長到我們店裡喝 sake 配殺西米。

十七天後厭頭董仔請所長喝酒，小姐排隊進房間等選美，屌毛沒長齊的小警員喝得哇啦啦，前陸戰隊士官長兩手背腰站在厭頭董仔沙發後面，沒有小姐多看他一眼。

七十天後，他開雪白賓士 G Class，不論小姐、白痴，沒人看他，看的是後座老大，姓厭的老大，呆子才提厭頭仔這個古老綽號，大家親熱兼巴結喚他老大，後座老大抽著雪茄說，幹，老大就是老大，老富，當老大沒有姓名，像你當司機，名字就是運將。

七百天後，他坐在一坪兩百萬的豪宅地下停車場通道口抽菸，同樣思考很多問題，有人送來午餐便當，永遠一樣的炸雞腿，大廈保全過來跟他再抽一根菸交換溫度，十七樓騷得冒火的何太太踩名貴高跟鞋正好下車，用眼白瞄了他一眼。看著扭動的翹屁股搖過面前，他沒起身，等手機訊息，老大喜歡司機老富在半個小時前開車等在門口，喜歡他的手下養成等待的耐心。

女人，很多女人的香水傳出不同價碼，休假時他抱不同的香水打炮打到腹肌抽筋，那時他仍會想念那個高瘦女人，她已經結婚躺在別的男人懷裡，還是抱新生嬰兒喊，叫媽咪，叫媽咪？

從二十歲到四十歲，當二十年兵太久，和《刺激一九九五》終於假釋出獄的終身犯一樣，離開習慣於狹小空間內的生活令人不安。

又一群喝得半醉男女經過面前，其中一名女子黏稠的嬌聲喊，我家到了，這裡。依然坐著，十幾隻義大利還是法國名牌的男人皮鞋圍住他。熟悉的越南腔女聲說，阿福連半夜也值班，我們管理員。

不叫阿福，我姓富。

就是厭頭仔當兵的士官長？厭頭仔到處說他士官長當大樓管理員。

沒辦法像綠巨人浩克那樣撐破衣褲猴子般跳到對面大樓樓頂，但他設法在起身過程中扭出各個關節的活動聲，他一分一寸站直身體，他聽得到地震前沉悶的地鳴。

他踹了躺在面前小傢伙的肚皮一腳，周圍躺著其他六個人，四名女生在對面騎樓柱子旁抱成一團，夜卻依然很長。他對手機說，我可以，明天出發。

彎身進樓梯底下三夾板隔出的三角形房間收拾屬於他的東西，不多，裝進一個長方形運動用提包。鑰匙放在櫃檯，傳了簡訊給房東，他喝掉最後一罐啤酒，到門口向不知該不該進來回房休息的女生招手，她叫瑞美還是惠美？

「美美，過來，任何人找我，說我出國了。記住嗎，出國了。」

走出兩步，他回過頭：

「我姓什麼？不是阿福，我姓富，富翁的富，滿洲貴族的姓，聽懂沒！」

他不在意瑞美或惠美懂不懂，一手勾提包至背後一手插口袋吹著口哨走出巷子，外面是一天熱鬧十八個小時的中山北路，但此刻車少人少，看見對面捷運站旁巷子內亮起燈的小店，聞到食物香味，他坐進去要了大碗滷肉飯和貢丸湯，剛開張的白髮老闆對早來的客人未表現出不耐煩或興奮。

喜歡滷肉飯帶來的滿足感，肥瘦不均的肉末拌進冒著熱氣的白飯，配幾片黃蘿蔔，全身肌肉隨著筷子甦醒。

不久，他邁外八步子，握一罐可樂往南朝台北車站走去，到路旁迷你倉庫租抽屜大小的空間，塞進私人物品，付了一年租金，只剩下口袋內的護照和部分現金。站前遊民比市民早開始新的一天，收拾當床墊的紙板，摺起被子和雜物裝進大塑膠袋。不久人行道上擺出幾十個大袋子，一輛駕駛打呵欠的小貨車依序收走。

所以某個組織早上收走遊民家當，晚上再發還，保持市容整潔？

5 將軍、小艾

應該警告將軍兩種座位不能坐，背門的、背窗的。雨中玻璃模糊不清，該死，沒想到桌面上裝飾用的小燈打開了，將軍背心亮得好比火星來的太空船。

八點二十七分，小艾翻下牆不顧雨後地滑衝進餐廳，三名西方人不見人影，畢小姐和將軍已躲至桌下，她仍趴在將軍背心。玻璃上僅一個彈孔，往周圍蜘蛛網似擴散。小艾將兩人推到牆邊，摸摸將軍鼻孔，有鼻息，他沿牆關掉室內所有開關，摸黑背起將軍經過驚慌失色的店內人員，

「跟我走。」從餐廳後門出去是一段很陡的石頭臺階，夾在依山坡而建形狀不一、模樣滄桑的矮樓房中間，時間尚早，幸好仍落著毛毛細雨，遇到的行人莫不舉傘低頭看石階，沒人注意他們。

車子停在裝飾藝術博物館前停車場，安置將軍於後座，順手摸來的餐巾塞進將軍中彈背心，

「用力按。」

畢小姐也已進了後座，二話不說伸手按住沾滿血的餐巾。這個女人不怕血。

小艾小心開出窄巷，讓過28號電車，往下開到海濱大道右轉，沒看到跟蹤的車子，可是他心裡情楚，在擁擠窄小的阿爾法瑪區很難逃開敵人眼睛。天雨塞車，一路車速不超過五十公里，直到轉進洲際飯店停車場。

再背起將軍，

「跟緊我。」

穿過公園，穿過自由大道，他按下密碼進入一間小旅館，直上四樓進屋終於放下將軍。

「浴室有急救包，對，我裝牙刷那個包，所有毛巾都拿來。」

這時小艾猛然想到，

「四十六。」

畢小姐受驚地看向小艾手中彈簧刀。

「四十六代表台東志航基地四十六中隊。輪到妳說，為什麼四十六？」

「為什麼四十六？」畢小姐慌張回答。

彈簧刀將毛巾裁成兩半，再裁成兩半。

「將軍飛行生涯的第一個中隊，台東基地七三七聯隊四十六中隊，飛F－5E。

隊徽中間是什麼飛機？」彈簧刀尖指向畢小姐。

「四十六中隊前身是假想敵中隊，隊徽中央是老共的紅星，紅星中間是老共的殲七戰機。」
「一百分，你姓畢？」
「你是誰？」她鎮定了。

小艾快天亮開著伍警官的休旅車離開山區，大清早路上沒車，他依指示走台九線往北，經過蘇花公路時塞了一下，進宜蘭市區已暢通無阻。不急，車停路邊，夜市早已收攤，菜商與肉販接班開始他們早起的工作，角落早餐店已冒出熱氣，他坐進雨棚下，什麼也不用說，一碗滷肉飯和兩色魚丸湯已滑至面前。記得在義大利曾嘗試滷肉飯，洋人拿五花肉做培根，他用五花肉加醬油熬出滷肉，味道不對，歐洲的豬肉和台灣的到底有什麼不同？

上高速公路前收到娃娃傳來照片，伍家父子六點即開工，娃娃寫著：

這是我們早餐，不敢想像今天學生吃到什麼樣的午餐。

慘不忍睹的蛋，無形無體。煎蛋有個好處，不易失敗，反正萬一煎不成單面鮮嫩太陽蛋，撒不成鹽和胡椒粉，可以改成兩面皆煎的台式荷包蛋，就得滴點醬油。再不行，改成炒蛋，口感差很多，澆番茄醬。還是不行，蛋丁拌肉鬆，夾進吐司。總歸是蛋，可以打混糊口。

主食為老伍兒子伍元燉煮的稀飯，時間太久，略乾。另外按照小艾食譜以薑絲炒出青江菜。

一路順風。娃娃留言。

將軍和擔任他祕書的女孩搭上午飛機兜圈子經杜拜到阿姆斯特丹轉機飛里斯本，小艾坐兩個小時後班機，直飛巴黎轉機飛里斯本。二十三日上午分別住進不同旅館，將軍住洲際飯店，小艾則上網找了間 hostel，離洲際不遠，閣樓雖小卻獨立一間。沒有櫃檯服務人員，網路 check in，按號碼開鎖，天冷，住客不多，唯一礙眼的是門楣上監視器，小艾伸手頂頂鏡頭，拍得到他的帽子和下巴，拍不到整張臉孔。

二十三日白天很忙，他按朋友留的聯繫電話弄到槍，打扮成觀光客戴漁夫帽和墨鏡搭電車上山。逛了聖喬治城堡，雨天，站在城牆，半個山區盡在眼前。比對手機上地圖，記住下山的幾條小巷子位置。到廣場旁的咖啡館、餐廳周邊打了幾個轉，快步縮進他認為監視將軍會客餐廳最好位置的教堂。

攀上聖米蓋爾教堂屋頂，仔細打量左邊兩層樓公寓二樓那扇未亮燈的窗戶，若打算對將軍背心射擊，他可能會選擇那裡。

教堂面東南，前面是個廣場，可遠眺不久將流入大西洋的太加斯河，東邊彎進曲折小巷子，看得出是間家庭式餐廳，不大，天黑得早，此刻燈火通明，他慢慢移動視線至其他房子，密密麻麻，不過都是兩三層樓老房子，無明顯標的物。

轉換位置，看到更好地點，牆面灰泥掉了好幾塊的褪色公寓三樓那扇窗戶，將近五點，天空剩下灰暗濃雲，許多房子已開燈，冷風從西北面襲來，那是唯一仍打開的窗戶。估計住戶不怕冷，估計住戶忘記關窗而且人不在房內，但等到七點以後不開燈不關窗，又居高臨下對著餐廳玻璃窗，當然是第一威脅。他舉單管瞄準鏡再看一次，沒錯，如果他是狙擊手，絕對選那個窗口。

小艾並未忽略其他位置，但他得照威脅程度列出排行榜，三樓不開燈的窗戶排行第一。攀上屋頂，爬到窗戶上面順水管往下，屋內一股潮味，沒人。他嗅嗅，也沒冰冷槍油味。

千算萬算，對手選擇排名第三的位置，東邊臺階上的旅館，從那裡射擊將軍的角度很小，失手機率高。夜晚、廣場僅有四盞光線微弱的路燈，風很大，小艾眼睜睜看著雨絲的變化，聽見餐廳玻璃破裂時發出細微尖叫，射擊角度雖小，槍手照樣一槍命中。

當時小艾穿灰色雨衣窩在餐廳旁公寓樓頂，芬蘭製薩柯TRG22式狙擊槍，七點六二北約用標準子彈、折疊槍托、手槍式握柄、重約五公斤，用起來輕便，有效射程八百公尺，使用於狹窄擁擠的山城足夠了，不過沒機會試射，偏偏還下雨，如果真出現敵人，以嚇走對方為優先考量。

將軍倒向桌面時，小艾見到藏在槍口消音器裡的香菸般火光一閃，他錯了，對方的射擊信心超過想像的強大。沒有其他選擇，先嚇退敵人免得他再開第二槍。小艾對旅館屋頂幹了一槍，炸出一圈泥灰。

畢小姐趴上將軍背心時，小艾瞄準鏡內見到旅館屋頂黑影閃動，攻擊者撤退了。小艾再幹一槍，馬上收起槍要追，腦中響起將軍的話，哪個目標該優先考量？他奉命看住將軍的背，不是追殺刺客。第一優先目標是中槍的將軍。他跳下樓，朝餐廳飛奔而去。

他在雨聲、電車聲中，聽見刺耳機車引擎聲。

該死，他疏忽了，對方選擇旅館也為了逃生路線。

延誤半小時，這天的營養午餐幾經波折後抬入教室，三菜一湯，苦瓜雞湯、紅蘿蔔炒雞丁、肉絲炒青椒、番茄炒蛋。

高年級的布魯苦著臉找娃娃：

「老師，我不喜歡吃青椒，不喜歡吃紅蘿蔔。」

二年級的吳娜捧飯碗來：

「我要吃艾哥哥用火腿的炒飯。」

以前台北來的志工吳阿姨個性直爽，曾問過娃娃：

「山上的小孩怎麼回事，有雞有肉，還挑嘴。」

老伍父子下午進行反省，他的說法比吳阿姨可愛多了，

「忘記小孩不愛青椒、紅蘿蔔，我兒子小時候打死不吃這兩樣東西。接受錯誤，明日起立刻修正。」

兒子無奈地反對：

「爸，我不愛吃苦瓜和青菜，不是青椒、紅蘿蔔。」

「為什麼？」

「從小我不吃青菜你就開罵，現在才問原因？」

「至少我問了，知錯能改，你爸善莫大焉。」

「青菜得咬半天，我急著吃完飯去玩。」

老伍一掌打在自己額頭，

「靠，原來如此，小孩子貪玩，你怎麼不早說。」

「以前你聽過嗎？」

老伍在白板上像寫刑案線索、證據，

「青菜，難嚼。」

他接著寫，

「紅蘿蔔不好嚼，明天丟進湯裡煮，煮出它的甜味。」

「能夠不要丟嗎？」娃娃表達修辭學的意見。

「改。」老伍擦掉丟，「明天藏進湯裡煮。怎麼樣，用藏這個動詞好多了吧，帶有多重意義，不讓小朋友看到，卻吃到其中的營養。」

「爺爺燉牛肉加紅蘿蔔，我一定吃，燉雞湯，紅蘿蔔不對啦，不能亂配。」兒子對如何運用動詞沒興趣，存心找老爸麻煩。

「個性果然像你媽，連小時候吃什麼都記仇。」

他邊唸邊在白板擦掉前一條線索，添上新的：

「明天改成紅蘿蔔燉牛肉，洋蔥炒牛肉絲，靠，牛肉價錢貴，這樣吃下去，我的退休金不夠他們吃。」

老伍看一下桶子內的菜餘，

「番茄炒蛋呢？剩下這麼多，番茄紅色，炒得不夠嫩，不合他們胃口？」

娃娃覺得她該提供線索，否則伍前警官快掉進自己設下的死胡同。

「伍長官，小朋友愛把菜澆在飯上，方便吃，你今天的番茄炒蛋炒得太乾太老，配飯不容易下口。」

老伍用力瞪了娃娃好一會兒才面對白板，

「番茄炒蛋，太乾，我他媽明天加一鍋水煮成番茄蛋花湯。」

他換紅筆，

「**炒**，**得**，**太**，**老**。綜合以上線索，問題出在不易嚼、味道不夠，小朋友吃不慣。

老伍呀，謹記，番茄炒蛋要學習小艾烹飪密技，起鍋前加水燜一燜。」

他寫：軟、味、溼。

「首日得出結論，我的兒子助手忘記炒菜前幫我煮好一壺開水，粗心。我的前任主廚小艾未傳承給我小朋友愛吃哪種食物，私心重，小氣。我的上級指導娃娃老師不提醒我小朋友不愛吃紅蘿蔔，還買了一大籃，設計我，狠心。」

兩人聽得目瞪口呆，倒是老伍笑得開心。

「開玩笑啦，大廚哪少得了兩位幫忙，你們的努力成就善心伍大廚師日後的名聲。來，我沖咖啡，兒子，你試做布丁，我們喝下午茶，布丁可以當明天小朋友的甜點。缺什麼？」

「做布丁的小杯子不夠。」兒子提不起做布丁的士氣。

「沒關係，我叫他們送來。」

「伍長官，這裡深山，送來要好幾天。」

老伍沒理會，走出廚房撥手機，

「副局長在嗎？喂，蛋頭副座，我在花蓮山裡幫娃娃做小學生的營養午餐——少廢話，」他朝屋內的娃娃擠擠眼，「小艾和娃娃吵架，離家出走，我來勸架，看娃娃缺人手，我這種面惡心善的人能不幫忙嗎？偉大的副局長，行善毋須人知，難道要我打電話到市警局請局長發我優良市民獎狀——不用拍馬屁，炒幾個菜沒什麼了不起，倒是，想到，你可以幫我忙，看過布丁的容器吧，金屬或者玻璃做的圓圓的，要三打。我請娃娃慎重記載於本慈善事業芳名冊內，台北市警局魯副局長捐贈善心布丁杯三打。」

老伍把出來透氣的兒子趕回廚房，

「東挑西揀！兒子，你不做布丁，煮紅豆湯去。怎麼寄？蛋頭副局長，果然脫離基層民眾生活久了，起碼的做人處事方法也忘光？救難中心小楊是你老部下，叫他把布丁杯交屬下的松山機場空勤隊，一個小時後直升機不就飛到花蓮了嗎，再叫花蓮縣警局那位你的局長同學用警車順便往山上一送，最快明天上午十點前能到。好了，就這樣，我學校小朋友等吃明天午餐的甜點，我會叫他們聯合簽名寄你一張感謝卡，掛你辦公室大門，多氣派，溫情滿天下哪。」

因而娃娃後來傳訊息給小艾，用的是忘記誰的名言：

營養午餐第一天接近失敗，你要是在，會說過程緊湊，內容空洞，不過別擔心，伍長官父子能挺得過去。

6 阿富

手機導航，他騎車鑽過不知幾條扭曲小巷子，一路往北停在地鐵站外，去機場得搭紅線。這站不是紅線，不過綠線再一站即接上紅線。

當他換上紅線，踏進車廂的十五分鐘後可抵達里斯本機場，手機出現新訊息，沒有文字，一張登機證畫面與QR code，但目的地不是回台北，是馬德里。那麼如果到馬德里轉機，下一段機票呢？

再傳來的不是下一段機票，兩幅Google Map，拉大看，第一幅的紅色箭頭指向馬德里一間旅館，另一幅則指著民宅。

研究完地圖也到終點站，他扭扭腰，馬德里的中餐廳應該比里斯本好找，不然他可以接受越南河粉，韓式排骨湯飯也不錯，這種天氣，溼到骨頭裡，需要一大碗冒著熱氣的肉湯。他一直不明白歐洲餐廳為何很少提供熱食，加蔬菜丁和蚯蚓模樣義大利麵的湯不是湯，得一口喝下能從胃部熱到額頭的雞湯、牛肉湯。雞湯得有香菇，冒得出香味；牛肉湯該有紅蘿蔔，嚐得出甜味。

退伍後照例辦了場同學會，前幾梯的學長歡迎學弟重回老百姓生活，大夥湊一起吃飯聊聊過去和未來。左營軍港外的小館子，兩打金門高粱擺桌面，學長明白表示，不喝醉別想走出去。他本來想問喝醉了怎麼走得出去？沒問。

早三年退伍的大牛借酒裝瘋提高音量罵，你們忘得了官階，忘得了那桿鳥步槍？脫下軍裝，小兄弟，陸戰隊無非是個屁。懂什麼是屁？沒人向你們敬禮，沒人喊長官好。你他媽得找間公廁恭恭敬敬脫褲子坐下放屁。就業，能對面試你們的死老百姓說，操，老子平常駛快艇，沒事閒來開開AAV7兩棲突擊車兜風，你們的超跑閃一邊。夠威吧。專長？武裝泅泳五百公尺、六百公尺射擊。兄弟啊，以為天底下沒事情難得倒海陸仔，最簡單的，別提什麼標槍飛彈、拖式飛彈，你們誰有堆高機執照？看到沒，我有，堆高機、大山貓、聯結車，萬一實在沒人用我，也有計程車職業駕照。四十歲大叔進社會，好心送你們兩個字，謙卑。

初入軍隊時花了段時間學習做個海陸仔，二十年後重新學習做個像軍營外面那些不穿制服的普通人。老了，學習令他幾乎喪失自尊心。

去退輔會就業班上水電課程，打三天瞌睡不再去。翻出學長們留給他的名片，保全公司、搬運公司，其中一張名片背面歪七扭八英文寫了網址，上去看看，經過幾個連結停到英文網頁，傭兵招募。條件嚴苛，得有五年以上的服役經驗、出具體檢證明、說明服役單位與擅長的武器。

當了二十年兵，不會再去當吧。

慢慢他了解怎麼忘記軍隊，怎麼忘記官階，雖然社會未必笑臉迎人，他戴上面具設法適應，找個角落躲進去，靠自己體溫享受有限的溫暖。

見到厭頭仔那晚他撥了學長手機，二十分鐘接到回音，第二天下午五點半走三分鐘路程，穿過天津街，學長笑咪咪摟他進肥前屋吃鰻魚飯。

很多地方需要傭兵，大多民營公司，符合條件錄用後簽一年或兩年約，派至不同地方，有的當國際企業董事長貼身保鑣，有的到國外為不知名集團進入叢林、沙漠為政府軍打叛軍，為游擊隊打政府軍，除固定薪資，作戰另有津貼。學長說得含蓄，他聽得模糊，不過能離開台灣一段期間又能賺錢倒是不錯。

之後收到郵件，要他圈選經歷，其中槍枝那項，毫不考慮按下貝瑞特M82A1。當天晚上收到明確訊息，工作地點：歐洲。酬勞：出勤時先付兩萬美元，完成後再付三萬，一切機票食宿都由對方安排。工作內容：收到指示即到指定地點。工作第一守則：按指示擊殺指定人物，不得多問。

最嚴苛的一項是合約終止於擊殺對象的死亡證明。後面加註，死亡證明如照片、舌頭、眼珠、頭顱。

不是傭兵，是殺手。

他離開電梯泛霉味的舊公寓，離開那些一年四季穿有限布料的女孩，沒有不捨。這個季節的歐洲雖然不適合騎自行車，他也喜歡火車和巴士，辦完事從歐洲往東到伊斯坦堡，五萬美元夠他在土耳其待一年。

「你的手腳好冷。」

「習慣一年四季洗冷水澡。」

「網路上說低血壓又不運動的人手腳冷。」

「我運動。」

「那就是壓力大。」

「大樓管理員有什麼壓力。」

「奇怪，沒見過你這種 ice man。」

「Ice cream.」

「要補，像雞湯，人參，不然薑母鴨、羊肉爐。」

「不愛吃兩隻腳的，請妳吃羊肉爐。」

「嗯嗯。人家說血液循環不好容易中風。要不然，你上來，用力，快點，等下就熱了……嗯嗯，熱了吧。」

最後一次見小茹，網路上認識，不在意每次付她三千元，問題在太年輕，兩人的世界沒有交集，聊天聊不起來。不過她是第一個說他身體冷的女孩。原來手腳冷和壓力有關，他的壓力從哪裡來？

坐在機場等候延遲的飛機，像等很久不見的女人，不時抬頭看飛機抵達時間數字，上百名旅客沒人抱怨。

三年前剛認識高瘦女人，他坐在港口堤防看著外面的台灣海峽，遲到的女人問他看什麼？身為海陸仔，白天看海，晚上看海，看不出新意，反問靠在他頸邊的女人，妳看到什麼？

「天黑，看不到，海是不是睡著了？」

那晚，海打著鼾聲睡著了。

7 將軍、老伍、小艾

小艾未收到訊息，他砸爛三支手機扔進路旁大水溝，避免留下不明敵人的追蹤線索。將軍持續發燒，畢小姐要送他去醫院，將軍不肯。閣樓雖小，勉強擠下三個人，何況小艾不在屋內，他冒雨守公園外。不怕敵人，怕不知道敵人是誰。

一輛飛雅特轉進巷子，停下，下來一名戴呢帽穿風衣提手提箱男子。手提箱比一般裝公文的略大，比裝衣服登機用的略小。

男人用鑰匙開門進樓，只一支鑰匙。一般人有兩至三支，開大門、開房門，有的還加上開辦公室門的，謹慎點人家裝兩種鎖，因此不常見拿出一支無環無吊飾的鑰匙。小艾跟進去，毫不考慮直接上三樓，頂樓門敞開，冷風捲進樓梯間，他低頭閃身滾至積了一灘灘水的露臺。

對方使用訂製狙擊槍，全塑鋼，三段式接裝，看起來像鋼管的收縮式槍柄、毫無裝飾的槍管、簡易槍機。槍管細長，槍口裝消音器，瞄準鏡用德製 Hensoldt，夠專業，卻絕非戰場用途，男人是職業殺手。他對著手機講一長串與德語相近的語言，母語，否則不會這麼流利。他架槍於女兒牆，調整瞄準鏡。小艾沒其他選擇，只能假設對方瞄的是對面閣樓內的將軍或畢小姐，且隨時可能開槍。不久前這傢伙對餐廳內的將軍動手，下手快又狠。

他吹聲口哨，對方回頭時，一槍命中額頭中央。不喜歡打敵人背心，缺少騎士精神。將TRG22塞進死者懷裡，換來對方的槍，夠警方自殘腦細胞想像死者怎麼用自己的槍打中自己額頭，還是步槍。

不對，這個人不是狙擊將軍的槍手，槍不對，射擊將軍的狙擊槍子彈口徑大，造成很大的傷口，眼前這人用特製小口徑子彈。他掏死者口袋，翻出手機，影片檔內錄了將軍坐在餐廳的畫面，搖動的影像顯示他拍下射擊將軍的殺手位置，也拍到小艾躲藏位置。

兩個推測，這人和殺將軍的同一夥，不然這人和殺將軍的不同夥，不過目的也是殺將軍，目擊將軍被擊中的畫面。

小艾沒空推敲該相信哪個推測，掏光男人口袋內證件和現金，將屍體推到角落靠近排水口，流出的血將被雨水稀釋，流進直通一樓水溝的排水管，流進河川，流進大海。

不管來的殺手是誰，小艾都得搬家，可是他在里斯本實在沒有大姑媽、三嬸婆、法國同袍之類親朋好友，唯一能叫出名字的葡萄牙人是Pessoa，第一次聽到以為是貨幣單

位披索，原來是出生里斯本的大詩人佩索亞。

「我熟，」畢小姐說，「等下朋友來接我們。」

她不該聯絡任何人。

「不管你是誰，艾先生，將軍是我們家的恩人，傷成這樣，救他是我的責任，你不必教我該怎麼做。」

「小艾，叫我小艾。」

「我在葡萄牙念過兩年書，不在里斯本，在波多。你可以叫我小畢。」

「去哪裡？」

「找醫師。」

「醫院？」

「私人診所。」

小艾迅速收拾房子，沾血毛巾、床單，沾到汗水頭髮的枕頭，一一塞進大塑膠袋，浴室以水管沖一遍，擦抹所有可能留下指紋的地方。

「你是特務？」

「不是，妳可以叫我小艾。」

「你是間諜？」

「特務和間諜意思一樣，都不是，我是廚師。」

「這個時候別搞笑，不是不捧場，笑不出來。」
「我扛將軍。」
「到底你的專長是什麼？」
「炒飯，尤其蛋炒飯。」
小畢不再理會他，看看錶，
「差不多了，我們下去。我提袋子，你背將軍當心別碰到傷口。怎麼多了個箱子？」
「撿到的。掛我脖子上。」
果然一輛汽車駛進巷子，他們上車，小畢坐前面，聽起來像介紹小艾給駕車的長捲髮男子，介紹文很短，大約中文裡「小艾，笨蛋」那麼短。
「去哪裡？」
「靠近下巴。」
小艾沉默了好一陣子，車子看來已經開上高速公路他才開口：
「下巴？」
「葡萄牙國土像人的側面，眼睛是波多，里斯本是鼻尖。」
「啊，我們往南。」
「聰明，猜你念過小學。將軍退燒沒？」
小艾一手摟住將軍肩膀，一手摸他額頭，

「燒得我看可以烤地瓜。」

一個多小時後車子下高速公路，他們到達不知名小鎮，路很窄很顛，然後小艾再抱起將軍進診所模樣的小房間。

他們看著醫師挖開將軍背部傷口，彈頭卡在接近心臟的肌肉間。鑷子夾出彈頭，小艾拿起看一眼，十二點七毫米子彈，確定他在頂樓殺的和殺將軍的不是同一人。為什麼兩名殺手，一人負責狙殺，若失敗，另一人再補上幾槍？不然殺手隨身攜帶兩把狙擊槍當重量訓練，不嫌重。

「血流太多，醫師要輸血，我們外面坐。你有多少錢？現金。」

小艾離台時只帶了幾張歐元，一百二十歐元。不過他將一捆歐元交給小畢。

「你帶這麼多現金？」

小艾不敢說錢不是他的，不久前為了救人而殺人，之後順手撿來。

她朋友陪醫師進行手術，她則拉小艾到門口坐在臺階，自顧自點起菸。

「妳會說葡萄牙語？」小艾不抽菸，覺得脣邊少了什麼東西，該說幾句話。

「我喜歡語言，到處學。我媽澳門人，有葡萄牙護照。你會哪種語言？」

「東學幾句，西學幾句。」

「喔，觀光用外語，去阿姆斯特丹紅燈區問門口的女人 how much，一聽價錢太貴馬上回 too much，妓女有保鑣撐腰，不來討價還價那套，你死要面子假裝紳士說 3Q very much。三句英語走遍天下。」

小艾覺得被打了一槍。

「將軍受傷，妳處理的態度得當，動作乾淨俐落，當過兵？」

「不必當兵才乾淨俐落吧。國中是國術培訓選手，十五歲級台灣冠軍，打形意拳。」

砰！小艾再挨一槍。

「他是妳恩人？」

「我爸飛行員失事死亡，一直仰賴將軍照顧我母女，介紹我媽進銀行工作。你是不是想問空軍的撫恤金很多？」

「我沒問。」

「分一半給我祖父母，我爸是獨生子，沒人照顧他們後半生。剩下一半付房子頭期款，他死，老婆女兒不能再住空軍宿舍。幸好我媽有工作，不然我到今天可能從沒離開過台灣。」她瞄小艾一眼，「喂，3Q very much，你到底是誰？」

「我是將軍找來看住他背後的。」

小畢咬著嘴脣眨眼睛，再轉頭看小艾，

「你沒看住。」

「對不起，太輕敵。」

「輕敵？別那麼誇張，根本是笨。」

小艾中彈倒地，他的五官和自尊被轟成落葉般碎片，緩緩飄浮，得花很長時間，等風小點，等雨停了，才有機會落地。

「葡萄牙語會哪幾句？」

她習慣打死人再踹兩腳。

「Tempero.」小艾掙扎幾秒鐘後開口。

「什麼？」

「書上看來的，是種食物作法，油炸海鮮。後來傳去日本變成天婦羅，tenpura，魚蝦、青菜沾了麵衣進油鍋略微炸過，味道豐富，口感清爽，一人要一萬日圓。」

「什麼？」

「後來 tenpura 傳到台灣，再變成 tienbura，甜不辣，魚漿捏成小塊沾麵衣炸。妳一定吃過。」

「這就是你會的葡萄牙語？我怎麼沒聽過？」

「日本人寫的。還有，說過，我是廚師。」

「算了。廚師，我們該怎麼辦？」

「送將軍去台北經濟文化中心，不然送醫院。」

「不行，將軍不能曝光。他交代過，無論死活都不能曝光。」

「為什麼？」

「你是廚師，管太多。」

「有件事我非說不可，將軍止血後如果狀況可以，我們得換交通工具、換地方。」

「我朋友已經在附近找到住的地方，鄉間，隱蔽。再開車，你想把將軍顛死啊。」

「相信我，你們住的洲際飯店地下室停車場和大門、後門裝了監視器，我住的hostel大門也有監視器，最多一個小時，他們看到監視器錄到的妳和將軍，查出妳朋友汽車，再追到我們開車經過的每個地方，最後追到這裡。」

「看見我們坐在門口抽菸。」

小艾猶豫一下，

「看到妳抽菸，我沒抽。」

他們離開幹道，往東邊山區鑽進小道，將軍躺在後座沉睡，點滴瓶吊在車門上緣把手，小畢不時回頭擦拭將軍額頭汗水。

「我們去哪裡？」

「跑一段山路，看有沒有追蹤者。」

「我必須知道明確計畫。」

「計畫？想辦法進西班牙，這個季節，比進大西洋溫暖多了。像妳之前說的，找個地方讓將軍休養，他不能再受顛簸。」

「你西班牙有朋友？」

「應該有一個，如果他還活著。」

「你的朋友，怎麼認識？」

「以前打工餐廳，他是老闆，人還ＯＫ。」

「打工認識的朋友？很多年沒聯絡？」

「五、六年總有。」

「沒有其他比較出生入死、比較搏感情、比較常聯絡的朋友？」

「說過我是廚師，不是嘛。」

小畢指路邊加油站，

「停車，我去打個電話。」

「不能在這裡打，等我們進了西班牙再打。」

「為什麼？」

「妳得把將軍來這裡做什麼、為什麼有敵人、哪種敵人說清楚，我好應變。還有，妳除了會打形意拳，用過槍嗎？追殺我們的槍手好像沒耐心揮拳劈腿，他是專業殺手。」

「我得先問將軍能不能告訴你。」

「哎，如果不能信任廚師，還能信任誰。」

「為什麼？」

「沒看網路上寫的？弄得廚師不爽，加瀉藥、威而鋼，起碼吐口水進客人菜裡。」

第三天的營養午餐像點樣子了，老伍將手機橫置於灶前，看著小艾的食譜試著燉出大鍋湯，大到足以供小學生帶回家吃兩天的分量。

雞湯的重點在於骨頭，前一天下午開車下山，天黑了才回來，他向雞排店、炸雞店買回一大包雞骨頭。

「你們看，這麼好的東西他們居然當廢物。」

兒子第一次沒吐槽，幫忙將骨頭洗過燉湯，食譜寫：熬一小時。撈出骨頭，再擱進四隻老母雞繼續燉。娃娃雖皺眉擔心財務破表，她什麼也沒表示。父子倆輪班看著火上大鍋子，小艾留下另一燉湯準則，得不時撈出泡沫狀雜質，這樣雞湯更純淨。加入小片金華火腿和大把香菇，熬到最後清湯上僅漂浮十幾顆金黃色澤的雞油。黃金雞湯。

這天午餐不再三菜一湯，一菜一湯與主食咖哩飯。咖哩按照小艾食譜的比例調配，雞肉、馬鈴薯、洋蔥、紅蘿蔔，一菜是松子炒菠菜，並把菠菜剪短至拇指長短，澆了花生醬汁。他對兒子說：

「松子香，對老人身體好，把菠菜剪短，小朋友帶回去，老人小孩都好入口，不會嫌嚼青菜費力費時了。」

最得意的創意是咖哩飯，裝出二十多個錫箔袋，以釘書機封住袋口，再用小塑膠袋裝進煮熟、切好的花椰菜，

「他們回家，錫箔袋往熱水裡加熱，澆白飯上，鋪了花椰菜。娃娃，我自己想出來的，上網找，軍人野戰口糧就這樣，依樣畫葫蘆，倒是做這些袋子花不少時間。告訴小艾，我老伍讓小的、老的晚飯都吃熱食，青出於藍勝於藍，他要是見到，慚愧至死。」

小艾一直沒回音，娃娃懷疑是否出事，就在這時，一輛花蓮警局的休旅車開進校園，下車的是蛋頭長官，他大聲喊：

「補給品來了。」

布丁杯雖晚了三天，其他的可以彌補，包括半隻豬、四大紙箱的鮮肉包子。

老伍並未表現熱情歡迎，他瞇起眼看同時下車長得精細的中年陌生人。老伍捏捏娃娃的手，

「來了討人厭的傢伙。我猜不會和小艾無關，大概和我保險業務有關，我去應付。」

里斯本發生一起槍擊案，目擊者指稱一名白髮東方觀光客在餐廳內中彈，由遺留現場的血跡與窗上彈孔可以證明，可是中槍者和同行東方女性下落不明，葡國警方正全力

尋找傷者並追緝凶手中。

槍擊案可能和小艾有關，他老是和槍彈扯不清，可能也和老伍有關，中槍的若是東方人，說不定是他保險公司客戶。

「中槍的是小艾？」

「不是。」

與陌生人坐在運動場另一頭，老伍總算看在捐贈食物分上，提供訪客熱呼呼的咖哩飯和咖啡。

「將軍？」

「應該是。」

「有消息沒？」

「沒。」

「這位是？」

「忘記介紹，戰略學會李總幹事，前陸軍上校。」

「你們不便明說，我說，將軍去葡萄牙的工作見不得光，所以來找改行賣保險老刑警的是退役上校和快退休的台北市警局副局長？」

「隨你說。」

「將軍沒和你們聯絡，」老伍看了上校一眼，「你們想來這裡打探小艾有沒有和娃娃聯絡。」

「答對了，李上校，我說過，老伍比菜場賣肉的更精，你買一斤，他大刀一剁，絕對只九兩。」

「精明談不上，有事請說，不然下山的路你們清楚。」

李上校認為將軍中了圈套，被打傷，而且傷勢很重，不然他會向台灣通電話報告進度。陪同的畢小姐是將軍找來的祕書，堅持不透露畢小姐身分，戰略學會當然無從和她聯絡起。剩下小艾。

最壞情況是將軍身亡，畢小姐嚇壞了，小艾不清楚將軍此行任務，沒辦法向恰當的單位請求支援。

「伍先生了解小艾，有什麼看法？」

「將軍的任務不能對我講？」

「不能。」

「將軍受傷，要我猜小艾會怎麼做？」

「是。」

「如果小艾和我們通上話，希望我們轉告你？」

「是。」

老伍打個呵欠，伸出右手，

「誰有菸？」

「你不是早戒菸了。」

「提神，天亮起床當娃娃奴隸，睏了。」

抽起李上校遞來的菸，

「如果將軍和畢小姐沒和你們聯絡，就當斷線，不必太張揚到處找他們，我猜你們找上我就是不想張揚對吧。小艾這個人，凡事一向自己解決，不會找我，不會找娃娃，他大男人主義，回家只說好事，壞事自己吞。」

「那怎麼辦？」

「留意葡萄牙，記得葡萄牙在南歐？留意南歐接下來幾天發生什麼槍戰，死什麼人，順著屍體去摸，說不定找得到小艾腳印。」

「這麼衝動的年輕人？」

「他不衝動，他接受委託保護將軍，誰傷了或殺了將軍，依照他彆扭個性，非討回來。」他吐口煙，「最恨別人在背後搞他，和我保險這行差不多，非挖出誰從死者棺材上得利不可。李上校保了險沒，需要我效勞？」

娃娃的聲音從運動場對面鑊氣十足殺來：

「學校裡不准抽菸。」

8 阿富

可能多年訓練新兵養成的，把手機擺在適當位置記錄下過程，可以看出各個士兵犯的錯誤，當士兵向上級指控他體罰時，有錄影為證。

飛藏進旅館屋頂山牆時他習慣性將手機用袋子夾在能拍到對面餐廳的牆角。飛往馬德里途中打開手機錄影檔案，沒出差錯，一槍命中，目標倒向餐桌。一旁穿黑色衣裙的瘦高女人竟然第一時間趴向老人背心。

放慢速度，女人反應快，向右抬起上半身往老人身上趴時，扭頭看了窗外一眼。東方女人的臉孔，受過訓練。

那麼她身邊的老人也是亞洲人？

不重要，他看著子彈飛出槍口、弧形穿透雨絲、射穿玻璃窗，比他預期的略低了三至五公分，射進老人背心。

太久沒用槍了。

馬德里烏謝拉區北邊的巷弄間果然隨處可見中餐廳，也有泰式和越式。他揀了家客人不多而乾淨的。

「你們這裡什麼既吃得飽又不貴？」

十五、六歲梳馬尾的中國女孩拉長臉指向菜單：

「蝦仁肉絲蛋炒飯。」

水陸雙拼炒飯，不禁嚥下口水。

「大碗。什麼湯好？」

「就酸辣湯唄。」

撒足胡椒粉，既酸又辣還能燙舌頭的湯，好。

「大碗。」

他脫下外套喝口熱茶，幾年前在捷克溫泉小鎮，叫什麼名字？從莫札特住過的小樓往前走有家中餐館，他將自行車靠牆坐在地面喘氣，店內冒出一張圓鼓鼓臉孔問，哪兒來的？台灣。肚子餓不？餓。十分鐘後他拿到一盤堆得像小丘的炒飯。蛋炒飯，沒蝦仁沒肉絲，照樣吃得他打出滿足的飽嗝。

騎自行車遊歐洲學會幾樁事，法國、英國、瑞士以外開中餐館的以浙江青田人居多，靠海吧。一個人出來，再拉家人、朋友，很快形成小聚落，多經營餐廳、小旅店，有點積蓄要不然有技術，買十幾臺、幾十臺縫紉機，湊足人手開成衣廠。在異國討生活不容易。

「我們沒大份炒飯。」

女孩擺兩盤炒飯在他面前，各堆成半圓形，把番茄醬瓶子朝盤子旁重重一放。老練的廚師炒了飯，一轉圓底炒鍋，飯與蛋全聚在圓勺內，一粒不留地往盤子一叩，有形體有香味。兩盤，吃得下。

「麻煩問問廚房，酸辣湯要是沒大碗，一碗就好。」

「酸辣湯有大碗。」

女孩話沒落定已經轉身走了。

桌面手機往一邊滑動。

他很少犯錯，犯了兩樣錯，很久才想通，他不是不想生孩子，而是好不容易退伍，計畫讓自己輕鬆過幾個月，況且他躺上床入睡前總計畫該怎麼帶她去歐洲玩，可是忘了說。如果他說我先帶妳去歐洲玩一趟，回來結婚生孩子，他的人生從此改變嗎？

手機傳來的錄影檔，兩條人影扛著老人逃離餐廳，細雨中路燈照著銀白的頭顱。怎麼認定他受傷還是死亡？

不過傳訊息來的人一向不解釋，付錢的說了算。

再傳來一個連結，附上的Google Map紅標指向他接下來要對付的地點，市區北邊，他在南邊，得穿越市區。

未寫明時間和目標人物，可是明確指出老人未死，工作未結束，得再折騰一陣子，倒是無所謂，終於又來到歐洲。

旅館很小，民宅改建，每層四間房，他坐在床頭找不到活動空間，倒是快遞公司來得準時，吉他箱子，裡面一把改造的M82狙擊槍。細長槍身、舒適的槍托，觸感溫暖的木頭材質，附了十二顆十二點七毫米子彈、消音器與德製瞄準鏡。試了槍機，滑順；上瞄準鏡，與軌道密合，穩定。這是把訂製槍，不知該笑還是該流淚，當了二十年軍人終於拿到真正給他用的步槍，這把槍的子彈拋殼口在左邊，為左撇子設計的。

左撇子在軍隊一向被忽視，從手槍到肩射飛彈，全為右撇子設計，第一次用左手射擊，彈出的彈殼煙幕一直在眼前跳，被迫改成右手射擊。不是拿筷子吃飯，射擊左手右手的差別不大，他曾在軍中表演分別用兩手持槍射靶，都準，贏得雙槍俠的綽號。作為射手，不需要兩手都會用狙擊槍，準就好，敵人不會從屍體內夾出彈頭研究對手是左撇子或右撇子，不過左手射擊的感覺遠比右手好，雇用的人調查過他是左撇子嗎？期待執行任務。

房間小，走廊盡頭是共用的廁所與浴室。他打開龍頭，記得一個女孩嫌他手腳冷，軍醫每半年為他健康檢查一次，從未說他低血壓，為什麼冷？

他開大水量，盡情沖熱水，遙遠的記憶，沖熱水的幸福感。已經步入中年，不必想大冷天沖刺骨冰水尋找自信。

蓮蓬頭下他想了很多，想到二十多年來錯過了很多，尤其錯過了那個打算和他一起存錢買房生孩子的女人。

放在洗臉臺的手機又發出振動。

9 將軍、老伍、小艾

葡萄牙和西班牙主要以南北兩條河為界，河上有橋，山地有路，找條不易引人注意的小公路往東竄並不難，難在汽車後座將軍呻吟聲更頻繁。

「換藥，檢查傷口。」

「我不會。」

小艾停下車，拿出剪刀、紗布、棉花棒、藥膏。

「我們只有這些，要是傷勢惡化，不管妳說將軍能不能曝光，直接送醫院。」

「萬一殺手追來？」

「送醫院，妳打電話給台北經濟文化中心，叫他們從里斯本派人來接將軍，總統府戰略顧問，他們不敢推託。曝光引發什麼政治問題你們的事，我的良心是救將軍。」

剪開將軍背心紗布，彈孔大，周邊皮膚與肌肉潰爛嚴重。重新換藥上紗布，小艾再打一劑抗生素進點滴瓶。

「將軍身體好，才撐到現在，不能再拖，我們往東開，見到第一家醫院或診所就送醫。錢花光沒？我找找看。」

他下車打開後車廂、打開手提箱，還有一疊。

「運氣好。把錢交給醫院，我們馬上離開，到醫院附近找隱密處就近監視。」

畢小姐總算回應了，

「你真有錢。」

「撿到的。」

「教我怎麼撿。」

忽然將軍伸手抓住小艾，他聲音細微，

「小艾，我活著，不能見人；死了，扛我屍體纏塊大石頭丟到海裡，更不能見人。」

說完，他再昏迷過去。

「聽到將軍指示，妳可以說說怎麼回事了吧？」

「我知道的有限。」

「沒關係，這麼冷，有人說話車內就有熱氣。」

小艾將一疊證件和信用卡扔給小畢，

「什麼人追將軍，妳看看。」

小畢仔細檢視證件，很久才開口，

「你從一個人——一個包包裡撿到的？」

「是。」

「好幾個人的東西，一本護照由塞爾維亞政府簽發，一本印尼，照片同一張臉孔。六張信用卡持有人名字都不同，你確定不是搶了六個人拿到六張信用卡？」

「確定。」

「將軍怎麼會惹上殺手，當初說來和老朋友見個面，有事請託他們，沒提誰威脅他的性命。」

「對我提了，他叮嚀，小艾，當心我背後。」

小畢眨眨兩眼，彷彿看久護照上陌生人照片使她眼睛乾澀。

「接下來我們一起想塞爾維亞和印尼有什麼關聯性。」

「我高中地理成績不好。」

「除了會撿東西和炒菜，你有其他專長嗎？」她用力捏護照，「護照上的人不是葡萄牙人，甚至不是西班牙人，千里迢迢跑到葡萄牙就為殺將軍？」

「妳說。」

「我懂了。」

「等下告訴我妳懂了什麼，不要回頭，有車跟我們。」

「誰能找到我們？」

「這種天氣、這種季節、這種山地，只有我們這輛車奔進這條潮溼公路，從衛星鏡頭往下看，比萬里長城還醒目。」

「你怎麼確定一定是跟我們的？」

「這種天氣、這種季節、這種山地，一路上妳看過別的車嗎？他們找到診所，找到妳朋友那輛車，說不定找到洲際飯店和我住處監視器錄影檔案。」

「開車送我們的朋友會出事？」她將兩本護照遮在胸前，「老天，他幫我忙，害他惹上麻煩，怎麼辦？我打電話找他。」

「不急，先和後面車拉開距離，妳盯著後照鏡。」

「要命。」她卻緊張回頭看。

「引擎蓋上有泥漿，抄近路追來的。我說追在後面的那輛車。」

「怎麼辦？」

「將軍受不了顛簸，到前面轉角處我下車，妳閃停車燈，什麼也別管，專心照顧將軍。萬一有人越過我找上你們的車，不是會打形意拳麼，找機會賞他一腳兩拳。」

「你呢？」

「出去吹吹風，等我回來開車。」小艾頓了頓，「要是擔心，妳也可以把車開走，別擔心我。」

「我帶將軍去哪裡？」

「安全的地方，我會找到你們。」

「你到底是誰？」

「小艾，廚師。」

小艾取出手提箱內的槍，槍管鎖進槍機，槍柄鎖進槍機，拴上瞄準鏡，旋上消音器，填入銅頭子彈，上膛，訂製狙擊槍沒有保險，省一道手續。貼近夜視瞄準鏡，世界變成淺綠色，受訓時有陣子他的夢墨綠色，比平常黑白的夢更陰森。從槍的角度看，綠色代表死亡。

以前沒用過這支槍，不知道瞄準鏡偏差度多大，已經沒有時間讓他試射。空氣中溼度高，風大，只能選擇大目標射擊，無法講究精準度。

BMW轎車閃進瞄準鏡，引擎聲沉悶有力，車頭兩盞燈劈風斷雨，不過已開始減速，他們看到小畢閃的停車燈了。

瞄準鏡內綠色BMW車窗搖下，伸出槍管，不是狙擊槍，槍管前部下方輔助握把明顯，奧地利產的斯泰爾AUG突擊步槍。他們打算經過前面車子旁，學好萊塢黑手黨電影從車窗一陣掃射打爛車子，省得下車溼了襪子。記得英文裡溼襪子指的是沒用的東西？中文裡更歧視溼襪子，又難過又不能脫掉，近乎黏住頭髮的口香糖。此刻他鞋裡的襪子已經開始從腳底溼起。

離開柏油路面，每踩一步便提起一腳泥巴。隱身樹後，雨水在葉片間幾經轉折無巧不巧落進他頸後的領口，脊椎被冰得不由得繃緊渾身肌肉。

ＢＭＷ緩下速度，車上殺手注意力集中在前方閃停車燈的車子，沒留意樹林內有雙泥腳正朝他們轉動槍口。

忘記溼襪子，距離約七十公尺，停止呼吸，對準目標，輕輕扣下扳機，子彈穿過葉片間隙、閃進雨絲之中拋物線飛行，在ＢＭＷ發現它之前，搶到最有利位置，然後噗吡一聲，子彈不在乎泥水，它蠻橫刺進輪胎，車子在泥濘路面向左打滑一頭撞進路邊樹林。

小艾迅速填入另一枚子彈，弓身提槍向汽車接近，後座車門被重力踹開，伸出槍口長得像套了角鋼的四方形槍管防護罩，義大利警方用Ｍ４衝鋒槍。沒時間交換名片自我介紹，小艾一槍往後座伸出的頭顱射去，同時臥倒再次裝填子彈端槍伏行接近。車上三人，後座的斜躺在椅子裡，臉頰露出血肉模糊傷口。駕駛的臉栽進安全氣囊，頭部噴出的血灑在前車窗，沒撞死也悶死。副駕駛座乘客正舉刀要刺破氣囊，小艾從後面補了一槍，連氣囊一起解決，見到沒舉刀的另一隻手裡握著手機，ＡＵＧ躺在一旁，現代人，手機的重要性勝過一切。

掏空三人口袋內證件和歐元，抓起駕駛頭髮，沒留鬍子，葡萄牙人，腰後插的是貝瑞塔ＡＰＸ半自動手槍，現役或退役警察，他們愛用手掌大小並附了防跌落保險的小槍，可能從未遇過槍戰，從不擔心別人對他開槍，擔心自己的槍走火打了腳掌。兩名槍手臉熟，和 hostel 對面樓頂提供小艾旅行資金的那位相同，都留大鬍子。

泥水鞋襪換成死者之一的嶄新野戰靴，將里斯本借來的狙擊槍塞進後座屍體懷裡，有點捨不得。

挑AUG或M4呢？選擇奧地利製造的AUG，比較重，附了瞄準鏡，聞得出新槍金屬味和油味，沒聞到火藥味，大概沒使用過，也就沒在警方檔案裡留下不良紀錄。

他快跑向前，槍塞入盒子藏進後車廂，其他東西扔給小畢，坐進駕駛座踩了油門繼續未完成的旅程。

「他們幾個人？」

「三個，其中一個講手機，後面可能有支援。」

「你把他們怎麼樣？這些證件和歐元不會又撿到吧。」

小艾遲疑了會兒，

「跆拳道大腳踹昏一個，空手道手刀劈昏第二個，第三個我沒動手，已經被安全氣囊悶得昏了。」

「他們血壓高，容易昏。」

「雨天、冬天，氣壓低。喝過酒。」

雪鐵龍小車，起步慢，一旦跑起來卻凶猛得很。看車上衛星導航，往東約二十公里過河到西班牙最西南角臨海的艾阿蒙特，再往東到古城威爾瓦。過了威爾瓦，小艾就不用擔心敵人了，往北往東皆有火車，尤其往東是世界遺產的塞維亞、哥多華，有足夠掩護他們三人的成百上千東方觀光客。

「將軍怎麼樣？」

「還在發燒。你朋友餐廳在哪裡？」

「我朋友？馬德里，糟糕，好長一段路。」

「你不問我有沒有西班牙朋友？」

「有嗎？」

「在巴塞隆納。」

「更遠。當我沒問，當妳在西班牙沒朋友。替將軍蓋好毯子，萬一遇到警察，說老人家感冒，送醫院。」

「你會西班牙語？」

「在馬德里打過工學過幾句。」

「發得出彈舌音？說句來聽聽。」

「Paella.」

「噁心，你果然是廚師。」

「小艾跟你聯絡還是娃娃？」

風大，他們坐進廚房，蛋頭伸出舌尖試紅豆湯溫度，像貓喝水。

「如果沒事，娃娃。如果有事，我。」

「叩你手機？」

「怎麼，想從我手機定位小艾？他在歐洲，台灣警方設備我清楚，沒衛星，沒加入國際刑警組織，別說定位，連打電話去蘇格蘭警場，人家先花半個小時搞清 Taiwan、Thailand 的差別，挺累人。」

李上校轉頭對蛋頭說：

「副局長，麻煩將伍先生手機號碼傳回台北，我想辦法。」

老伍當沒聽到，

「兒子，明天的菜單擬出來了嗎？」

兒子悶頭在電腦前，沒回答。

「主菜改成滷肉，這個我拿手。你蛋頭叔叔送來半條豬冰櫃放不下，早點用掉。」

兒子仍然沒回答，他太沉醉於小艾留下的食譜？

「小艾在歐洲有什麼朋友？」兒子問。

「我哪知道，他離開法國傭兵團去義大利西邊的什麼小鎮賣過炒飯，幸好沒吃得老義拉肚子。」

「哪個小鎮？」

蛋頭接話：

「馬納羅拉。」

「你記性真好。」

「所以我當副局長，你退休。」

兒子伸出一隻作勢揮打蒼蠅的手，

「不太對勁。」

「找不到滷肉食譜？」

「小艾手機的訊號消失了，最後的訊號留在里斯本洲際飯店附近。」

三個男人同時看向兒子背影。

「這位是？」

「我兒子，伍元，一元復始的元，開始的意思，我爸取的，他孫子嫌棄這個名字，成天嘀咕如果是日本人，他會叫伍佰萬圓，至少聽起來有富豪感。既然叫他伍元他不爽，我只好叫他兒子。」

「工作是？」

「警大研究所學生。」

「專長？」

「鑑識科學。兒子，這次沒說錯吧？」

「他最後傳了一則消息給我。」伍元壓根沒理會他爸落落長的介紹文。兩個男人的頭擠到他螢幕前，伍元砰地一聲蓋上螢幕，像他媽進他爸書房，不巧爸正看日本色情網站，忙不迭蓋上螢幕並且未忘記趕緊提起衣袖擦掉嘴角涎著的口水。

「什麼消息？」蛋頭急著問。

「蘿蔔燒花枝。」

「你們的暗語？」

「山上小朋友愛吃海產，可是我們只有冷凍花枝，不知道怎麼處理。他的食譜裡找到用蘿蔔燒的作法，我上網查，蘿蔔分泌一種能讓花枝變軟的酵素，合在一起煮，蘿蔔滋味豐富，花枝細嫩，老人也咬得動，煮的時間比雞湯短。」

老伍感慨，

「小艾這人責任心重，多不放心我們父子哪。」

「蘿蔔？」蛋頭看著闔上的筆電，有點餓虎撲羊的欲望。

「伍先生，抽個空我們單獨聊聊？」

「李上校，進廟得先拜神明，要不要捐點小錢贊助小學生午餐？」

沉默了足以讓老伍認定來的人是小氣鬼的十五秒鐘。

「捐多少？」

「樂捐，你快樂地捐，我快樂道謝，絕不挑剔。」

沉默了足以數三十張千元鈔的時間。

老伍接下錢，一躬鞠到要快閃了腰。

「感謝。李上校，你隨身帶的百元鈔票真不少，怕我們鄉下找不開千元大鈔啊。」

「有魯副局長作證，伍先生，以下談話屬於機密，請只聽不說。」

他們三人又坐到運動場另一頭，老伍納悶，運動場小，跑一圈兩百公尺，這邊說話，那邊豎直耳朵不會聽不到。不想掃興，他老實坐下。

「小艾隨將軍去歐洲執行一項機密任務，將軍未準時回消息，表示發生意外，如果小艾跟伍先生聯絡，請務必提醒他，不可讓將軍曝光。」

「喔，就是叫小艾拿塊黑布套住將軍的頭往後車廂塞。」

「伍先生說對了七分。」

「沒說對的三分呢？」

「這樣吧，將軍若出現涉及生命安危狀況，不能送我們在當地外交單位，不能送警局，不能送醫院，小艾得帶將軍避人耳目，躲藏。」

「呃，明白，抱著將軍找家汽車旅館窩進去，白天不開燈，晚上蒙面出門，假裝蝙蝠俠帶他山洞裡的老管家出去散步。」

「伍先生這回說對八分。」

「八分，我滿足了，從小到大從沒想過考滿分。」

蛋頭半個腦袋躲到李上校身後掩嘴不敢笑出聲，快把自己悶死。

「伍先生果然懂得討價還價。我明說吧，將軍要是生病、受傷，小艾想法子醫治；將軍要是死了，屍體不能曝光。我們目前措手不及，需要時間想辦法接手處理。」

「對嘛，早說不省掉多少口水。李上校是戰略學會的人，戰略學會是民間組織，那麼是民間組織的戰略學會扯上國家機密，還是李上校打戰略學會招牌私底下接國家機密的生意？」

蛋頭再也忍不住，笑得沒差一口氣喘不過來，噎死。

「明眼人。我們情報單位同仁常常有好幾重身分，伍先生了解。」

「你周杰倫，我蕭敬騰，約打籃球不必前面掛一串久仰、我是你粉絲之類的敬語，就說小周，鬥牛不。我聽得懂，將軍生死都不能見光，尤其死了，會鬧成緋聞？不會，將軍看起來正義凜然，正派。鬧成醜聞？不會，將軍帥，一點也不醜。只剩下一個選擇，鬧成政治新聞？」

「伍先生全懂，我不說了。」

老伍起身踱了幾十步，回來坐下，

「小艾得扛不管死活的將軍千山萬里逃，他的小命也危險，蛋頭，不許對娃娃說。」

他轉眼珠子，

「還有，萬一將軍死了，你要小艾背屍體在歐洲到處跑，等你們的人去接手？蝙蝠俠有這麼幹的？」

「不能不如此，我們沒想到簡單的交涉工作鬧出意外。」

老伍拉出躲到樹後的蛋頭，

「說，我們偉大的副局長，這麼大的機密你先知道，你除了警察，恐怕也有別的身分，幾個身分？」

「幹什麼，老伍，我聽命行事，你又不是不了解我們警察上頭多少個指導單位，誰都能叫我們立正敬禮。」

輪到李上校不作聲。

老伍用力扭住蛋頭脖子，

「逗陣仔，這位多重身分的李上校要小艾背無論死活的將軍到處跑，讓我想起什麼？有些古典，有些道教神話——」

「湘西趕屍。」

「對，果然副局長有學問，難怪每個單位都搶著要你兼差。湘西趕屍。蛋頭啊，小艾這回苦了。」

「不能送將軍進醫院？將軍要是死了，我得扛他老人家大體到處躲，等其他人來找我接頭？將軍對妳說的？」

畢小姐沒吭聲。

「而且我不能問為什麼。」

畢小姐咳了一聲嗽。

「我軍人，凡事考量優先處置目標，既然無論死活，我得藏將軍到某個人來接他走為止，多少天？既然妳說不出多少天，大概不少天，妳覺得我們能用這輛小車子載著他天涯海角？」

小艾貼近將軍臉孔問：

「將軍，撐得住嗎？」

醒來的將軍點了頭。

「與其在汽車上痛苦，不如這樣，到西班牙境內第一個火車站，將軍戴帽披大衣，妳綁圍巾連頭帶嘴全遮住，裝成祖孫，見車上車，不管去哪裡。上車補票，有頭等坐頭等，有午餐吃午餐，不是給妳不少歐元嗎，大膽花，不必拿發票報帳。」

「不覺得坐火車很危險？」

「我們開車，妳看到對方不是照樣追來。」
「要是他們守在西班牙境內火車站，我們不是去送死？」
「火車上人多，他們不敢明目張膽下手，得想盡辦法把你們逼下車再動手。」
「你呢？」
「我坐另一節車廂，追我們的人追的是將軍，不是我。他們清楚將軍長相，說不定也對妳的倩影牢記腦海。殺手不放過將軍，我不知道殺手長什麼樣、在哪裡，只好請將軍現身吸引他們。」
「你趁機打昏他們的人。」
「他們沒機會看我臉孔，不知道我是誰，說不定以為我是你們雇來的司機。倒是妳，網路上是不是有很多妳劈腿、打形意拳的照片？他們以為妳是將軍的祕書兼保鑣。我對他們而言是個影子，值得留意，不值得列為主要目標。」
「艾先生，將軍雇用你負責他安全，可是從頭到尾你自認置身事外，說話不帶感情，將軍怎麼會找上你這種人。」
「也許他找錯人。」
「你不會丟下我們跑了？」
「拿到訂金，一定負責到底。」
「你是傭兵？」

「以前當過傭兵，現在，說過，廚師。上火車妳陪將軍坐，我坐後面，誰想對將軍動手，我一目了然。」

「把將軍當誘餌，我不同意。」

「與其被人打黑槍，不如我打他們黑槍，將軍存活機率更高。」

「汽車停在車站？」

「我找人開走。」

「誰？」

「花錢總找得到人，我請人把車子往另一條公路時速一百公里以上開回里斯本，製造假線索。」

「我還是認為開車比較安全。」

「隨妳，到了西班牙看到火車站保證妳改變心意。小姐，火車的密閉空間對我們危險，對他們也危險。」

「為什麼你不講話就算了，一講就要全聽你的。」

「因為到現在為止，妳什麼也沒講。將軍的命在妳我手裡，我覺得合作比較好，同意嗎？」小艾頓了頓，「可以說清楚到底怎麼回事？」

時速一百公里，小畢悶了至少一千公尺，吞吐地開口：

「台灣正進行一項祕密外交任務，一旦公開可能引爆成國際醜聞，政府不方便出面，委託將軍以民間人士身分交涉，大概因此被對方攻擊。」

「台灣邦交國不到二十個，中華民國等於地球上的隱形國，找台積電幫忙執行你們什麼神祕外交任務，說不定更方便。」

「不要亂說。」

「和中東有關。」

「你怎麼知道？」

「BMW車上的男人留大鬍子，衣服上嗅不出菸味，倒是滿滿羊味。」

「將軍奉命和中東人談筆生意。」

「買地毯，買阿拉丁神燈？」

「我想想怎麼說才好。」

「頭頂衛星地面有追兵，時間有限，妳慢慢思考，等下對前面拿機關槍的槍手說。」

去年台灣空軍在政府授命下，召集退伍不久的幹部組成三十人特遣小組進行特殊訓練，隨時聽候命令飛往阿拉伯葉門共和國，任務為協助親歐美的前政府軍對抗已經占領首都沙那的胡希派青年運動組織。

「太平島。」

「你聽不聽？」

「太平島上裝了雷達。」

「胡希派屬於親伊朗的什葉派，原來的亞丁政府遜尼派，親沙烏地阿拉伯，但兩邊對立和宗教關係小，和仇恨大。」

「雷達偵測到美軍艦隻、越南的、老共的。」

「前葉門政府任意槍殺胡希派領導人，引發革命，政府又貪腐——你到底胡扯什麼？廚師先生，我耐心有限。」

「妳存心唬弄我。」

「唬弄你有什麼好處，而且和太平島有什麼關係？」

「南海最大而且有淡水的島是台灣的太平島，各國都想要，不過島上台灣駐軍奉指示對任何一邊的船隻，都不得開火。」

「你想說什麼？」

「幾年前政府撤走駐守當地的陸戰隊，換警察身分的海巡署人員，怕萬一別國攻擊太平島，陸戰隊還擊引發大戰，警察不還擊，他們等著和對方講理。」

「我受夠了。」

「我的意思是，台灣政府天生膽小，不可能派人去葉門。」

其實所謂的前政府軍，指的是沙烏地阿拉伯為主的聯軍，支持一度退至亞丁的遜尼派政府，他們怕胡希派背後的伊朗伸腳進阿拉伯半島。葉門掌控紅海出海口，等於沙烏地後門，內戰打了多年，從南北葉門好不容易統一，再打成一邊一個政府，二〇一五年美國受不了而撤出，但從未停止於後勤、情報上支持聯軍。

「我快睡著了。」

「你還是不信？」

「信。看不出和台灣的關係。」

最初對台灣提出要求的是美國，可以想見，美國除了已經退出葉門外，也從阿富汗撤軍，絕不想再蹚歐亞兩大洲中間這塊複雜地區的渾水。打了幾年，沙國師老兵疲，和胡希派表面停火，實際上仍不放心伊朗提供胡希派的機動地對地飛彈，希望美國協助，透過國籍模糊的傭兵組織協助南方的前政府軍壓制胡希派軍隊。如此一來美國可不必派軍事人員到葉門，二來防止胡希派用飛彈攻擊利雅德，並壓抑胡希派控制紅海水道的企圖。

「懂了，傭兵戰爭，瓦格納對ＣＩＡ。」

「大廚師，請勿發表不成熟的意見。」

「不，我想到傳說中一道著名廣東菜，龍虎鬥。」

「洗耳恭聽，說吧。」

「就是蛇肉燉貓肉，夠反胃吧。老饕認為蛇肉和貓肉鮮美好吃，對不起，我沒吃過無法證實，總之餐館怕衛生單位追究衛生，就弄個漂亮名字，龍虎鬥。」

「傭兵是貓和蛇？」

「不，傭兵是龍與虎。」

「掩蓋沙烏地和伊朗在葉門的貓蛇競爭內容？」

「這個意思。」

台灣最聽美國的話，老大哥下指示，計畫由精挑細選退伍的空軍飛行員與地勤人員組成特遣小組赴葉門，他們穿南方政府軍制服，拿沙烏地付的美元薪水，平常待在營區，每半年輪休一次回台灣。

事情敏感，僅少數官員參與，稱此一行動為「海雪計畫」，如海般的沙漠，當戰機掠過，掀起漫天如落雪似的白沙。「海雪」之名來自八世紀李白的詩〈豫章行〉：

胡風吹代馬，北擁魯陽關。吳兵照海雪，西討何時還。

表面上美國不承認這個計畫，沙國不認可這個計畫，台灣當局一向不管制退伍軍事人員的就業自由。台灣聽美國的，美國怕沙烏地鬧脾氣，沙烏地擔心伊朗搶了葉門，三方一拍即成。

「等等，確定台灣非得接受美國的命令？」

「又有意見？」

「仍舊不相信台灣政府忽然膽子大了。」

「我話沒講完，你急著下結論，真是的。」

和沙國談合作時，台灣空軍責任明確，負責偵察已在首都沙那建立新政府的胡希派飛彈基地與軍事行動，不參加實際戰鬥，為期一年，將軍飛里斯本便為簽約。他是名義上民間傭兵公司負責人，簽約後預計台灣人員於三月開春即進駐葉門基地。

「退伍空軍，由民間單位招募不是更好，為什麼政府出面？」

「交給民間招不到需要的人才，而且太招搖。」

「將軍代表政府私下成立的民間公司來簽約，然後退伍空軍人員到葉門，代辦傭兵業務的意思？」

「應該是，詳情我不了解，將軍的事情藏在他心裡，不肯說出來的當然是機密。」

「就純老百姓而言，妳知道的夠多了。談合作應該去利雅德、華盛頓ＤＣ，怎麼選里斯本？」

「我只陪他來，沒問為什麼里斯本。」

「在里斯本盯上將軍和妳的三名男子有中東人，什麼身分？」

小畢咬著嘴唇不吭不響。

「追殺我們的是穆斯林，他們的護照在妳手上，不管上面寫的國籍，妳認為他們挺哪一邊？南方的，胡希派的？」

小畢快咬破嘴脣。

「還有一位先生被我在 hostel 對面屋頂打了一拳，恐怕到現在還昏在那裡，用的槍和狙擊將軍的不同，不過同樣是職業殺手，拿塞爾維亞和印尼護照，我猜也是穆斯林。好大的殺手隊伍專門對付將軍，只是要台灣無法簽約？我腦子不太好，但知道現在就連網路簽字都搞得定合約。」

小畢拿出粉餅為她乾燥得脫皮的鼻頭補妝，小艾從副駕駛座外面的後照鏡看得到小巧鼻尖。

「沙烏地阿拉伯不會殺將軍，美國不會，葉門的亞丁政府不會，剩下來只有胡希政府，他們力量大到能花錢請大批槍手潛入歐洲聽命殺人？」

「還有伊朗。」

她開口後，嘴脣慢慢回復血色，稍厚的嘴脣朝外嘟了嘟。

「台灣傭兵到葉門為沙烏地阿拉伯打胡希派，將軍代表台灣政府到里斯本和沙國簽約？將軍是總統府戰略顧問，撇不清台灣政府在這筆傭兵生意的角色。」

「我不清楚。」

眼睛圓而黑，一抹光線閃過，她戴了隱形眼鏡。

「妳不說實話，我送將軍去醫院。」

「大家都知道戰略顧問根本沒事做，將軍也沒領總統府薪水。」

「台灣有什麼值得美國、沙烏地看中，請去當傭兵？」

「南方政府還有十二架當年美國提供的F-5E。台灣是目前仍使用F-5E少數國家之一，數量多，維修後勤齊全。」

「F-5E快成骨董，啊，想起來，伊朗也有幾架美國的F-14戰機，辦場退休老戰機經典賽？」

「不好笑。F-5E改裝用作低空偵察，尋找移動式飛彈發射車。」

她兩手用力抹平起縐沾灰的裙子，並將裙襬往下拉，不過小艾對白嫩的大腿興趣不大，討厭別人鬼扯唬弄他。

「明明是傭兵，不能曝光？」

「不能曝光，台灣一向親美，太敏感，更不想攪進國際紛爭。」

小艾兩眼盯著前方，汽車駛過橋，路旁的房子增多。

「我以前當過傭兵，比廚師工作單純，廚師要考慮明天菜單，勤快一點的天沒亮起床去市場買菜，傭兵不同，專心於訓練，上級下令去哪裡就去哪裡，不囉嗦，打哪個敵人就打，打完仗回營地吃飯睡覺。廚師下班得上網查看是否哪個顧客吃得不爽，網友打的分數升高還是下降，要是有人打零分，說不定找出這個人打場架。」

她為兩手塗抹護手霜，左手搓右手，沒塗指甲油，沒貼指甲花，指甲剪得很短，不是咬的，剪的。

「傭兵有個特色，在意武器、裝備，以前同袍有的嫌部隊發的狙擊槍不好用，開明細交給上級，另行採購最先進槍枝和彈藥。分配的車輛和其他單位一樣，VBL裝甲車，我們自己動手重新加厚底部裝甲、前座兩側加鋼板，防地雷和火箭彈。畢小姐，傭兵比其他人更在意安全，無論哪一國的傭兵都不會傻到去葉門飛四十年前戰鬥機，妳終究認定我腦子非常好。」

「將軍說的，不信你問他。」

車子停在加油站，小畢一面加油一面看著躺在後座半昏迷中的將軍，小艾進商店，提大塑膠袋回來，有吃的、喝的。車子開到一旁，他挑出地圖扔給小畢，拿出剪刀為將軍換藥。縫好的傷口又綻開，需要大量消炎藥，需要血漿，需要醫院，他將最後一劑止痛藥注射進點滴管內。

「剛才開岔了路，離火車站有點距離，前面是個名稱很長很繞口的小鎮，Castro Verde 韋迪堡。」他將地圖攤在方向盤上，「往北去貝加，有火車回里斯本，往南去大西洋的港口城市法羅，搭船能出海去西班牙，不然換火車去葡西邊境，想走哪條路？」

「去法羅幹麼，又不是度假。」

「我和妳的看法相同。」

「不過到法羅可以換船換火車，要不然直接開車去西班牙。」

「妳挑法羅？我和妳的看法也相同。」

「到底怎樣？」

「對方不確定將軍傷勢如何，不過看來他們非追到將軍不可。我估計頂多領先他們一兩個小時，按照我們行進路線，他們猜得到我們去法羅，不如往北，到貝加轉往東，進西班牙找到車站就換火車。」

「為什麼一定要換車？」

「對方應該想不到我們換火車，再說我喜歡火車，可以睡覺。」

小畢翻小艾買回來的其他地圖，

「你買這些法羅觀光地圖做什麼？」

「讓店家以為我們去法羅。」

「小聰明。」

「幫個忙，用手機查火車時刻，薩弗拉到馬德里的。」

一支嶄新小米手機落進小畢手中，這次她什麼也不問。

「畢小姐，把將軍交給我的人是我在台灣唯一朋友，我絕不能讓將軍倒下。對不起他，萬一將軍撐不住，馬上送醫院。」

小畢扶將軍上另一輛車，西班牙產的喜悅小車。

「你喜歡小車。」

「不引人注意。店主的車，他不到傍晚不下班，而且他會在停車位找到一輛無人雪鐵龍，鑰匙還在車上，不耽誤他回家吃晚飯，多好。」

車子開回公路沒多遠又往路邊停下。

「又怎樣？」

「把妳另一支手機拿出來。」

小艾伸出右手，

小畢將小米放進小艾手掌。

「不是這支，我進加油站小店買地圖，妳忙著在車內傳訊息對吧，那支。」

小畢不情願取出蘋果機。

「傳給台灣的人？」

「朋友啦。」

「現在我們不能不浪費救將軍性命的一分一秒，妳沒說出全部真相，有空說說嗎？」

「將軍叫我不能對任何人說。」

「假裝我不在，妳對空氣說，《魔戒》裡咕嚕對自己說，my precious 那樣。」

「他說萬一他怎麼樣，要我到了馬德里打一通電話。」

「不能現在打，非得到馬德里再打？」

「他這樣說的。」

「妳有兩支手機，建議妳最好用小米，至於蘋果機——」

如預期，蘋果機被小艾放在左前輪前，車子往前往後來回幾次，小艾再將破得四分五裂可憐蘋果機塞進一灘泥水裡。

他坐回車內，

「沒別的選擇，只好去馬德里。」

車子駛回公路，

「我複誦一次，到馬德里，打將軍留給妳的號碼，把將軍交給他們送醫院，我回台灣，沒錯？」

「錯，將軍跟你談好的條件是看住他的背，直到他回台北。」

「原來將軍什麼事都對妳說了，真好。」他從後照鏡看後座，「我怎麼有點懊惱、後悔的感覺。」

「誰叫你沒看好他的背。」

小艾看著後照鏡對神智不清的將軍說：

「將軍，對不起，有句話如果你不回答，我得問畢小姐。」

「又要問什麼？」小畢以冰雪目光射向小艾。

「如果將軍不幸殉職，殺手的槍口快追到我屁眼，無法把屍體交給你們的人，我把屍體扔進大海，算任務圓滿達成？」

「屍體丟進海說不定浮出來，說不定被漁網撈起來，說不定你沒丟準，剛好丟進滿船賓客的遊艇甲板。」
「不能丟進大海？」
「不能。」
「不能埋？」
「不能。」
「找個地方點把火燒了呢？」
「很冒險。」
「燒，冒險？」
「說不定被衛星拍到，說不定有人經過打電話報警，說不定你找那麼多燒屍體木柴就已經曝露行蹤。」
「妳以前是不是有個綽號叫說不定？」
「將軍活著，不能讓人發現，死了，更不能讓人發現。我必須把將軍交給馬德里的人，如果不是馬德里，就換成他們指定的地方。」
「意思是我得帶著他從里斯本到馬德里或他們指定的地方，亡命天涯？」
「對。」
「想起我長輩說的一句話，和尚偷廟裡菩薩像，沒人買，他背得快累死，為了信仰不好丟下不理。早說清楚，不論將軍生死，我都得把他交給你們不知道在哪裡的人，即使屍體？」

「最壞的情況。」

小艾緊急煞車，

「老天，猜猜我想到什麼？」

「什麼？」

「湘西趕屍。」

第二部　逃出馬德里

遠古蚩尤與黃帝戰，死者甚重，乃令巫師作法運屍返鄉。使小銅鑼於前，示警眾人掩門閉目。使攝魂鈴鎮其魂魄，遮之以黑衫，行走如蹦跳狀。其後此法亦盛行於湘西，稱之湘西趕屍，行數月，屍不腐不臭，至家解符乃葬。

——民間傳說

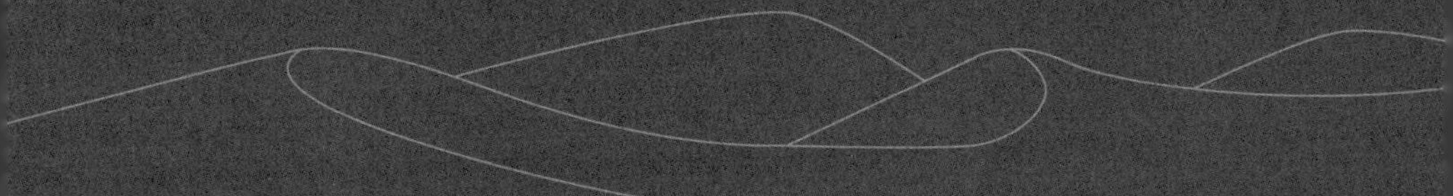

法國
聖地牙哥
西班牙
巴塞隆納
托里哈
馬德里
葡萄牙
托里霍斯
卡塞雷斯
瓦倫西亞
巴達霍斯
梅里達
哥多華
艾阿蒙特
塞維亞
地中海
北大西洋

1 將軍、小艾、小畢、老伍

將軍與小畢坐第一節車廂，小艾壓低帽子縮起脖子坐第二節，乘客不多，他們前往梅里達折而往北去馬德里。

聞到槍油味，炒菜用的菜油感覺得到植物香味，槍油不同，冷冽刺鼻。

還有，那位老婦人起身未免太俐落，紮頭巾穿蓬鬆大裙子，走道上擺著帶輪子大菜籃，看起來她不久前在菜場太忙，此刻急著上廁所。尋常老太太一手撐扶手，慢慢站起身再設法挺直腰，她卻搶籃板球似彈起身拉起菜籃往前走。腰力真好。老人家穿運動鞋方便走路，可以理解，但老太太穿長統傘兵靴，嫌重了些，不怕扭到腳踝。

記得第一節車廂內尚有一對母子，估計兒子不到五歲，另有位持拐杖老先生，七十歲以上，不是掏槍動手的好環境。

老婦人走了一步，轉身看拖在身後菜籃。她看的不是菜籃，銳利眼神掃過後面乘客，她並未特別留意低頭看手機的小艾，小艾看的不是手機訊息，而是攝影鏡頭拍的畫面，拍到那雙突兀靴子和塞滿東西鼓鼓菜籃。

恰好菜籃輪子在車廂門卡了一下，小艾也搶籃板球，縱身快步上前好心替她提起菜籃，空的，要不然塞滿報紙。

一手提菜籃，一手扶住老太太左臂，免得她失去重心摔著。一把握去，好大的肌肉。稍微用力擠她至第一節車廂尾端，老太太甩下菜籃，從口袋取出不是防狼噴霧器，是一把鐵灰色手槍。小艾沒帶槍，他不打算用槍，說時遲那時快，手裡多了彈簧刀，彈出刀刃，火車轉彎晃了晃，他向肥胖的老太太抱去，不溫暖，他根本抱到一根大石柱。

因此當小艾一手隔開槍，一手刺進對手大頭肌時，站不穩身體撞進老太太堅實毫無彈性懷裡，他看見假髮脫落的男人往後倒向車門，也因失去重心而伸手往後找依託，可是他按錯地方，按到了車門開關，於是車門滑開，小艾看到車外泥濘田地、遠處山峰、斜狀雨絲、插在對方手臂的小刀。失去假髮的壯碩婦人後仰掉出車時仍一手摟著懷裡小艾，母親抱孩子的姿勢。

小艾在半空打了個轉，抽出刀子再刺進對手心臟，看見站在車門內的小畢掩嘴瞪大兩眼，說不定發出被車輪聲壓掉的驚叫。

「你在台灣當軍官，去法國當士官，不是降級？喜歡當兵？」

「喜歡單純的事。」

「舉例。」

「上級要我去哪裡就去哪裡，專心研究我有限的戰場就好。」
「為什麼改行當廚師？」
「從小喜歡炒飯。」
「你的客人只吃炒飯？」
「當然點別的菜，都是炒的，大火大油。中菜講究鑊氣，油燒得冒出煙，立刻下食材，快翻快炒快起鍋，食物味道強烈，嚐得出火和油交融一起撲鼻爆香味。」
「我相信你是廚師的比例升到五十%了。」
「之前多少？」
「之前？零%，聽到你說甜不辣由來，升到十%，聽到 paella，升到二十%。」
「我進步很快。」
想到在熱炒店後面廚房炒菜，夏天沒有冷氣，兩臺抽風機抽出炙人蒸氣，兩扇窗與兩扇門全開，空氣流通，也讓外面的風吹進來。即便如此，汗水從未乾過。熱炒店廚師的廚房，血汗工廠。
還愛炒青椒牛肉絲，炒了薑絲，下青椒，花點時間炒得略軟，然後加進拌了太白粉牛肉絲，等牛肉絲顏色稍稍轉深，撒鹽起鍋，肉嫩椒脆。小艾認為鑊氣來自剛燒出油煙的鐵鍋，聞得到鐵、油、肉、菜混在一起形成的強烈味道，這時「炒」不再是動詞，也是名詞，代表處理得恰到好處的食物與整個製作過程的豐富氣味。

「看你扛將軍挺熟練，你同袍受傷，常由你扛回陣地？」

「不常，希望不常，但扛過，最重的一百一十五公斤。」

「哇，你抬得動？」

「咬著牙背，如果我倒下，希望也有人背我。」

「一百一十五公斤，不怕腰斷掉，不是七十五公斤。」

「一百一十五公斤的人才提得動三十八公斤重五〇機槍，再加肩上掛一百發子彈彈帶。喜歡身旁響起機槍火辣辣槍聲，安心，像——」

「像十字架出現在戰場上空？」

「太神話，不過差不多意思。」

「將軍很瘦，傷勢嚴重，不容易背。」

「我抱他。」

「抱新娘那樣抱進洞房？」

「進病房。」

想到民生西路賣炒飯的大哥，炒鍋比較小，訂做的。大哥說，我一次炒一人份，訂製這種大小的鍋子剛好一人份，而且不會太重傷到手腕。雖然這麼說，你看，我左手又扭了，店不能停業，還好找到你幫忙。

不囉嗦，小艾接過炒鍋，外面排著隊，起碼十多人，他一次只能炒一人份，要記得這鍋加蝦仁，下鍋加玉米。大哥又喊，火腿鳳梨炒飯。炒完一鍋快速洗鍋刷鍋，在火上燁乾，倒入沙拉油，繼續炒下一鍋。

基於經驗，快速翻炒大約一分半鐘，飯粒不乾，食材鮮嫩。

把飯甩到半空，準確接住，讓每一顆飯粒享受短暫飛行，看看窗外天空，嗅嗅人間空氣，安心落回鍋內。

「你在哪家餐廳當廚師？」

「哪家缺人手，去哪家。」

「流浪廚師？看不出你挺酷的。」

她的手指停在小米螢幕，

「九點五十分從巴達霍斯到梅里達換十點四十分的車去馬德里。」

「區間車，太慢。」

「八點四十五分的一班直達，十二點三十分到馬德里。」

「讚。」

「有點趕。」

小艾右腳在油門上加了力量。

「萬一中途死了呢？」

「誰死了？」

「一百一十五公斤扛機槍的。」
「繼續背。」
「可是他死了。」
「能背多久算多久，因為沒空停下腳步確定他是不是真死了。」
「人死了不是會失去溫度？」
「我背心淌滿汗和血，汗和血都是熱的。」
「背到什麼程度你才會放下？我說一百一十五公斤的。」
「送到醫護士官面前為止。」
「醫官摸你背來一百一十五公斤的脈搏，搖頭說死了，豈不白費氣力。」
「努力過，希望其他人背我也這麼努力。」
雨逐漸轉小，映在微亮天幕前的是座小山丘，可以看見一座白色尖塔，他們右轉往東，迎面來了輛警車，但警車未減速，小艾也未減速，一秒鐘的交會，警車未停下，小艾也未停下。他們甚至未交換眼神。
將軍的呼吸變得緩慢，小畢伸手往後座摸將軍鼻息，
「用妳化妝的鏡子，如果有呼吸，鏡面會起霧。」
她試了，起霧了。
「原來霧代表人仍活著，」她看著小鏡子，「死了反而陽光普照。」

「我一位長輩會說，看吧，人死了未必是壞事。」

「我覺得霧很人生哲理。」

小艾不想討論霧與人生的問題，一如他很不喜歡客人與他討論蛋炒飯該將飯下鍋炒再下蛋，還是先炒蛋再加進飯。

「有女朋友了？」

「為什麼不問我結婚沒？」

「沒看到你戴結婚戒指，連戴戒指的印子也沒。」

「出任務一向不掛飾品。」

「戒指、項鍊都不戴？」

「不戴。對了，掛兵籍名牌和兩枚手榴彈。」

「怎麼扯到手榴彈。重來。結婚沒？」

「沒。」

「有女朋友了？」

「有。」

「你出來，她留在台北？」

「與妳無關。」

「這樣很難聊天。」

「聊別的。」

「再重來。你和將軍怎麼認識？」

「他認識一位朋友，這位朋友認識我。A＝B，B＝C，A＝C那樣。」

「你朋友綽號是英文二十六個字母，如果認識第二十七個朋友，該叫他什麼？」

「可以填補二十六個字母裡缺的那個。」

「哇，缺的那個是你不想跟他做朋友，還是——」

「掛了。」

沉默幾秒。

「如果你經常交朋友，表示你的朋友裡經常掛掉一兩位，聽來很有故事。」

「沒有故事。」

「你根本不想聊天對不對？」

「不，妳聊，我陪著哼兩聲，維持車內溫度。」

「你是犀牛，一身裝甲又眼睛不好，看到什麼就撞。」

「沒有脖子的長頸鹿。」

「什麼意思？」

「不想看未來，偏偏已經長頸鹿的樣子。長輩說的。」

沉默幾秒。

「好吧，你這位長輩更難聊天。除非我睡覺，不然我們總該聊點什麼，免得你開車開到打瞌睡。」
「說過，你聊我哼。」
「算了。」
「聊天。我們不能把將軍送醫院，不能叫外交人員接將軍，看起來有點救難英雄的模樣，卻誰也救不了。」
「喔，沒有脖子的長頸鹿不是長頸鹿，是鹿。」
「答應跟妳聊天，妳就打聊天對象的槍，怎麼聊得下去？」

看著火車從車窗前駛走，他們沒有選擇，區間車就區間車吧。小艾扔下車，留下鑰匙，希望西班牙治安不好，車門沒鎖，鑰匙掛方向盤下，看起來可口動人，三小時汽車被開到聖地牙哥還是哥多華最好。

老伍的咖哩包失敗，加熱時有的開了口，有的因為錫箔袋太燙，拿起來要倒進飯裡時失手落地了。

第二天伍元接手主廚，娃娃當裁判，主廚由父子一人一天，輪到老伍摸鼻子當二廚，兒子喊燒開水，他忙不迭提水壺盛水；娃娃喊飯煮了沒，他趕緊跑去看電鍋按了START鍵沒；兒子再下令，打蛋——打蛋做什麼？漂亮，兒子居然要做日式蛋捲，小艾食譜內沒有這項。幸好學生不多，光打蛋做蛋捲右臂幾乎廢掉。

午餐成功，伍元不知打哪裡弄來一堆池上便當用的木片飯盒，替每名學生做好兩或三個便當——依戶口數目——放學帶回家，祖孫好吃晚餐。

有點悶，不久前他還是兒子的偶像，幾天工夫，兒子怎麼偷偷摸摸追到他前面。幸好是兒子，否則長江後浪推前浪，前浪嘔死沙灘上。

明明向公司請了休假，什麼急事連續發 Line，叮咚聲響不停。

收到一件奇特出險申請，按規矩，申請醫療險理賠要附上診斷證明書與醫院收據，的確附上了，不過兩份都土耳其文。無論什麼文，不需勞動理賠調查員，找翻譯社翻成中文再去公證即可，至多花的時間略長。申請文件以郵件寄來，附了銀行存摺正面影本，姓名與保險人一樣，保險金核准後匯去指定帳戶即可。

問題出在翻譯成中文後，診斷證明記載為槍傷，一槍射中左腹，一槍在左大腿。法務部覺得蹊蹺，槍傷固然在理賠範圍，萬一自己射自己騙取保險金呢？

老伍對手機開罵：

「你們搞法律的請用大腦想想，哪個白痴用槍射自己！一槍理賠，兩槍不會理賠兩倍，他閒著沒事朝自己打兩槍？」

學法律的腦神經打結，無法溝通，法務部堅持要求老伍找到當事人，了解受傷過程，公司方能決定是否為意外。

他進廚房對正吃誤時午餐的兒子和娃娃冠冕堂皇告假：

「公司急事，我得回台北兩天，你們忙得過來嗎，要不要我請山下警局介紹個廚師來幫忙？」

「不用。」兒子吃蛋捲發出得意咂舌聲。

「由老闆娘決定。娃娃，真的，找名正牌廚師來兩天，費用我出。」

「伍元做得很好，我幫忙切菜洗菜做他二廚好了，沒問題，伍長官放心回台北。對了，李老師兩點下山，你可以搭他便車，送你到火車站。」

娃娃比兒子熱忱，她不太吃午餐，以咖啡和伍元新做的布丁替代，看來布丁好吃得放不下湯匙，沒有起身為老伍送行的意思。

總之，他們連挽留或捨不得大廚離開的意思也沒。老伍火，老伍悶，老伍快爆炸了。不能發脾氣，一個是寶貝兒子，一個是寶貝朋友的寶貝女朋友。

你們把我當廢物。老伍很想這麼講，他沒講。

回台北火車上收到公司傳來更多訊息，已和發出診斷證明書的土耳其伊斯坦堡醫院聯絡上，透過網路傳來受傷的手術和取出的兩顆彈頭照片，公司轉給軍方人員分析，彈頭屬於七點六二乘三九毫米步槍子彈。小艾介紹過這種尺寸的子彈，老伍回公司訊息，俄造ＡＫ步槍用子彈。腦中響起總公司內鼓掌和叫好聲音，果然伍調查員專業。

完蛋，老伍嘆口氣，沒想到退休老警官的自尊心如此脆弱，被兒子打得破碎的信心從想像中得到補償，否則無法平衡。

豈可認輸，利用時間上網找尋既能保持新鮮又好吃的食譜。找到了，日本人最會做冷便當，食譜一長串，可嘆他老人家看不懂日文。

親戚朋友當中誰懂日文？老伍想起了，伍元學過，老爸付錢送他進補習班學的，不過又怎樣，懂日文的是兒子，他拿食譜去請兒子幫忙翻譯嗎？如今他和兒子是對手，萬一兒子看了日文食譜自己偷用，不幫老爸爸翻譯呢？

老伍隱隱感覺到自己有點病，不好意思對人說出口的心病。

2 阿富

三個人，年紀較長的男人大約五十多歲，看來是辦公室主管，走起路保持一定節奏，當過兵。罵人時兩眉尾端上揚，嘴型誇張，當的是官。年紀輕的戴眼鏡，很少出門，上班時間大多窩在電腦螢幕前。筆電，不是看網劇、收發訊息、上Google的簡易型，軍隊用的硬殼防撞防水防沙塵戰術型，以前他在陸戰隊用過，可以透過衛星接收訊息。年輕人挨罵不回嘴，低頭看螢幕，不立正、不靠腳跟，沒有紀律觀念的死老百姓。第三名為三十多歲女人，沒看她換過打扮，不到攝氏十度的冷天照樣穿瑜伽緊身褲，外罩深灰色大衣，不變的長統防水靴。中年男子罵年輕人，她不當一回事，既未立正，也未插話，恐怕和兩名男人沒有直屬關係，來自其他單位。

辦公室在二樓，面街窗戶掛百葉窗，宅男從早到晚拉下，瑜伽女一定拉開，幸好有兩扇窗戶，他們一人一扇，未演變為冷戰。裡面四張辦公桌，桌邊各一座放資料文件的檔案矮櫃。裡面兩間房，老男人用一間，另一間像是用作會客室兼樣品間，牆上釘了層板放滿各種皮鞋。沒見到客人。

一樓進門的樓梯間牆上釘了五排信箱，二〇二室上面貼長條狀銅製名牌：CHEN'S

SHOES IND.

連續觀察兩天，他們絕不賣鞋，從對面望去，屋內就這三人，不見有人拜訪，也不期待有人拜訪，僅就做生意而言，缺少影印機和起碼的印表機。西方人不易分辨東方人，但他一眼就看出來，CHEN'S的員工既非中國人也非香港人，標準台灣人。幾個特徵，愛喝咖啡，愛喝手沖咖啡。年紀大的男人抽菸，隔一小時便下樓到後巷抽菸，以裝口香糖小鐵盒當菸灰罐，完全台灣菸槍受限於騎樓不得抽菸的法令，躲起來吸毒模樣。年輕男生成天對著螢幕，無論男人女人對他說話，頭也不抬，用電腦圈住剛起步的人生。

昨天散步更確定他的推測，這棟樓離台北經濟文化辦事處雖然得穿過三條巷子，實際距離不到兩百公尺，兩者間藏著外人看不出的臍帶連結。

每天中午和晚上，老男人出去買外帶餐點，三人吃飯時不交際，各人埋頭忙自己的事。老男人依例一杯透明液體，若非伏特加，就是台灣帶來的高粱酒。

他們為什麼不叫餐館外送？不遠處就有家中餐廳，再往東一百公尺，賣韓式烤肉與石頭火鍋，經過能聞到烤肉香味。擔心外送服務生見到辦公室空蕩蕩的內部，擔心洩露機密。

比出持槍的手勢，閉上右眼，對準拉開窗簾的窗戶，左手假裝扣扳機，嘴中發出「砰」。沒人中槍倒地。

他的人生頗尷尬，十八歲離家進中正預校，沒念完，幾經轉折進入陸戰隊服役，賴長官幫忙進了士官班，每次回家父親總問他，別人最多兩年，你到底做兵到什麼時候？懶得回答，很煩。要是回答，父親一定大罵：替國民黨當兵？我們家就是他們害的，不然你今天還在北京城提鳥籠當貝勒爺。

人老了之後，奇怪，僅生活在一小段有限的回憶裡。

父親死的那天他在部隊，終於穿上軍服，以軍人身分趕回家，發現後事由兩個弟弟處理得很快，母親未哭也未對許久不見的長子表達關愛，連吃飽未的問候語也沒。爸媽長久以來和老三住，忘記還有個兒子在南部的軍隊裡。

父親家族很大，山上開發靈骨塔時，祖父是地主，分到兩層，一層外賣賺了不少錢，一層保留給親戚，父親的靈骨便在七天後奉至祖父下方的位子。看過外國書上畫血緣樹，他家不用畫，進靈骨塔就看得一清二楚，祖父與他三位妻子、三位叔公與他們的妻子位於第二排，往下最熱鬧，占了三排，包括祖父的兒女與媳婦女婿、叔公的子女和女婿，還有他始終沒搞懂的姑媽、阿嬸之類，甚至還有鄰居。祖父說人多熱鬧，與其賣給不認識的人，不如提供給認識的。祖父當過二十多年里長，擔心里民死後寂寞。

父親是他這一代第七位奉進塔內的，除大伯外，其他的見名字沒有印象，說不定見到臉孔能想起來，不過見不到了。

最上面一排空的，但他小時候聽父親提過，歷代祖先，雖無遺骨，貼了名牌以示追念。清明節掃墓，全家跟在大伯身後舉香。祖先富察氏，一九一一年孫中山的革命革掉了滿人天下，許多貴族改姓更名，以防被國民政府逮住逼他們交出財產。

為躲革命黨人追殺，祖父毅然決然帶家人搭漁船偷渡至日本人統治下的台灣，隨身攜帶財產，買了幾塊地，開了油坊與布莊，他的三位妻子生下五男七女，死前子女分分，到父親手中就一棟房子與一塊地。父親不善理財卻一心學祖父，結了三次婚，阿富是父親第三任妻子生下的長男，當時父親已經五十二。

進小學沒多久，有天回家見母親哭著捶打父親，罵貴族命、乞丐身。僅有的那塊地賣了。大約和酒與賭有關。

面對遺產，長男得公正處理。父母和老三夫妻子女住在老家，總不能要他們搬出去，律師建議賣了老家再分錢。母親住哪裡？老二不高興，他要分房子，氣得母親被救護車送去醫院掛急診。

沒辦法處理複雜家務，台灣的遺產法令能讓每個有子女的家庭冒出戰火，因為父親先亡，其遺產由配偶與子女平分。丈夫與妻子一同生活了幾十年的房子，男人死亡後妻子居然無所有權，得問兒子能不能讓她繼續居住。什麼法令。

他簽了放棄繼承的同意書交給老三，意思是，老弟，媽媽就交給你了。老二不肯，和老三打起官司，律師打電話到部隊說明，繼承官司曠日廢時，法官見老媽媽仍在，而且住在那棟該分給幾位繼承人的房子，大多拖住不判，讓繼承人私下協調。

最後一次回家，母親跟他說話了：

你為什麼不幫老三？你不是會打架，去把不孝子老二打一頓。不然你替老三付錢分給老二。

已經將繼承權讓給老三，還要再付錢？母親面色凝重，他不敢回話，未說再見，逃上火車回左營，路上他體會一件事，不能回家了。

軍隊一度是他的家，不退伍也不行，上面已經不知該怎麼調升每年考績甲等的資深士官長，他是兩棲偵搜大隊鐵打不動的王牌教官。

軍人其實沒有家，隨時接受調動，他行李很少，應付任何突發狀況。二十年來練出把每個地方布置成家的SOP，憑手機指引找到當地IKEA，買回床單和枕頭套，進市場買來一盆不知名植物擺在新鋪桌墊的小桌面，換上新拖鞋，雖然空間小，和他住過的馬祖坑道好多了，看得到海風吹走浮雲的蔚藍天空。

他窩在馬德里這棟辦公大樓安全梯內，從小窗子望向下面那間三個人的辦公室，仰起頭看到灰悶的天空，若馬德里一年三百六十五個晴天，他來到這個城市恰好是第三百六十六天。

安全門不時被推開，梯間瀰漫煙味，每個躲進來抽菸的人先向他點點頭，再低頭以手機配香菸，沒人多看他一眼。

他不看手機，看眼前的窗戶，往外推九十度，視野有限，但對他而言足夠了。測量距離、方向，都市內射擊五百公尺以外的目標，得考量大樓間形成的風切，冬天得再計算空氣裡水分，幸好馬德里海拔六百五十公尺，乾燥，冬天幾乎不下雪，空氣遠比里斯本稀薄，可以讓子彈飛快一點。

塊頭太大，引人注目，明知不可，卻忍不住又走進那家中餐廳，依然是梳馬尾的女孩招呼他，

「炒飯兩份，酸辣湯大碗？」

「炒飯一份，炒麵一份，青菜豆腐湯大碗。」

女孩停下筆看了他一眼，

「木須炒麵怎麼樣？我們家用的是刀削麵，現削。」

「好。請轉告廚師，他的炒飯好吃。」

「不用你說，我媽對自己的手藝一向得意。」

「不是妳爸炒？」

「哼，我爸？」又看了他一眼，「男人百分之九十是廢物，剩下百分之十勉強算礦

物。早被我媽攆走了。」

飯後他走到餐館後門，廚師也在那兒，長髮纏在頭頂插根筷子，那根筷子不會用在吃飯上吧。

年紀與他相當，和台灣女人不同，多了經歷風霜的性感，廚師圍裙卸下搭在肩頭，這種天氣穿短袖內衣，絲毫不在意寒冷。兩人各抽一根菸，看著對面大樓下班回家睡午覺的上班族，廚師對他點點頭，他回以點點頭，本來他該再讚美一次，飯炒得好，麵也好，可是沒機會，該死的手機又動了，標幟出新地點，難得出現一列文字：

時間，靜候指示。

看來工作還不急，收起手機，廚師正看著他：

「我女兒聽你口音台灣人？你們辦事處離這裡近，他們來過幾次，講的普通話我聽懂九成，不喝茅台喝高粱。你辦事處的？進來，請你吃份甜點。」

二十分鐘後，他和廚師對坐於沒有顧客的餐廳內，面前一大盤拔絲地瓜，夾起一塊拉出許多條細長糖絲的地瓜，她說：

「等我泡茶去。」

一整個下午與浙江來的女廚師吃完拔絲地瓜，已經聊完彼此前半生，將談到下半生時，兩人同時閉起嘴。她伸出手，他也伸出手，餐廳後面有間堆滿紙盒小房間，牆壁上方一排供人拉長脖子看天氣的氣窗開著，冷風呼嘯從縫隙捲進來。

廚師挪開一些紙箱，露出下面細長小床。他笨拙拉起她內衣，握住飽滿挺立的乳房，他的思緒跑得很快，沒有停下來的機會。

抱起女人，耳朵響起聽不清她嘴中哪裡方言的呢喃，好像是種對遙遠記憶的呼喚，好像是對多年不見老友的傾訴。他盡情進出溼潤女人體內，僵直四肢牢牢扣緊他，主導每一次動作。室內的低溫被女人創造的熱度取代，氣窗玻璃結出一層霧，他躺在女人身體下大聲喘氣，有時眼神掃過氣窗，忽然覺得世界僅這間小房子已足夠，外面是與他無關的無窮宇宙，有些流星、幾個黑洞、尋找阿爾發星球而迷路的太空船。

女人髮絲掃著他臉孔，他兩手抱緊結實又滑潤的屁股，開始理解某個網路作家寫的「世上沒有未來，眼前的片刻即永恆，不要懷疑」。不懷疑，他抱住片刻，不讓永恆有消失的機會。

女人躺在他身上問：

「大個兒，晚飯想吃點啥？」

他喘著氣，沒有緣由想到麻婆豆腐，或者任何吃得嗆辣的。

「行，我弄個水煮魚，不過你得再抱緊我。」

聽得到窗縫傳來冷冽風聲，他環住女人，什麼也不想，與女人一同睡去。做了個夢，回到林森北路公寓，每一層每一戶女孩依序經過他面前繳房租。居然被房租嚇醒，原來他以前的工作壓力這麼大。

「大個兒，一個人很久了？」女人呢喃。

他左手摸了摸右手，此刻體溫正常呀，她感覺到冷？

「西醫八成說你血壓低，中醫說氣虛。」她翻到大個兒身上，「我婆婆說少了女人，手腳自然冷，這種天氣該有女人幫你摀著。」

女人的乳房搓過他肌膚，溫度極高的嘴脣滑過敏感地帶。

「我重嗎？」十多分鐘後女人問。

他其實已瞇上眼，不過被女人的聲音驚醒。

「你瞧，都暖了。男人不能沒有女人。」

女人大字形疊在他身上，兩手伸直抓住他的兩掌。

「別哭，」女人說，「你一哭惹得我眼睛也酸。」

女人的側臉貼他脖子，舌頭舔他脖子顫動的青筋。

「大個兒，萍水相逢，反正沒其他事，說說你，下回我說說我。」

不知什麼原因，閃進腦海的竟是那天母親憤怒的表情，你付，她說，你替老三付老二該拿的那份，你沒結婚，錢留著沒用。

本來他去當兵是為了逃開那個家，沒人體會放假時人人回家，他獨自在高雄街頭晃一天的感受。曾經一次撥電話回家，母親接的，她喊，你們誰去拍拍小傢伙，哭成這樣，他奶嘴呢。聽了很久，母親才對話筒說，哪位？

他轉而和同梯的假日泡茶室、KTV，學習和不同的女生講同樣的話。記憶最深刻的一次是當他即將高潮時，女人手腳並用推開他，女人說，不准射我裡面。他歪到一旁，看著精液射到起縐的床單、泛黃的牆壁，彷彿吐出所有人生的無奈。

「今天你說到這裡。」女人拍拍他胸脯，「下回我說。水煮魚之後說。」

他用力點頭，一手牢牢握住女人依然顫動的乳房。

3 將軍、小艾、小畢

幸虧殺手夠壯碩，摔下火車時小艾用力往下壓住殺手的大胸部，一死一傷。一死，死者頭部不巧撞上石塊，再壯的人也不是石塊對手。一傷，手肘、右半邊大小腿擦傷。

火車車門於行進間開啟，應該啟動警報，小艾得盡快離開現場，沒時間掩埋屍體。衣褲撕開好幾個破口，可惜不能換上死者衣服，裙子太大，紅色外套太招搖。不過皮夾內的歐元未受損傷，甚至沒沾到水。

離開軌道接近一處不見行人的小村落，偷了拖拉機恐怕跑不遠，偷汽車得潛進村內，地形不熟不宜冒險。他騎上胎壓不理想的自行車，沿著軌道往北追去。

自行車追火車，比北極探險隊想遇見比基尼女郎更絕望。人往往在絕望時出現奇想，例如小畢帶著將軍在下一站等他。希望她夠機靈不要下車，務必直接坐到馬德里。例如火車拋錨，當他趕到，叫不到計程車，偷不到車，自行車後座載將軍，小畢坐前面橫桿，一家三口和樂融融。

當小艾喘著大氣將扁平胎自行車騎到車站，遠遠便望到小畢推著輪椅上的將軍在兩名站務人員陪同下站在門口。

圍巾圍住將軍下半張臉，頭幾乎垂至胸前，小艾扔下自行車便跪在將軍腳前握住手感覺他的體溫，還維持，倒是小畢體溫過高，近乎指責地問他：

「你為什麼中途下車？」

果然沒偷車機會，站務人員幫忙推輪椅，熱心送亞洲來的老人一家登上另一班車。他們可能以為小艾是錯過車的家人，家族裡面令人操心的那位。

意外的安排往往是最好的安排，殺手沒有機會向他雇主回報消息，或者他有同黨，追蹤的一定是上一班列車，要不然以為老人一行換了交通工具，大概想不到他們中途下車改搭下班火車。

但他們並未坐到馬德里阿托查車站，見到較大城鎮即下車。卡塞雷斯有租車店，小艾刷了一張從死者口袋摸來的信用卡租了車，信用卡折斷扔進馬桶沖掉。

開到托里霍斯把車停在路邊，老方法，未取下鑰匙未鎖門，歡迎想偷車的人試乘。拿另一張信用卡租另一輛車開到下個城市扔下再租另一輛，小畢始終冷眼不發一語。

第三輛車他停下，未鎖，卻拿走鑰匙，留小畢與將軍在車內。租車時女職員刷了三次卡沒過，小艾聳聳肩回到車上發動引擎上路，這回小畢以食指戳他，

「不換車了？我不是叫你別坐火車，一路開去馬德里快多了。」

「火車上那名殺手出事，他們曉得了。他們追火車，沒見到我們，查信用卡紀錄知道我們換了汽車，猜想也換汽車上公路追來。」

「你換三次車是幹麼？」
「搞他們頭昏。」
「這次為什麼不換？」
「我撿來的信用卡都被銀行停止交易，猜他們沒耐心，火了。」
「自作聰明，他們也笨，用屁股想也猜得出我們去馬德里。」
「他們想在馬德里之前幹掉將軍和妳。」
「什麼意思？」
「馬德里太熱鬧，你們在那裡又有援兵，不好下手。」
「不幹掉你？」
「隨便他們。」
小畢恢復沉默，後座的將軍發出呻吟，她來不及表示意見，小艾已將車停在藥局前。
「又停車幹麼，你看得懂西班牙文招牌？」
「F開頭，百分之八十是藥局，賣食物的不會用food四個字母做廣告招牌，用pizza、pasta、paella的P更明確。」
管制藥品要看醫師開的藥單，有些藥師也看不會說西語觀光客的歐元，還好他遇到的白衣女藥師比較喜歡歐元，小艾將剩下的歐元捧在兩手任由藥師挑，她人不錯，留下十二歐元，讓小艾可以買點水和食物。

十二歐元能買到的食物有限，沒錢，卻有男扮女裝殺手留下的手槍，他是不是乾脆沿路當搶匪更實際，唐吉訶德遠不如蘇洛討人喜愛。

將軍益發虛弱，槍傷和高血壓相反，不怕脈搏跳得快，怕跳得慢，本來高到九十，如今低到五十，額頭仍是汗水，手腳已發冷。小艾檢視從藥局買回的一堆醫療用品，挑出針筒，

「懂怎麼往血管打針？」他將針筒遞給小畢。

「不會。」她未接針筒。

「會CPR？」

「不會。」

「趕快上網學。」

小艾舉起針往傷口注射，清理完傷口重新包紮，外面再纏上保鮮膜。

「你做什麼？」

「隔絕傷口和空氣接觸。」

「你不怕悶得傷口腐爛更快。」

「怕感染。不進醫院的話，妳連CPR也不會，意見不宜太多，一切聽我的，離馬德里不遠了。」

車子飛馳於路面，小艾不擔心測速器，擔心警車，兩眼目不轉睛注視前方。

「打電話給將軍的聯絡人。」
「打過了。」
「送將軍去哪裡？」
「沒人接。」
「再打。」
小畢滑動螢幕，沒人回應。
「怎麼辦？」
「畢小姐，我只負責看住將軍的背，其他的事將軍都交給妳了。」
「他沒全部告訴我，」小畢放下手機，以食指戳戳小艾，「而且你沒看住他的背。」
小艾噍下到嘴邊的氣話，此刻保住將軍性命第一優先，忍住。

車子進入馬德里，不能不考慮該送將軍去哪裡，聯絡站電話沒人接，去小艾以前打工的餐廳？
轉了幾個彎，救命電話終於響了，女人的聲音，以西語講了地址，小艾依小畢指示減慢速度。快接近時他回戳小畢，
「再撥去看看。」

她撥了，撥了三次，沒人回應。

「將軍告訴妳進了馬德里撥這個號碼，妳沒告訴其他人？」

「沒。」

「殺手知道聯絡站的位置了。」

「不可能。」

手機再振動。

「說不定她去上洗手間，你看，打來回話了吧。」

小畢開了擴音器，傳來急促喘氣聲。

「怎麼樣？」

女人的聲音很小，很空洞。

「別過來。」

撞擊聲，敲釘子入牆的聲音。

「剩下妳一個？總共幾個人？」小艾偏頭對手機喊。

「兩個被端了，我腿掛點。」這女人滿口軍隊裡男性粗俗用語。

「形容傷口，被端掉那兩個的傷口。」

「一個中兩發子彈，一發打到肚子，一發打中脖子，當場死亡；另一個中一發子彈，從胸口打進去，後背一大灘血。」

「站著，坐著？」

「兩人站著講話。」

他轉而問小畢：

「我留在火車上的箱子妳沒帶來吧？」

「什麼箱子？」

他再對手機說：

「子彈從哪裡射進來？」

「窗戶。」

「玻璃破了，破在上面、中間、下面？」

「上面。」

「街上、樓下，附近沒人聽到？」

「中午休息時間。」

「窗戶對面有樓房嗎？」

「多高的樓房？」

「比妳的地方高很多。」

「附近的都一樣高，距離差不多三百公尺有銀行高樓。」

又一記打釘子進牆的聲音。

「我們該把將軍交給妳？」

「對，可是情況改變，別過來。」

「沒其他地方可去。有醫材嗎，將軍需要救治。」

「我是醫師。」

小艾不再說話，車子停在路邊，拿起瞄準鏡往前面的樓房看。

「看到地方，二樓？」

「二樓。」

他將車子停到另一邊，對手機說：

「看到銀行高樓。」

「很遠。」

「有鏡子嗎？」

「有，電訊員用來擠青春痘的雙面鏡，一面正常，一面放大。」

「十分鐘後妳爬到最靠北邊的角落，把鏡子對銀行搖晃，希望有點陽光。當心，別曝露身體。」

「收到。」

「妳軍醫？」

沒回答。

「她掛斷電話了。」

小艾和小畢交換位子，

「把將軍大衣給我，把你皮包裡的頭巾給我，把妳鑰匙環上兔毛球給我。」

「你穿不下將軍大衣。」

他披上大衣，頭巾包住頭，將白色毛球塞進額頭與頭巾中間，露出一小撮。

「沒有陽光，馬德里空氣乾燥。」他伸出舔了口水的指頭至窗外試探天氣。

「多擦乳液。」她口氣不好。

「下過雨，天陰，空氣中水分多。一槍打中肚子，一槍打中脖子，對方不太能掌控槍，可能槍大支，子彈夠大，擊發時槍口往上跳，可能射擊位置不理想，接下來他會瞄低一點的部位。有陽光了，快。」

小艾用力拆副駕駛座，彈簧刀割下椅墊，手中多了一塊鐵板。

「不夠。」

再拆駕駛座椅子，兩片鐵板塞進襯衫內，皮帶拴住。

「等下我走過去，妳開車從旁經過，如果我倒下，妳倒車回來。記得，縮低身體。」

「你叫我開車擋住殺手子彈。」

「我請妳開車混淆殺手瞄準。」

他下車，彎腰貼著牆走，每走一兩步就作勢往前倒，像走不穩，像喝醉酒。小畢開車慢速經過。

看到了，他看到三百多公尺外高樓某扇窗戶閃了一下強光，往旁邊歪的剎那，子彈掠過他臉頰鑽進牆壁，他中彈般倒下。

小艾趴在地面，小畢倒車回來擋住他。高樓的窗戶又閃了一下。

「把兩個椅墊給我。」

小畢遞出椅墊，小艾脫下大衣，塞進椅墊，略微整理，如果對方的瞄準鏡不是仿冒品，八成看得出是假的，他賭正掙出烏雲的太陽，樓在西邊，這時已過四點，對方未看氣象預報，忘記計算太陽。

「走。」

他躬身貼著汽車快步向前，大衣動了動衣襬，光線影響對方射擊。軍醫的鏡子也發揮功效，沒聽到第三顆子彈撞擊聲音，子彈射進大衣內的椅墊了。

「我進去，妳開車往前。」

「好讓槍手打爛這輛汽車，」她咬咬嘴脣，「和開車的我。」

「一切為了將軍，他是妳家的恩人。」

車停在門口，小艾抱將軍往屋內衝，小畢開車往前衝。

4 阿富

本來阿富想賞車子幾發子彈，但他的目標是白髮老人，調整瞄準鏡，陽光太烈，目標區被幾十片玻璃反射的光線遮住。

看不太清楚，為了不再出意外，他對著躺在人行道的老人再補三槍。要過去確認目標物死亡嗎？高瘦的女人去了哪裡？在里斯本護住老人，如今卻扔下老人開車逃命，不是很正點的行為。

必須確定老人死了沒，里斯本犯下的錯誤不能在馬德里再犯一次。收起槍出了廁所，又進來一名抽菸男子，馬德里的樓梯間是公共吸菸室，多方便。

離開中餐廳時他對女廚師說有點事，晚上七點再來吃。女人乾脆，塞了張餐廳名片給他，

「要是有事來不成，給我個電話，免得殺了魚卻不下鍋，進過冰箱的魚少了鮮味。不打來電話也成，下回不准再來，我在你飯菜裡塞滿墨西哥辣椒。」

外場服務的女孩回來了，她用仇恨眼神盯著早該離去卻仍坐在餐廳內的男人，而且母親坐在旁邊，沒整理頭髮，束住頭髮的筷子也不見了。

「你操我媽了？」

沒想到她講話如此直接。

「你們爽了？」

他搜索腦子裡有限的句子，該回答哪句話才恰當？

「別開口，」她指著母親，「別又告訴我什麼是寂寞，妳上次的寂寞帶走我們所有現金，明天房東來，自己看著辦。」

他覺得該表示點什麼，不然被女孩罵很沒自尊，但沒機會開口，女孩眼神轉回來：

「我抽完菸回來，如果看到你還在，別以為個子大，照樣拿鍋子砸你頭頂。」

女孩拿出菸盒往後門走去。

和女人僵坐著，好像該說兩句話，還沒想出說什麼，女人先開口，

「對不起，天氣太冷。」

如果思考她說的天氣太冷有什麼深奧含意，恐怕得花抽一根菸以上的時間，他掏出口袋內歐元塞進女人手裡，

「別誤會，收著，明天妳要繳房租。」

女人看著他。

這時他起身並且說：

「不打電話了，我七點準時來吃水煮魚。」

女人想站起身卻沒站起，他想彎腰貼近女人卻只彎了一半。還是女人化解尷尬，伸長脖子往他臉頰啄了一下。

「等你，不准找錯餐廳，這裡好幾家餐廳主廚都是女的。」

為了準時吃到水煮魚，他得穿過兩個路口，冒險到目標物樓下人行道看看老人死了沒。兩手插在大衣口袋夾住裡面的槍，拉低帽簷，像急著躲過冷風的路人快步前進。研判辦公室內三個人，擊中兩人，剩下一個女的。剩下的女人一定有槍，此時大約準備還擊，不過不敢冒出臉孔。

在高雄館子吃過水煮魚，火燙的油炒辣椒，再用冒著氣泡的油與辣椒燉煮魚片，一口吃下，辣到喉嚨突然收縮得無法呼吸。停止呼吸大約十秒，爆炸的辣感慢慢消失，口腔留下花椒香味。

七點得準時去吃水煮魚，手腳冰涼，中醫說氣虛，用人參補最佳，沒有人參，用辣椒和花椒。

5 老伍

台北的繁忙和山上不同，在山上老伍知道忙的目的是做出學生午餐，在台北他不知道客戶槍傷和保險給付有什麼了不起關係。

老伍站在法務部經理室內看完翻譯成中文的診斷證明，一槍中左腹，一槍中左大腿，沒死算命大，經理用抱歉眼神看他，

「休假期間把你叫來，大嫂不開心吧。沒辦法，上面懷疑是自殺未遂，涉嫌詐領保險金。」

老婆開心，老婆覺得老公和兒子不在家，她不必洗衣服、拖地、準備三餐、為寶貝兒子煮紅豆湯補身體，不必罵兒子把浴室弄髒，不必罵老公為什麼不罵兒子把浴室弄髒，她快樂死了，開瓶老伍捨不得喝的波爾多紅酒，抱從永和韓國街買回來大包小包零食看韓劇，絕對不會不開心。

「他中槍傷，」老伍耐住性子再說一次，「舉槍自殺的人對準嘴巴、太陽穴開槍，拿槍打自己肚子太費事，更不會打左大腿，當然是意外。開診斷證明書的醫院在土耳其的伊斯坦堡，那裡恐怖分子多，合理判斷為流彈誤傷。」

經理換成不抱歉眼神，

「還是得查，你有地址和姓名，跑一趟，完成查證手續，我對你主管說，補你兩天假，讓你好跟大嫂交代。」

於是老伍得按照手機裡 Google Map 指示，坐計程車到光復北路國宅搭電梯至十一樓按門鈴。

出電梯便看出事情不對勁，他小心進屋。一，大門沒關牢，掩著；二，屋內沒人，地板躺著手機充電的電源線；三，浴室很亂，挨老婆罵三天的那種亂，紗布、藥水扔得到處都是；四，廚房爐子上煮了一鍋氣味刺鼻的中藥，沒關火，快熬乾了。

住戶倉促離開，連手機電源線也遺落。

退出國宅，公園內沒什麼人，叩了蛋頭手機。

「有件事幫我查查，一名客戶在土耳其中槍，拿了診斷證明向我公司請求理賠醫療費和意外險，可是他家沒人，八成走得匆忙，爐上燒的中藥快引發火災。」

他將手機拉遠，離開耳朵三十公分，停了大約講十句話的時間，再收回手機說：

「你們公務員辦事推拖拉，查一下，他有什麼家人，受傷回台灣應該尚未痊癒，查查醫院是不是收了槍傷病人。先問三軍總醫院，不然他家附近的醫院。不是在台灣被人打了兩槍，在土耳其，當然和你台北市警局無關，和我公司付不付保險金有關。蛋頭，請你幫個忙，看你小氣得，請你吃滷肉飯外加無限制黑白切。」

收了手機坐可以拿收據向公司報帳的計程車，直奔忠孝東路刑事警察局對面巷子內咖啡館，茱爸坐在門口晒太陽，懷裡仍是那隻老貓。

「坐，茱麗煮了紅豆蓮子銀耳湯，這種天氣補我快報廢的身體，女兒貼心。」

「紅豆湯歸紅豆湯，怎麼和蓮子銀耳煮在一起？」

「你廚師？要不你對茱麗說。」

「我錯了，紅豆配什麼都對。」

「做人要學會識相。你為將軍的事來？」

「為小艾。」

茱爸以撫摸當年老婆懷茱麗大肚子那樣輕柔撫摸懷裡老貓，以前牠見到客人立刻跳下躲回店裡，牠不喜歡聽茱爸和老哥們講的黑話，嫌不文雅，如今不躲了，牠老得寧可聽黑話也懶得跳下去。

「聽說，將軍出了點事。咦，伍警官你不是到山上去做義務廚師？」

「將軍怎麼了？」

「被人打了黑槍，生死不明，下落不明。」

「他去里斯本做什麼？什麼人打他槍？」

「我還問你咧，你的小艾沒回報？」

「茱爸，你要我找小艾幫忙，你我都對小艾有責任，到底將軍小艾他們為什麼去里斯本，說吧。」

茱麗端兩碗紅豆湯出來，一人一碗，空出的手一手摸老貓一手摸老伍，摸老貓的手溫柔許多。

「都退休的人，別老繃張臉，嫌臉上皺紋還不夠多。」

兩個滿臉皺紋老男人不敢吭聲，直到茱麗進店，老伍才開口：

「茱麗怎麼保養的，五十五了吧，臉上找不到一根皺紋。」

「女人的事，不宜過問，一旦過問，你就得掏鈔票補貼她美容費用順便挨罵。吃甜湯，今天她心情好，紅豆多。」

「將軍的事。」

「是啊，這麼說吧，他替政府做件事，至於什麼事我也搞不清，不想問。既然你跑一趟，將軍是我小老弟，小艾如果出事我也難過，這樣，小艾跟你聯絡的話，」他遞來一張寫了電話號碼的紙條，「有事可以找他。」

「這人是？」

「以前跟我的小兄弟，茱麗第一任老公，該負擔她三分之一拉皮費用的男人，在西班牙做生意。」

「你前任女婿，做什麼生意？」

「從不問，你最好也別問，反正和光宗耀祖扯不上邊的生意。萬不得已叫小艾找他，聽說在馬德里華人社區弄了個小幫派，搞地下賭場。這人成不了大事，幫點小忙的能力應該有，否則當年跟我多年，白學了。」

「茱麗前後三任老公。」

「離婚前，第一個被我捶了一頓，第二個我找人捶了一頓，第三個我沒力氣了。」

「茱爸，將軍的事不好處理是吧？」

茱爸移過頭放低聲音，

「聽說被人朝背後射了一槍，狀況不妙，小艾背著他逃亡。」

「他是總統府戰略顧問，往駐外單位送呀。」

「不宜曝光。」

「往駐外單位送才能不曝光。」

「不，政府不承認將軍去做的事。」

老伍放下手中的湯匙，

「見不得人的勾當。」

「答對，紅豆湯還是甜了點，要咖啡，要茶？」

6 阿富、小艾、將軍、小畢

他步入餐廳，客人挺多，大部分東方人，他挑靠著廚房的小桌子坐下，等了至少十五分鐘梳馬尾女孩才將菜單甩在他面前。

「可以先來杯咖啡嗎？」

「然後呢？」

「水煮魚。」

「我們不賣水煮魚。」

「妳媽，妳們館子的主廚下午對我說的。」

女孩一把搶回菜單，全餐廳只這一份菜單，她怕被阿富偷了。

「其他呢？」

「炒飯一份，炒麵一份。」

女孩斜眼看他，本來寫點菜單，忽然撕了，全餐廳只他點這麼多菜，服務生不喜歡寫字。

「再來餃子一份、酸辣湯一份？」長得不錯卻始終不肯微笑的女孩問。

他忍得住。

「其他妳看著辦，我吃得下。」

女孩用力轉身試圖刮起一陣風，不過沒風，她太瘦。

沒接近目標物房子便看出躺在牆下的只是件塞了椅墊的大衣，一名流浪漢揭起大衣穿上身，留下冒出硝煙味的椅墊。

不想再錯過這個機會，早點辦完事吧，他得趕在七點去吃水煮魚，不過他也沒魯莽到衝上二樓一陣掃射。看看身後房子，他趁其中一棟樓的大門打開時竄了進去。

小艾抱將軍上樓，馬上將椅子全部堆上桌面遮擋躺在地面的將軍，對通過話的女軍醫說：

「快，他重傷，失血嚴重。」

女人果然軍醫，快速攤開診療包，裡面器材不少，小艾則躲進角落拿出瞄準鏡打量窗外。不行，對街一排樓房，稍遠是高樓，如果去窗前拉簾子，馬上曝露在敵人槍口下。想到一句流行多年的小流氓名言：打不過他就跑，跑不了就求饒，求饒沒用就抱住頭讓他打。

他推五個輪子的椅子當掩護，抱住頭讓他打的準備，匍匐到將軍身邊，

「將軍，等下得請你幫個忙，殺手一心要殺你，我讓你露個臉，他好瞄準你，我就能找出他的位置。我喊一二三，你只要把頭往右偏一下。」

「他已經這樣了，你還弄他。」女軍醫推開小艾。

小艾指指主管房間牆上半個人高的鏡子，

「用那個。」

女軍醫張開嘴用力點頭。

「我設法拿布遮住鏡子移到那裡，」他指會議室門口，「看我手勢，妳拉掉布，將軍偏頭，對方以為鏡子內是將軍，一旦他射擊，妳馬上再將布扔回去蓋住鏡子。」

「怎麼知道他射擊了？」

「聽到玻璃破的聲音。」

她點頭。

「有槍嗎？」

女軍醫遞來一把捷克製造CZ83手槍，比自己那把觸感好，穩定性強，十二發裝彈匣，已套上消音器，不過再好的手槍準確射擊距離頂多二十公尺，他對手用的是狙擊步槍，起碼六百公尺。

小畢傳來訊息，她在附近。小艾回，暫時別進來，徒然增加傷亡，去喝杯咖啡，幫我帶兩杯回來。

小心布置妥當，小艾要女軍醫讓開。

阿富在頂樓找到適當位置，以外套罩著，緩緩伸出槍管。二樓那間辦公室沒有動靜，剛才似乎看到一個人影抱著重物進去，那麼目前室內尚有三人，一人重傷無還擊能力，一個女人，至於第三個，帶有威脅性。他不敢大意，沉住氣等待。

冷天對狙擊手不利的項目之一是呼出氣體溫度高過室外氣溫，瞄準鏡易起霧。狙擊手不用牙膏或防霧噴劑抹鏡面，費事，他憋住氣，陸戰隊出身，能閉氣兩分鐘以上，希望兩分鐘內找出對方漏洞。

藏身的這棟樓內依樓層分為四戶，二樓的男人剛開門出去，三樓開窗，有人在家，經過四樓聽到小孩子叫聲，他能在這裡的時間有限。

換氣前對面室內有動靜，看到老人蒼白臉孔和無力眼神，他毫不遲疑一槍打去，無法確認戰果，室內有人朝他位置開槍，子彈不知飛到哪裡。再瞄準時，街上出現高篷貨車，而且人車增多，他從不猶豫，此時不宜火拼，收起槍撤退。經過三樓時，一名滿頭髮捲的女人往外看，他用上唯一會的西語，hola。

小艾放下右手，女軍醫拉開遮住鏡子的布，她聽到玻璃破裂聲音，再將布投去，沒蓋滿鏡子，不過小艾已經看到子彈來自對面樓頂，拿出捷克槍回擊。

看不清對手模樣，但隱約覺得見過對手，和中東殺手不同，更講求精準度。以前教官說的，殺人，記住，要有風度，你們不是他媽的殺人為業的劊子手，是奉命掃除障礙物的狙擊手。

對方沒放鞭炮那樣胡亂放槍，有風度。

下樓後路上人不少，他鑽進不遠處一家咖啡館，點了咖啡，看見高篷貨車停在目標物前，下來三名油漆工打扮男人，都穿沾了油彩的連身工作衣，戴護目鏡。抽菸的那人打開後面貨艙門時，眼神掃過車尾六十度範圍。駕駛稍微往前開了五公分，二樓窗戶全被遮住。

他移到窗前注意看，看樣子是後續處理小組到了。

雖然不知要除掉的老人什麼背景，絕對不是一般老人，天底下沒有好賺的鈔票。

敲門聲，沒人應門，三名油漆工卻進來，女軍醫認識其中一人，向小艾比個手勢，手掌面外，食指往下扣，拇指微彎，其他三指併直，小艾看懂，青幫自己人的手勢。

油漆工動作熟練，兩人上前拉起窗簾，轉回身將屍體抬上鋁合金升縮梯蓋了帆布即往外抬，接著抬另一具，他們對小艾與躺在地面的將軍一眼也沒瞧過。

抬走屍體，兩人蹲下身挖出彈頭、往牆面補土，三下兩下搞定，再刷上漆，一人清理碎玻璃並拖洗地面。

將軍有如睡著，臉色雪白，小艾摸他臉孔，不太妙。

「送醫院。」他說。

「不行，等下另一輛車子來拉他，前一輛是障眼法，吸引攻擊我們的人追它。」

「等多久？」

油漆工抬起兩具屍體送上車，毫不耽擱即開車離開，間隔約十分鐘，另一輛大車抵達，在樓下吆喝，升起梯子，工人貼了膠帶再以粗暴手法敲破窗戶玻璃，並立刻換新。

「現在。」她抬起將軍的腳。

小艾扛起將軍上半身，換玻璃的工人以帆布蓋住，一前一後扛將軍下樓，送進玻璃工人大貨車內。

前後不到十五分鐘，換好玻璃，兩名工人坐進駕駛座，車子啟動，換上工人衣服的女軍醫最後跳上車。

沒喝成咖啡，服務生剛把咖啡送到面前，阿富已掏出錢放於桌面衝至街道，見油漆工程車打方向燈要離開，正想追去，油漆工扛蓋著帆布的伸縮梯出來，梯上重物，工人抬得頗吃力。第三名油漆工不慎打翻一桶油漆，灑在經過的汽車上，車主下車和油漆工評理，西班牙人說話內容一半以上靠手勢補充，兩人便塞住整條街。他邁步要出去，已來不及，工程車趁亂轉彎消失蹤影。

不久，另一輛貨車滑進油漆工程車留下的停車空間，換玻璃的動作熟練，不出幾分鐘已換掉被子彈擊中的玻璃，兩名玻璃工人抬著另一重物送進後車廂。換了玻璃，貨車離去前再跑出一名工人跳上車。

多出兩名玻璃工。他追去，車子已消失，抬頭看換好玻璃的二樓辦公室，窗簾拉下，不像有人。

到底射中沒有？遇到對手了。喜歡遇上對手的感覺，有競爭才有進步——這是他教新兵的口頭禪，那個女人卻常開玩笑地說有競爭男人才曉得珍惜。

沒給他競爭機會，女人平空消失。

踱步回咖啡館，桌上咖啡已被收走。可以坐下再點一杯，不過他沒點，需要走一段路平復升高的血壓。

沒擊中目標的挫折感被水煮魚取代。

小艾也沒喝成咖啡，他與女軍醫陪將軍鎖在車後沒窗戶的車廂內。

「方便問妳名字嗎？」

「不方便。」

「方便知道我們去哪裡嗎？」

「不方便。」

「我還有個同伴可能留在辦公室外面。」

「不關我的事。」

「妳說有治療將軍的地方？」

她咬下塑膠蓋再為將軍打一針。

「我們去那裡？」

「和我預想的不一樣，你快走，送他到醫院，失血過多，晚了來不及。」

車子停下，有人打開車門，女軍醫下車走了。

小艾摸到將軍脈搏，想到女軍醫留下的話，推開門往外看，車停在看來像公園或樹林旁邊，駕駛座空無一人。小艾深深呼吸兩口清新冷空氣，他對自己說：事情怎麼發展成這樣？只剩下眼看不行的將軍。他回到車內抱起將軍一步步挪下車，離開這裡再說。不敢動到將軍傷口，他繼續抱著將軍往前，停在一間已打烊的咖啡館前，這時才想到咖啡，想到手機。小畢留了一則訊息：你在哪裡？小艾再次往周圍瞧了瞧，回答：好問題，等我找個路人問。

小畢性急，撥了通話，對小艾不客氣指正：

「打開手機裡的地圖，上面淡綠色指標是你在的位置。」

「看到了，」小艾說，「可是淡綠色指標又在哪裡？」

「受夠你。把你的位置傳給我，馬上過去。」

本來小艾不想傳，直接送將軍進醫院才對。小畢沒給他機會：

「不准你做任何決定，等我到。對了，你要的咖啡冷了。」

阿富沒等到咖啡，等到半涼的茶。以前他並不依賴咖啡，軍隊裡一般喝水，不然喝酒，沒有中間飲料。退伍後遇到適當機會偶爾喝，今天他卻特別想念咖啡，和天冷有關，和他浮躁的心情更有關。

吃完炒麵吃水煮魚，辣出他一頭汗水，懷疑廚師刻意加進過多辣椒。但辣過之後情緒出奇地平靜，他呵出一口說不定點火引發爆炸的辣油味。

不應該懷疑廚師，剩下兩桌仍在吃的客人，她從廚房內出來，端了兩杯咖啡，

「你點的咖啡。沒想到你真來了。」

「肚子餓。」

馬尾女孩坐在不遠處看手機。

「水煮魚過癮。」

「前一個男人做川菜，我學了。」

追問做川菜的男人不太適合這一刻的氣氛，他看看女孩，

「兩人經營餐館，辛苦。」

「還好。你一個人來馬德里，玩？」

「工作。」

女人沒追問，兩人面對面喝咖啡。

「住哪間旅館？」

「還沒找。」

女人看著杯內黑乎乎有如宇宙黑洞的咖啡，

「住我那兒，離這裡不遠。」

他也看著杯內黑乎乎有如不見底深淵的咖啡，

「有熱水？」

「記得有。」
「有床？」
「記得有。」
「那就好。」
她看看女兒，
「她叫我媽，我叫她女兒。」
「我叫妳？」
「你們台灣人見誰都叫老闆。」
「我阿富。」
「在浙江，家裡的人叫我孃孃。」
「孃孃。」
他想，如果不在意這筆生意的尾款，住在孃孃家，說不定打個工，其實也不錯，海軍常說家是下錨的港口，但他得先處理掉手機。
晚了一步，手機振動。

如果小艾扔了手機，開貨車把將軍送進醫院，也就什麼都不再關他的事了，偏偏他

沒扔。

將軍病況經過女軍醫搶救似乎有了起色，睡得呼吸正常，唯一擔心的是體溫不見回升，額頭仍偏涼。

小畢換了車，小艾正要詢問，她跳下車摸將軍額頭，

「你怎麼淪落到這裡，辦公室被砸了吧。將軍怎麼了？咖啡在車裡，又買了熱的。」

小艾靠在車尾喝冒著煙的咖啡，可以想見不久後他得把將軍扛進小畢弄來的小車，已經當了兩天搬運工人，不差這一天。然後聽練形意拳女人指示，往不知名的地方去，繼續沒有目的的旅程。馬德里之後有下一站嗎？

「隨時可以送將軍去醫院，不然辦事處，妳一定不同意，可以坐下來好好說說為什麼不行了嗎？」

她探視完將軍也坐到車尾。

「不是說過嗎？」

「幫妳回憶，台灣應美國老大哥之請，以民間單位名義招募一批空軍退伍人員，接受特種訓練，簽約之後，一夥人到葉門幫遜尼派的政府偵測什葉派沙那政府的移動式飛彈，免得沙烏地阿拉伯油田有事沒事就挨炸，台灣飛行員用葉門保存多年老舊F-5E戰機——妳堅持不清楚合約細節？不重要。將軍被暗殺成重傷，說明某一方不希望台灣派傭兵去葉門，但美國老大哥勢力大，即使將軍沒簽成合約，台灣會派另一個人來簽，從

此和將軍沒關係。請問，他受傷的事為何不能曝光？」

「假裝妳說過，我回憶，這是密約，台灣要是涉及中東不管哪個國家內戰，保證引起國際間質疑，被國內媒體罵死，所以將軍來簽約的事不能讓外界知道。里斯本老城區發生槍擊案，當時餐廳人員和客人目睹我們扛受傷的將軍逃走，餐廳玻璃留下彈孔，里斯本警方不能以找不到受害人結案。槍擊案，不是竊案，於是警方追緝一組東方人，妳和將軍，說不定包括我。本來你們跑了，事情過一個星期，葡萄牙媒體和民眾早忘光，雲淡風清。偏偏——」

「偏偏你一路殺人。」

「喔，妳看到新聞了，還是猜的？」

「你殺了里斯本市區內一名中東人，他們找到屍體，以為遇到強盜洗劫，差別在他懷裡抱著打死自己的槍。」

「妳看到新聞了。」

「我們逃亡途中，你殺了另外三人，其中一人是葡萄牙警察，當天穿便服，和兩名不知來自哪裡的中東殺手死在往西班牙的公路旁。」

「下午妳坐咖啡館看電視新聞？」

「其中一名死者懷裡抱著殺死自己、殺死同伴的槍。合計四具屍體，我們送將軍去醫院、去辦事處，警方都會找上門。台灣和西班牙無邦交，談不上外交豁免權，辦事處不能不把將軍和你我交給西班牙和葡萄牙警方，死了這麼多人，台灣保鑣說，」她瞪小艾一眼，「說他殺人是自衛，因為將軍不但被打了一槍命在旦夕，接下來一路被追殺。歐洲警察比貓更好奇，問你問我，將軍到里斯本做什麼啊？」

「如果將軍說他想吃蛋塔，我猜沒人相信。」

「少裝可愛。西班牙警方發現火車軌道旁多了一具屍體，噴得到處鮮血。」

「我刀子還插在他胸口，不會噴太多血。」

「他們扣押你我護照，拒絕我方律師提出的交保候傳要求，你和我坐進馬德里大牢，他們不供應雞腿便當，只有麵包和冷湯。」

「冷湯對東方人的腸胃不好。妳學我的口氣學得七十％了。」

「你或者我，好啦，我，想家想自由，說出將軍來簽約的事，一下子全世界媒體頭題報導台灣派兵幫沙烏地支持的遜尼派政府打伊朗支持的沙那政府，美國否認，沙烏地否認，伊朗拍桌子大罵，老共跟著批評，台灣有口難言，推到民間傭兵頭上，政府毫無所悉。」

「不太好，這次連我都不相信。」

「將軍一世英名，捨身為國，落得被人罵的臭名。」

「也有好處，台灣為了撇清這麼多命案，不准退役的後備軍人去葉門當傭兵，事情解決，醫療專機送將軍回台灣。」

「你和我坐二十年牢。」

小畢忽然停下話，轉著眼珠子。

「沒那麼簡單。」

「說。」

「好吧，實際狀況是——」

「妳以前說的都不是實際狀況？」

「聽不聽？」

「聽。」

「實際狀況是去年就簽約了。」

「啊，將軍這次來是——」

「續約。」

「簽約和續約差很多，台灣傭兵在葉門一年了，胡希派全是傻瓜，不知道？」

「知道，但不確定，到處打聽，打聽到將軍和說不定是沙烏地阿拉伯派的人見面，現在續約有點麻煩。」

「恍然大悟。」

「明白將軍不能曝光的理由吧？」

「還是不明白。將軍的命重要，還是續約重要？」

「和你說不通。」

「猜我想到什麼？」

「龍虎鬥？」

「台灣夜市熱門的油炸冰淇淋。」

「冰淇淋我有興趣，你說。」

「兩片吐司去邊壓實，抹上油，包了冰淇淋，四邊用四根牙籤串住，進油鍋炸，吐司略呈金黃色就起鍋，速度快，裡面冰淇淋一點也沒融化。」

「深更半夜你講冰淇淋幹什麼，意思是？」

「外面的吐司被炸得苦不堪言，裡面冰淇淋一點事也沒。將軍當外面那層吐司，裡面冰淇淋是同意派兵的美國政府。」

「又是你那位長輩教你的？」

「說過，我廚師。忘記油炸冰淇淋，如果事情如妳說的嚴重，我們該出發送將軍去哪個安全又不會曝光的地方？既然有馬德里辦公室，推測在其他地方還有安全之家。」

「官方單位不行，將軍認識一位朋友在伊斯坦堡做生意，很有錢，房子大又好幾棟，去那裡。」

「別開玩笑，開妳新租來的小車載重病將軍從歐洲最西邊到最東邊，沿路多少關卡，而且將軍身體撐不住。」

「沒有別的選擇。」

「殺手能從里斯本追到馬德里，一定有本領追到土耳其。西班牙很大，找個僻靜地方待著休養，等他康復。」

「在西班牙沒有朋友。」

「我有啊。」

「開餐廳的？」

「看不起開餐廳的？」

小畢晃著垂在車外的兩腿，

「天大的機密，你要是敢洩露，讓你一輩子回不了台灣。」

「妳知道的遠比告訴我的多。」

「台灣在伊斯坦堡設立中繼站，處理葉門傭兵後勤補給和人員調度。」

「妳說我聽。」

「大單位，包括後勤、經理、人事、武器、保全。」

「說說他們的保全。」

「聽將軍講電話，好像是涼山還是象山特勤隊，總之很強。」

「涼山。象山只有登山客，沒有特勤隊。」

「涼山在哪裡？」
「反恐部隊的代號。」
「聽名字就覺得很強。」
「能雇私人醫療飛機去伊斯坦堡嗎？」
「雇太空船啦。」
「能雇救護車嗎？」
「不錯的主意。」
「你們派在這裡的三人接應小組包括一位女軍醫，死了兩人，剩下的女軍醫受到驚嚇，見事情超出她想像，跑了。妳能想法子弄到救護車？」
「我只是將軍的私人祕書。」
「妳比我想像中更有辦法，畢小姐，別太謙虛。」
「沒辦法。」
「只好我試試看。」
小艾看著手機螢幕，
「畢小姐，猜猜從馬德里到伊斯坦堡要經過幾個國家？」
沒空猜，兩人不約而同抱著將軍躲進車內，小畢一踩油門，車子飛快往前衝去，不遠的後方再傳出幾響爆炸聲，火光竄到夜空，玻璃公司的大貨車報銷了。

7 小艾、小畢、將軍、阿富

「我們如果沿海岸走，馬德里到法國，經過蔚藍海岸進入義大利，穿過斯洛維尼亞和克羅埃西亞，到阿爾巴尼亞、希臘才能到土耳其。將軍失血過多，開車的我得到脊椎僵直症，不開車的妳沿途暈車到處吐。坐船呢？」

「將軍身體不適合搭船。」

「他飛戰鬥機二十年，沒聽過飛行員會暈船。」

「船上是密閉空間。」

「弄條沒船艙的船，妳和將軍躺甲板吹風晒太陽。」

「我暈船。」

「覺得妳不想讓將軍活下去，存心以怨報德。」

「你可以問將軍，行動隱匿是他的命令。」

「到巴黎換東方快車，六天五夜，晚餐有龍蝦、烤羊排。」

「別鬧了，觀光客擠爆，你買不到票。我覺得你提的救護車主意很不錯。」

「妳就是喜歡我開車。」

「自由，安全。」

小艾貼近將軍耳朵，

「將軍，我們開車去，你撐得住嗎？」

將軍眨了眨眼便又昏睡過去。

「將軍同意我們開救護車的主意。」

「哪裡可以租到救護車？」

「給我幾個小時去弄救護車，妳看著將軍，還有，設法添購抗生素。我總覺得妳的能力超過妳說的祕書業務，找得到藥房吧？」

「F開頭的，P開頭的是披薩店對吧。」

「讚。」

小艾找到電話亭打電話回台北，他按月付電話費卻幾乎不使用，靠老式錄音傳達訊息，知道號碼的僅幾個人：以前在法國傭兵團的同袍沙皇、日本佐佐木，還有伍警官的兒子伍元。

聽到答錄機傳來伍元聲音，

「我爸找你，另外戰略學會李上校你熟嗎，他也找你。我爸要我轉個西班牙電話號碼給你，茱爸的前女婿，請記下。」

小艾記下號碼，隨即打去，

「我是茱爸朋友。」

對方似乎不太喜歡說話，

「要什麼？」

「救護車。」

「只救護車？」

「一把步槍，帶瞄準器最好。」

「付錢不付錢？」

「先欠著。」

前女婿對欠錢很不爽，隔了一分多鐘才回覆：

「抄下這個地址，兩個小時以後去拿車，鑰匙插車上，槍在座椅下。」

「謝謝。」

又等了幾十秒，

「不客氣。」對方說。

掛了電話，小艾看抄下的地址，得花點時間在交通上，出發吧。不過他沒急著走，腦子陷在最後空白的幾十秒，為什麼對方回答「不客氣」要花幾十秒思考？

陪母女打烊，他幫忙拖地、倒垃圾，走了很長一段路到她們家。女孩走在前面，孃孃走得慢，他只好也走得慢。夜風乾而刺骨，和台北溼與凍的冷截然不同。孃孃似乎和女兒溝通有了結果，任由女兒向前，一個人停下，

「到我們家，你睡客廳。」

他點頭。

「沙發很舊，怕被你睡垮，睡地板。」

他點頭。

「不准碰我。」

愣一下，他仍點頭。

「下午發生的事當作沒發生。」

他點頭。

「女兒討厭我和任何男人牽扯不清。」

他再點頭。

接著走了很長的路，孃孃捏捏他大衣袖子，

「謝謝你幫我，房租。」

他搖頭。

「謝謝你沒對女兒說什麼。」

他搖頭。

「你不會是逃犯、殺人犯什麼的吧？要是搶銀行，我可以接受。」她像小女孩般吃吃笑。

他搖頭。

「等我的生意穩定，還你。」

他用力搖頭。

「過去男人欠我，我沒欠過男人。」

他再搖頭。

孃孃離開他，加快步子追上前面女兒，一手伸進女兒臂膀間，頭倚在女兒頸邊。他左右擺動頸椎，等發出卡卡的關節聲音，脖子鬆了點，看了沒有星星的深藍夜幕一眼，快步追到母女身後。

他睡客廳地板，其實稱不上客廳，擺一張兩人座沙發和一臺電視罷了。其實稱不上沙發，罩了塊花布的長椅子，加了椅墊。其實他躺在沙發與電視中間，女兒坐沙發，視

線越過他看向電視，用不高不低的音調說：

「毯子是我看電視包腳的。」

掀起毯子一角，一雙白而細的腳伸進毯子，他兩手左右一使力，毯子便裹住冬天裡困惑於寒冷與溫暖間的腳。

電視聲音與跳動光線不影響他的睡眠，這幾天太累了，甚至他還在時差之中。

醒來已半夜，女兒的腳不見了，換成溫暖的媽媽。他抱住背對他側睡的孃孃，聽到夢話，靠近，專注聽，不是夢話，說的是某種方言，雖然沒聽懂，他大膽假設聽懂，抱得更緊。

「其實你不必來。」

這不是夢話。

「不必來吃水煮魚。不必給我錢幫我。」

聲音依然含糊。

「不來反而好，省得我吊在半空。」

他更用力環住女人。

「如果你不來，我當沒那回事，你來了，就不能不當一回事。」

嘴脣貼上長著細長絨毛的後脖子。

「我不該煮多事的水煮魚。」

右手伸進溫暖的衣服內，輕輕握住女人豐滿的乳房。

「可是你來了。」

手機螢幕亮了，不能不拿過來看，新的地圖和新的指標，沒註明時間，因此他可以繼續維持孃孃的溫暖，不幸螢幕馬上又亮了，兩個字：即刻。

他該槍殺的老人未死，而雇主堅持收了前金的自由工作者有義務完成工作要求。

聽到女人均勻呼吸聲，他小心退出毯子，穿衣服時摸出口袋剩下的歐元，他猶豫一下，摸出一疊放在電視機前，輕得像貓一樣開門離開。

出門時他在路燈下仔細研究同時傳來的相片，老人與高瘦女人之外，這張是年輕男人大頭照，看起來二十歲入伍時拍的，穿步兵學校學生制服，頭皮剃得青白。簡歷上寫：陸軍一級狙擊手、上尉退伍、法國外籍傭兵團步兵士官。他腦中影像更加清楚，看到抱老人衝上樓的影子，用不知哪款槍回擊的小子。接著想到里斯本射擊他頭旁牆壁的射手，是他，連續兩次阻礙他的工作。

有人叫住他，到戶外抽菸的女兒。

「你走了？」

他點頭。

「我媽知道？」

他想想，搖頭。

女孩用冒著星點火光的菸頭對準他，

「如果不回來，走了就走了，不准來電話，不要給她希望，女人討厭希望。」

阿富既沒搖頭也沒點頭，他低下頭轉身走了。

耳後傳來聲音，

「希望，太花錢。」

救護車停在地下停車場，小艾一層層往下，對方沒說車子停在哪一層的哪個車位，不過難怪沒說，地下第三層上百輛車僅一輛救護車。

改裝的救護車，車齡至少二十年。前座兩個位子，後面原是無棚貨艙，加了露營用的硬殼車廂，還好外裝漆了救護車字樣。氧氣設備、點滴架、急救箱、血壓計，該有的大概都有吧。

車鑰匙插在方向盤下方，摸椅子下面，一把槍。看來可能年齡比車子還老的前蘇聯空降部隊用折柄式AK，二十發裝彈匣滿的，撞針在，準星在，槍管內輕微麻膛，準星需要用火燻得更黑點。沒有瞄準鏡。尚未付錢，不能期望太高。

開車出停車場，沿途採購食品、水和能買到的醫療用品，半小時後車子停在小車旁，小畢坐在後座照料將軍。

「不錯，你真弄到救護車，哪個世紀的？」

小艾沒回應，設法搬下將軍，仍處於呼吸狀態中，仍然昏睡。小畢抓起後座一包藥物跳下車。

「要快，」小艾說，「撐不了多久，需要大量抗生素和營養劑，」

小畢進救護車後車廂照料將軍，小艾坐在方向盤後打開手機導航默記下路線，將手機隨手扔進路旁水溝。

一路往巴塞隆納，折而向北，越過庇里牛斯山進入法國。

駕駛座後方的小窗被推開，

「你怎麼弄到車？」

「打個電話。」

「你打工的餐廳老闆？」

「打個電話。」

「路還長，要不要說說你女朋友？」

「不想。說說妳好了。」

「沒男朋友。」

「被妳打跑了？」

「喜歡女生。」

小艾接不下話，他認識男同性戀，不認識女的。

「台灣不是已經通過同性戀結婚的法令，你不同意？」

「聽說。」

「不喜歡同性戀？」

「不是。」

「不喜歡女生？」

「也不是。」

「說說，將軍睡著了，你我得振作，再這樣悶下去，你不打瞌睡我可是保證五分鐘內睡著。」

「不喜歡我喜歡的女生不喜歡我。」

「很好，多曲折的反同性戀說法。」

「還好有女朋友了。」

「慶幸在她還沒發現自己是不是同性戀前，你先霸占。」

「不是慶幸，是不必在追女生前先弄清她的性向。」

「不習慣用腦子。」

「習慣單純的事。」

她背靠隔開駕駛座與救護車廂的鐵板，看著搖晃的點滴管線，

「我爸死後，舅舅很照顧我，他當攝影記者，追一對明星夫妻緋聞，他們那年的婚禮被譽為金童玉女，惹得多少粉絲傷心。十年後在紐約離婚，女的回到台灣拒絕採訪，報社派我舅去盯男的。去過紐約？」

「沒。」

「紐約很大，近千萬居民，我舅花很多時間打聽，得到消息，男明星會在某日某時出現在某旅館大廳。」

小艾試著拼出男女明星的相貌，失敗，他看的電影電視不多。

「舅提早到，準備好相機。紐約很多華人的法拉盛區，旅館一樓熱鬧，華人你清楚，一人來紐約玩，家族幾十人等在旅館迎接，光介紹彼此至少花半小時。幾年前去紐約，特別跑去旅館一樓喝咖啡，小小進入老舅的人生兩個小時。他三年前走了，喝太多酒，肝再也承受不了，還好走得很快，把他的十幾部相機遺傳給我，防潮箱內留張紙條，愛妳，寶貝外甥女。」

小艾不習慣看女生掉眼淚，他沒話找話。

「妳舅去紐約當狗仔拍照。」

「舅見到男的，穿整齊白西裝，左手一把花，焦慮地四處張望，舅按下快門，拍了

十多張男人表情，忽然男人臉上綻放出笑容，盛開的花，每個毛細孔、每道皺紋全張開的笑容。鏡頭轉到男人看的方向，另一個男人，站在入口處揮手。」

「你舅拍到照片了。」

「沒。接下來他沒按過快門，回到台北對報社說沒找到人，倒是他留下一張照片，男的一手花束展開笑容那張。」

「有點感人。」

「凡事隱晦的年代。」

「大家用猜的。」

「我出國念書前，二十三歲吧，我舅請我去餐廳吃飯，台北老式牛排館，兩人喝掉一瓶酒，回家途中我對他說，舅，我喜歡女生。」

她臉埋進手裡，兩手埋進膝蓋間，脖子一條突出的筋快速抽動。

好久，她抽出臉，抹掉眼淚，

「舅什麼也沒說，回到家拿那張照片給我看，告訴我他去採訪的經過。」

「懂，我不會追妳。」

她用力捶車壁，

「我比你大好幾歲。」

「愛情和年齡沒有關係。」

「和什麼有關？」

「感覺。」

「你對我有什麼感覺？」

「麻煩的感覺。」

「掃興，不過評論公正。」

「你說的明星後來呢？」

「女的嫁人，從此過著幸福快樂日子。男的一直在美國，開了餐廳，下次你去前我把地址傳給你。」

「看綻放的笑容。」

「對嘛，這才有聊天的感覺。」

他們沒再說話也沒睡著，車子開過剩餘的黑夜和大半個早晨，停在荒涼路旁一家雜貨店前，有人需要上廁所，有人需要酒精振作精神好幫將軍換藥。

清光體內多餘物質，輕鬆出來，他看見對面停著一輛黑色大型休旅車，下來三人成扇形向救護車走去。

呼喊同時，他抽出外套內的ＡＫ。

依照手機指示找到路旁汽車，阿富一路尋找救護車。走得太急，尤其記得孃孃女兒對他撂下的話，關於希望。

心情低落，身體內空的，酒醉嘔吐後的空，不，更空，當初連續三天未收到該嫁給他那女人的訊息，小說裡形容魂魄出竅的空，所有人對他說的話隔一個山谷，雖然清晰卻遙遠。

唸著孃孃兩字，忽然這個名字對他產生深刻回應。或許太久沒女人，或許天氣太冷，或許太寂寞。不願意承認寂寞，可是他真的許久未從女人肌膚、吐出的熱氣體會自己真實的存在。

看到救護車，停在公路左邊小商店前，引擎熄火，車上的人進店裡了。右邊也有輛黑色休旅車，下來三個人。他在後面十公尺停住車，槍夾在大衣內低頭出了汽車。三個男人抽出槍向救護車圍去。他們是誰？

對面離救護車不遠處也出現一名男子，認出，陸軍一級狙擊手小艾，也抽出槍。

從廁所出來的小艾槍柄頂著腰，用熟悉的國語喊：

「小畢，躲開。」

小艾伏地打了兩個滾躲至路旁路燈杆後，左手扶住槍管護木，右肩頂住槍柄，不費神瞄準，憑經驗往三人射去。

槍聲大作，小畢從店裡出來，發出驚呼，甩下手中紙袋再躲回店裡。小艾往救護車撲去，以車門為掩護掃出一排子彈，跳進車內扶起將軍上肩，彎身背起忽然變得很重的老人下車。

對方兩人持手槍，一人持短管衝鋒槍，被小艾第一排子彈打得趴倒在地，這時抹掉眼前灰沙站起來，可能小畢動的手腳，商店內外燈光全熄。

不能戀戰，小艾再掃出一排子彈，他的首要任務是帶將軍脫離火線，不過這次他背的雖非能扛五〇機槍的一百多公斤大漢，敵人卻距離不到二十公尺，槍聲從身後響起，五點五六子彈打在他腳旁，側身往地面倒下順勢滾動，對著模糊人影的小腿射去撂倒第一名男子，衝鋒槍發出炸裂金屬聲音，救護車被打爛了，對方認定目標是救護車。

後腦被打中，小艾往地面摸，不是子彈，易開罐的可樂瓶。不僅他被擊中，一瓶瓶易開罐落至他與殺手中間，罐子落地爆開，發出氣體外竄的刺耳聲。小畢幫的忙，不管抓到什麼從店內朝外扔，雖打得小艾後腦起了個包，對方也受到阻礙，小艾再一槍過去打倒一人，這時救護車內氧氣瓶爆炸，一團火花照亮周圍，小艾有機會臥姿精準射擊，一槍擊中持衝鋒槍的胸膛。感覺得到子彈飛出槍，穿出沙塵，尚未向上爬升即鑽進目標物胸口。他聽到子彈鑽進人體炸出一團體內氣體的噗的聲音。

將軍呢？他躺在沙石路面，小艾把他再架上肩往商店退，不太妙，將軍兩隻手下垂，一點氣力也不剩。

他沒注意對面來車的車尾還有第四名殺手，一把步槍伸出備胎側邊對準小艾，槍聲再響。

前特戰中心艾上尉身手不錯，持槍的手穩，受過反恐近戰訓練，轉眼間幹掉三人，但未能阻止衝鋒槍對救護車車體的掃射。如果老人在車內，幾十發子彈送進去，很難逃得過，除非裡面另有防彈裝置。

不，上尉起身往左邊摸索，扶起人影，背起人影。

他伸出槍口，對準上尉背心的瞬間，眼角瞄到右前方人影晃動，出現立即威脅，他未思考即轉過槍口，黑色休旅車後面藏了一人，持步槍蹲著，他扣下扳機，對方左太陽穴爆裂，手中的槍落下，身體倒下。再轉回槍口，上尉不見了。

老人呢？不在救護車內，上尉扛他正往商店跑去，追補一槍，這次他非常確定，子彈再次射中老人背心。

他也挨了一記，落在頭頂，可樂罐爆開，可樂順頭髮流至他臉部，最恨溫熱的可樂。

他確定另一件事，陪老人的高瘦女人可能練過，否則高中是壘球國手，把可樂罐扔得這麼遠，不然田徑選手，扔鐵餅的。

聽到汽車引擎聲，他回到駕駛座，才將車子轉上柏油路面，方向盤歪了，至少兩個輪胎挨了槍彈。

這個小艾面對三名殺手居然有空打爛兩輛車的車胎，有點名堂。

小艾感到背後受重擊的同時，整個人朝前趴下，看到不遠處另一輛車搖動的人影。小畢跑出店跳進小卡車駕駛座，他看到車尾紅燈亮起，抱著將軍朝前跑去，扔將軍至後車廂，抓住小畢推開的副駕駛座車門，他隨著車子跑了幾十步，車輪彈起碎石輪番打中他背部和屁股，他咬緊牙彈起腿，跳進車內。

看到路旁另一輛車駛上路面，不過歪斜地撞到前面休旅車屁股。

「妳練過。」

「練過什麼？」

車子往旁邊歪。

「練過扔可樂罐。」

8 老伍

「查過，不知下落。」

蛋頭嗑大碗滷肉飯與一碟豬腳，徹底忘記醫師警告，前老年期的叛逆。

「他們回家了？」

「沒。」

「台北市警局緊縮開支，你沒錢吃飯？」

「好久沒出來吃飯，老婆不許，局裡上下都接過她電話，把我當智能退化病人，誰經過都唸一句，副座老婆有指示，吃清淡點。你說，這樣下去我怎麼活。」

老伍看自己面前一碟燙青菜和一碗花枝米粉，再看蛋頭滿嘴脣的油光，不禁露出厭惡表情。

「對我不滿？」

「血管裝了兩根支架威脅不了我們，敬佩不受血管硬化威脅的男子漢。」

「請我吃飯，什麼事？」

「跟你提的那一家人門沒關，迄今未返家，你們發通報尋找了嗎？」

「喂，伍前警官，沒人報失蹤，那家人沒犯法，我怎麼下命令。」

「他們子女、親戚呢？」

「一時之間沒空派人去查。」

「你等退休的人，時間都用去看網劇？」

蛋頭副局長放下筷子，

「不，老伍，地球不是以你為中心由東向西運轉，除了你之外，另有空軍退伍軍官和士官失蹤，他們家人報了案。」

左佑華，三十七歲，空軍官校畢業，F-16飛行員，五年前受傷從一線退下，轉任模擬飛行儀指導教官。兩年前因身體無法負荷沉重的任務，提前退伍。

吳國樑，四十二歲，專業士官班畢業，任空軍第二戰術戰鬥機聯隊後勤維修士官長，服役滿二十年，兩年前退伍。

「我找的那名保險客戶也從空軍退伍，怎麼都空軍。」

「你找的不算數，尚未列入待查失蹤人口。」

「你找的兩個呢？」

「左佑華單身，三十五歲就退伍，和他受傷有關，一腿不良於行，多年未和台南家人聯絡，通電話是有，過年過節不回家看父母。他爸說他媽催他結婚，催久嫌煩就不回去。報案失蹤的是兩名官校飛行員同學。左佑華朋友不多，前陣子開同學會，他沒去，所有人不知他近況，兩名和他熟識的同學趁酒興找到他住處，嚇一大跳——」

「家裡被翻過？」

「不是翻，像好幾年沒人住過。總電源關了，瓦斯停了，浴缸、馬桶乾的。問大樓管理員，說左佑華一年沒回去。兩人覺得不對勁，打遍電話，上網詢問，找不到左佑華，其中一人認識局裡警官，跑來報案。士官長吳國樑有家人，他妹妹和他老婆處不好，說吳國樑去國外工作，大嫂捲款跑了。我們不能聽小姑一面之詞，沒有證據不能亂發通緝令逮捕人家老婆吧，還好沒這麼做，查戶籍資料，吳國樑未離婚，一年多前出國，一直沒回來。蹊蹺。你別搶話，聽我說完。本來以為他受不了老婆，乾脆出國工作不回來了，不對，查他新的住處，嘿，鄰居說吳太太一直住在那裡，打麻將時談起她先生，感覺不到兩人分手跡象，可是最近沒見過吳太太。調大樓監視器錄影檔案，七天前她提了行李箱和一名男人離去。那名男子沒持槍要脅，很年輕，穿籃球服，像剛服役的憲兵。」

「外遇？」

「你怎麼成天盡想外遇。」

「左佑華和吳國樑彼此認識？」

「左佑華於一個月前入境，吳國樑兩星期前入境，兩人不同行，一個從伊斯坦堡飛回來，一個從阿姆斯特丹。」

「吳太太提箱子跟年輕男人走了，不查年輕男人是誰？」

「談正經事，別瞎扯。」
「好吧，我問你，軍人退伍不歸國防部管，歸誰管？」
「後備指揮部管教育召集，退輔會管他們的就業、就醫。」
「你們該去退輔會問，左佑華受過傷，不好找工作，退輔會不是幫退伍官士兵找工作嗎？」
「你最聰明，要不要回鍋當刑警，我向上級強力推薦聘你為重案顧問兼駐警政署保險經紀人。」
「蛋頭，你最近老講話酸溜溜，更年期到了。」
「快退休，沒升成局長，我心理不平衡。」
「可能需要外遇。」
「哎，風涼話。忙半輩子，該拍的馬屁沒少過，眼看高背皮椅就在眼前，咻，別人的屁股比我尖，坐進去了。」
「這樣，我去退輔會，你查我那位保險人，陳重實，四十五歲，空軍退伍，到漢翔航空開發無人機，待了兩年忽然辭職，也應聘出國。」
「停。老伍，事情不對勁，他們都空軍，都出國工作，都失蹤。」
「你的兩人，一未婚，一有妻子無子女，我這個，有妻有女，我的連妻女一起失蹤，更耐人尋味。」

「另一可能，我們太小人之心，他們以前在軍中認識，結夥國旅，此刻在花蓮看太平洋吃龍蝦，並且一起耳朵癢。」

「為什麼耳朵癢？」

「有人想他們，你和我，我老爸說想誰就用力想，對方耳朵會癢。」

「你爸夠狠，隔空讓人耳朵癢。」

不久老伍耳朵癢了，難得接到兒子訊息：爸，你在哪裡。早算到沒老伍，兒子和娃娃搞不定營養午餐。搭車去退輔會前，他撥了電話，

「找你爸有事？小朋友午餐怎麼樣？」

「你去那家咖啡館，我打去。」

「哪家咖啡館？」

「記得我以前交過的女朋友，你去過。」

「喔——」

「快去。」

天下兒子最大，而且兒子大了，又主動打電話找老爸，比中樂透更難得，做爸的要珍惜。退輔會只好延後，改而搭捷運到萬隆站，還好記得路，巷子底一家咖啡館，大部

分顧客是年輕人，各據長桌一方寫小說、寫劇本，一杯咖啡窩一天。假以時日，出現另一個李安和侯孝賢。

難以想像，老伍想不起幾歲開始喝咖啡，至少警校畢業前沒碰過咖啡，哪知轉眼之間，台灣兩千三百萬人一年居然喝掉二十八億五千萬杯咖啡，咖啡館密度全球第一，年輕一代的人生目標從當飛行員、空中小姐變成開咖啡館。

兒子的女朋友叫什麼名字？只記得她當過空中小姐，存下錢為了開咖啡館。

室內安靜，不宜打招呼聊聊近來如何，一進去，長髮女孩鐵著臉迎面而來，拉他到咖啡檯後面，那裡一具市話，話筒擺在桌面。老伍不太好意思，覺得該點杯咖啡或蛋糕，但女孩已經招呼其他客人去了。他抓起話筒，

「兒子，說吧。」

「我查南歐近日發生的命案，詭異。里斯本發生一起槍擊案，被害人不見了。洲際飯店附近頂樓找到一具屍體，手中持槍。葡萄牙和西班牙交界處公路旁一輛車內三具屍體，遭槍擊致死。不久前馬德里西北處又四屍命案，全部中彈身亡，我看網路新聞，目擊者說三人被救護車駕駛打死，另外一輛寶獅汽車的駕駛打死第四人。爸，追著屍體找到小艾，他在西班牙往法國方向前進。」

「小艾和你聯絡了？」

「之前我把你給的電話號碼傳到他電話答錄機，應該收到。忽然想到好久沒用的雅

虎信箱，他留了話。」

「留什麼話？」

「將軍中彈命危，一路被追殺，不能曝光不能送醫，問你的介紹人，該怎麼處理。」

勞累，老伍哈腰道謝向長髮女孩說再見，換了車去刑事警察局對面的茱麗咖啡館，兒子有話不能手機裡說麼？搞神祕，怕調查局追毒品？

「怎麼處理？將軍是我小老弟，當然不能見死不救，問題在於他的事牽涉國家機密，我想救也救不成。」

茱爸面前無酒無咖啡，一大碗中藥，聞到都覺得苦，看情形血壓又偏高。

「你老江湖，滑溜成性，這次別再推託。」

茱爸閉起眼喝中藥，老伍只好代替他摸著懷裡乖順的老貓，

「牠老了，十七歲，最近毛掉得凶，去醫院檢查，原來一隻眼早瞎掉，看看，牠不說，不讓我擔心。醫師說活不了多久，要我寬心看待。死亡這檔子事不是晚上忘記吃藥，能寬心看待嗎？」

他接過老貓，抬起視線，眼睛透著消失多年的年輕光芒，

「你說的沒錯，老江湖，養成不得罪各方的壞毛病，久而久之忘記自己個性，想我

二十歲時候——好漢不提當年勇，伍警官，實情我不清楚，將軍為海雪計畫去葡萄牙談事情，一夥三十二名退役空軍人員在葉門當傭兵。這事由政府發包給戰略學會，你見過的李上校是將軍助理，處理戰略學會內外雜事，他清楚所有內情。我知道各國在葉門角力，台灣傭兵的事得保守機密，如今將軍去了葡萄牙，知情各方想抓他供出詳情，讓沙國、美國和台灣都下不了臺，沒想到將軍一到就挨槍，打他的不是不想台灣續約的沙那政府、伊朗，就是想讓台灣出醜的老共。公共場合開槍打將軍，你老警官，想得出來為什麼？我估計歐洲司法介入調查，抽絲剝繭，抖出台灣的祕密，炒成國際醜聞。」

「對方既然知道海雪計畫詳情，為什麼不直接公開？」

「看樣子他們手上沒證據，再說自己公開的話，台灣否認，美國否認，一天的新聞。留給警察追、記者搶，能連上十幾天頭版頭題。台灣殺手扛重傷密使，從里斯本殺到馬德里，夠聳動的標題吧。」

「小艾怎麼辦？」

「無論將軍死活，叫他背著將軍跑。想法子設局，反過來抓打他黑槍的痞子，問出到底誰要殺將軍。」

「反守為攻？將軍呢？」

「他去之前心裡應該有數，不然不會託你找小艾。如果救不了他，至少得替他報仇。你了解我個性，報仇十年不晚，但一定報。怎麼說的，報仇這事，得花點時間讓它冷一冷，才能趁對方不注意，來個突襲。法國的基督山伯爵花了二十三年報完仇，伍子胥花了十六年。」

走之前茱爸提醒一句：

「對小艾說，看不到敵人在哪裡，就躲著找機會，孫子兵法說什麼善攻者動於九天之上，敵人找不到你主力在哪裡，善守者藏於九地之下，敵人摸不清你，就這道理。他比你機靈，懂的。」

不懂不行，他借茱麗的市話，拿起咖啡味的電話筒對兒子說：

「傳話給小艾，背著將軍跑，想法子反擊，查出誰要殺將軍。」

通完話，茱麗正冷冷看著他：

「老伍，退休的人多陪老婆、兒子，還在攪什麼亂七八糟的事。」

老伍愣了愣，多難回答的問題，退休才知道老婆和兒子全不需要他，他只是個他們的親人。

「還有，我爸身體不好，你知道，菸酒七十年，凡事別找他。」

懂，嫌他把麻煩帶來咖啡館，不過這次扯他進來的明明是茱爸。

「我爸熱心，早知道叫他去選里長，不甘寂寞。」

聽得老伍罪惡感十足，他對茱麗苦笑：

「茱麗，我說，妳聽聽，不要對我翻臉。妳爸活得久，活得開心，一是有個孝順女兒，一是還有一堆事讓他煩。相信我，男人不喝酒不抽菸，要是不弄弄這弄弄那，身體不會好。」

茱麗右手四隻抹得晶亮的指頭輪流敲著桌面，頗有點打算判老伍有罪或無罪開釋的掙扎。

9 小艾、小畢、阿富

救護車炸了，小畢偷來的小車不能開太久，逃不過警方追捕。前面路段塞車，交通警察臨檢，趕緊離開大路，十分鐘後彎進沒路燈的鄉間小道，停在不知名小村子外，放眼望去一片收割後昏黃農田，找到公共電話，撥了之前的號碼，

「茱爸朋友，需要一輛車。」

對方居然沒問之前的救護車呢？或者沒聽出聲音，以為茱爸很多朋友在歐洲都需要來路不明的車。

「大？小？」

「後座能讓人躺下藏著最好。」

小艾習慣等待，等了將近兩分鐘。

「把你經緯度告訴我。」

小艾借來小畢的小米手機找出位置，他報出去。

「付不付帳？」對方說。

「記帳。」

這次等了三分鐘。

「你想法子往東北，到托里哈城外，會看到你需要的車。」

「什麼車？」

「看了就明白。要槍不？」

「暫時不用。」

電話又停了三十秒鐘才掛斷，老伍介紹的這人在西班牙嗎，否則怎麼會出現國際電話的聲音傳遞延遲現象？

沒在駕駛座看到小畢，他走到後面說：

「我們換車，得把這輛扔了，麻煩收拾將軍需要的藥品。」

沒等到回答，他往車內看，將軍仍躺在後車廂鐵板，小畢跪在他一側，轉頭看小艾時，脫落的淚水飄在空中。

「怎麼了？」

「將軍走了。」

看不到小卡車，阿富離開主要公路，就近找了家餐廳填肚子，發出手機訊息，正中目標物。

回信簡單：死了要看到屍體。

看到屍體？難不成背起屍體去認證才拿得到尾款。

回信：拍照傳來。

媽的，原來幹這行得時時留證據，他得繼續追。

吃著一鍋雞肉和各種青菜煮在一起的燴飯，摸出口袋內名片，一股打給孃孃的衝動湧到手指尖。該說什麼？說明天晚上去吃水煮魚？

吃完燴飯，喝掉半瓶啤酒，總算等到通知。打開手機地圖，瓦倫西亞在東邊，怎麼又改方向了？

他慢慢喝掉剩下的半瓶啤酒，看著窗外一列十多輛自行車隊經過，想起青春，想起汗水，過了四十歲，心情老得很快，他急思安定，過平常日子，騎車到處走走。

拍拍勉強填飽的肚皮結帳到店外，一陣冷風迎面刮來，風裡彷彿夾帶刀刃。他拉起衣領拿出手機，

「我阿富，愛吃炒飯的那個客人，妳媽忙嗎？」

女兒沒馬上叫她媽聽電話，

「你下定決心了？」

「下定決心。」

他等了一下，

「我阿富，希望能再去吃水煮魚。」

傳來孃孃顫抖聲音：

「好，你隨時來，水煮魚之外呢？」

「妳做的都好吃，我還要幾天。」

「那你每天這時候給我一通電話。」停頓一下，「好曉得你哪天來，買魚什麼的，事先去菜場，這裡草魚不好買。」

「好。孃孃，會騎車嗎？」

「哪種車？」

「自行車。」

「誰不會，不就兩塊踏板朝前踏就是了。問這做什麼？」

差點嫁給他的女人曾問他：為什麼不說出你的計畫，一個人在肚子裡把別人計畫進你的夢想，我又不會讀心術。

「沒事，」他對孃孃說，「想到了春天帶妳四處騎車走走，歐洲漂亮。」

話筒那頭沒回應。

「不然妳帶我坐火車到處走走。」趕緊改變計畫。

「好，春天你帶我走走。明天起叫女兒教我騎車。」

他斷了線，覺得風變小，也暖了許多。工作盡快處理完，他沒時間了。

「沒時間了。」小畢說。

「為什麼？」

「將軍死了，沒談成續約，趕快通知伊斯坦堡那裡的人，撤出沙漠中隊。」

小艾跪在將軍屍體前，原來不久前將軍替他擋下竄進背心的子彈。沒流出多少血，將軍已近乾枯。如果他沒把將軍扛出救護車，將軍便被大火吞滅；如果他沒把將軍扛在背後，一顆子彈便打斷他脊梁，躺在小卡車後面的會是他。猛然點醒當初他背機槍手跑了幾百公尺，機槍手替他擋了多少子彈？

「將軍屍體怎麼辦？」

「你不是說過丟進海裡。」

「隨便說說。」

「現在將軍死了。」

「記得我說過背一百多公斤機槍手故事？死活都得背。當初我朋友介紹我給將軍，信任我，不幸我犯了錯，將軍死了，不能連屍體也沒運回去。」

「昨天說屍體扔海裡，今天又捨不得，毛病真多。那怎麼辦？」

「把屍體運去伊斯坦堡交給你們的人，這是我起碼該做的。」

「死腦筋，怎麼運啊，裝個棺材交火車運？連死亡證明也沒，沒有貨運公司敢接這筆生意。你這個白痴，渾身肌肉，像坨死豬肉。」

「妳罵人。」

「伊斯坦堡那裡忙著撤出沙漠中隊，沒空幫忙。你一路上殺人，恐怕好幾組人馬追在我們後面，怎麼弄將軍屍體。」

「畢小姐，穿幫了，妳是將軍祕書還是什麼鬼才相信海雪計畫裡面的工作人員？為什麼撤出沙漠中隊，再派個人來談續約的事不就好了？」

「對方只認將軍。」

「屍體算不算？」

小畢的眼神跑得很遠，小艾依稀看到她瞳孔內晃動得模糊的光影。

「說說妳沒告訴我的事。」

「我要幫將軍完成未了的工作。」

「和我一樣，妳不願將軍的工作虎頭蛇尾，我不願將軍屍體留在外國。」

「你這個人真拗，要運你運，我先去伊斯坦堡。」
「反正都去伊斯坦堡，一起，我覺得有人在旁邊說話不容易睡著。」
「怎麼有你這麼討厭的人，先前不情願，現在又要跟去伊斯坦堡。」
語氣激動，小畢臉色逐漸轉紅，接著她遮住臉，哭了。好久終於說出一句話，
「將軍接下來會怎樣？」
「三十分鐘後漸漸僵硬，之後十二小時硬得像石頭，我們移動他最好趕快。兩天後屍體軟化，分泌出屍水。這裡乾燥、低溫，軟化時間延後，可能三天。」
「屍臭什麼的？」
「冰封，想辦法找容器，密不透風的最好，加冰塊，車內冷氣開最強。」
小艾從車內找出水果刀，以刀尖劃開屍體背後彈孔。
「三天時間。也就是說，三天內得把將軍屍體運去伊斯坦堡交給海雪計畫的人。」
「三天，從西班牙到伊斯坦堡，我們需要飛機。」
刀尖往深處挖，血肉沾上他手掌。
「超過三天我們得帶著屍味滿歐洲跑？」
卡到東西，他抽出刀，伸手進去掏，摸到了。他拿出子彈，張開掌心，十二點七毫米彈頭。
「我看到他兩次，都看不清楚，不過奇怪，覺得他是台灣來的。不管是誰，千山萬

里追，非殺將軍不可，偏偏我答應過將軍看住他的背，我和他的仇結大了。」

「不要這樣，你的表情好嚇人。」

「畢小姐，將軍不能死，不准對任何人說將軍死了，只要將軍活著，那個人會不停地追我們。」

「你要報仇？」

他抹去彈頭血水和肉屑，

「將軍替我擋下子彈，不替他報仇太說不過去。我去哪裡，將軍去哪裡。」

「好。可是卡車上都是將軍的血跡。」

「換車。」

不遠處停了輛計程車，沒人。他撬開門，拉掉定位器，在小畢協助下把將軍搬至計程車後座。

計程車離去前，小艾點燃一把火，看著後照鏡內小貨車成為一團火球，他加快速度，火會引來許多注意。

「想通了嗎？」小艾轉上公路。

「我和伊斯坦堡通過電話，他們說二月七日前務必撤出沙漠中隊。」

「回台北趕過春節？」

「不知道。」

「二月七日，剩七天，老天，最好今天先離開西班牙，想辦法在法國弄到飛機。」

「伊斯坦堡說去瓦倫西亞，安排了快艇。」

「我想想。瓦倫西亞在哪裡？」

「西班牙東部，面地中海。」

「從西北方向改成東南，給妳指示的人地理不好。」

「總比弄不到飛機好。」

「意思是我們坐快艇穿越整個地中海？」

「不然怎麼辦，帶將軍上飛機？」

「沒來過西班牙，一切聽妳的，換車後去瓦倫西亞，靠地中海的港口對嗎？」

小畢心情欠佳，沒回答他的問題。

「透露將軍已經死去的消息給台北了？」

「沒，我也想替將軍報仇。」

開了好長一段距離，小畢終於用清醒的口氣問：

「你認為伊斯坦堡的人洩露我們的行蹤？」

「不，我認為妳沿途洩露我們的行蹤。」

「什麼意思？」

「不會要妳脫光衣服檢查身上是不是有追蹤器，我有女朋友了。」

「我——」

「等下找個地方，妳把衣服全脫了，行李、隨身用品最好也丟了。」

「乾脆把我丟了。」

「很想，到伊斯坦堡再丟不遲。」

快到托里哈，小艾看到他要的車子了。

黑色細長的靈車，裡面甚至準備了棺材，對方了解「躺下藏著」的真義。他對伍警官退休轉去保險公司任職充滿好奇與敬意。保險公司果然要什麼東西都辦得到。

把將軍移進棺材，停在商店前買了冰塊，保麗龍球似塞滿所有空間，再將冷氣開到最大。這種天氣車內開冷氣，小畢直打哆嗦，小艾也打了兩個噴嚏。

「沒到瓦倫西亞我已經凍死。」

「很難，」小艾歪歪頭說，「妳潛力無窮。」

途中被警察攔下，小畢通西語，穿整齊黑色套裝，像死者家屬，她拉開後門窗，棺材的說服力強過五百個彈舌音，警察沒興趣打開棺材。

天氣雖冷，冷氣雖強，棺材內的冰塊融化速度卻比想像的快，一路上得設法找到賣冰塊的地方。

小艾對酒吧內漂亮的女酒保比喝水的姿勢，

「Coffee, I like ice coffee.」

女酒保聳聳肩，對吧檯前幾名老先生說：

「Korean.」

原來連西班牙人也知道韓國人愛冰咖啡，於是一個小時後他對第二家打類固醇過多的酒吧老闆說：

「Me, Korean, ice coffee, a lot of ice.」

小畢縮在滿是彈孔的將軍大衣內打哆嗦，

「還有多久？」

酒吧老闆送給小艾一大袋冰塊，還跟出來看，一見是靈車，嗯，他回到店裡和酒客有夠多故事可以說了。韓國人、靈車、冰塊，西班牙人聽說過中國湘西趕屍的故事嗎？

「到瓦倫西亞，接我們的人見到棺材不會嚇得拒載？」小艾將半瓶伏特加塞進小畢懷裡。

「你我要把將軍送到他們手裡，對得起將軍。」

「對，有始有終。我回台北當廚師，妳呢？」

「我到伊斯坦堡再看看，說不定在當地火化，送將軍骨灰回台北。」

「慶幸將軍當時已昏迷，被五名槍手追殺——」

「不是三人嗎？」

「第四人躲在前面一輛黑色休旅車車尾。」

「他怎麼了？」

「還有第五人在另一輛汽車旁，他把第四人幹掉。」

「第五人是我們的人？」

「不，第五人射中將軍，十二點七毫米的彈頭就是他的。」

「他兩邊都殺。」

「而且他殺第四人時的態度很不尋常。發現第四人時他根本不當一回事，當第四人舉槍瞄準我，他變得不耐煩，認為第四人打不死我，礙手礙腳，轉過身一槍幹掉他。看到蚊子你本來不理牠，偏牠飛到你耳邊吱吱叫，你伸手一揮把牠捏成鼻屎狀，往褲子上擦掉。」

「下回介紹我認識你那位長輩。」

「畢小姐，追我們的不是一組人。」

「難道兩組人？」

「還有西班牙警方。」

「三組人？」

「希望不要再增加。」

「第二組是誰？」

「第一組人我猜來自中東，妳說的伊朗殺手，可以理解，不願意將軍續約，打死省得麻煩。第二組耐人尋味，妳覺得？」

「我哪知道。」

「第二組殺手不是中東人，沒留大鬍子，獨行俠，天色昏暗，看不清他臉孔，不過奇怪的是我感覺他很熟悉，說過，我覺得他是台灣人。」

「覺得？」

「感覺。」

「你感覺很多。」

「也說過，我是廚師，這一行靠的就是感覺，不能每道菜拿秤量鹽的分量。」

「台灣殺手？不可能。」

「希望，不然麻煩了。」

車子經過一個小鎮，小艾沒減低速度，因為沒看到酒吧的招牌。

「你在西班牙當過廚師？」

「義大利的時間最久。」

「他們愛吃你的炒飯？」

「剛起鍋，炒得熱呼呼，老義愛死了。要是我再回歐洲，計畫開一家臉大雞排店，一定生意興隆。」

「什麼叫臉大雞排？」

「雞胸肉去骨，拍打，敲鬆，伸展到我手掌那麼大，沾麵粉進油鍋炸，炸得外表酥脆，撒上鹽、胡椒粉、辣椒粉。想到，兼賣啤酒，北歐人更愛。」

「九十六%。」

「認可我是廚師了？妳真沒吃過臉大雞排？有機會做給妳吃。」

「將軍計畫回台灣請我去空軍總部吃飯，他和餐廳廚師熟，老是說空總牛排一流。聽你一說，我對臉大雞排的興趣更大。」

「不請妳媽？」

「我媽在美國——將軍屍骨未寒，我們在他前面聊吃的——」

「他坐起來拍妳肩膀說，小畢，空總牛排的約定往後順延。」

「別嚇我。」

小艾再喝一口酒，

「小畢，我可以叫妳小畢？別裝少女，妳的膽子未必比我小。」

酒瓶被搶走。

10 老伍

找到前空軍後勤維修士官長吳國樑的妻子，沒花台北市警局半點資源，鄰居打電話報警，之後警員到吳家見到吳太太，請她進警局喝咖啡，她不肯喝咖啡，怕晚上睡不著。於是蛋頭副局長大發慈悲心，自掏腰包替她叫了外送燒仙草。

一個小時後老伍接到訊息，坐了計程車趕去。

偵訊室內的吳太太看來憔悴，睡眠不足吧，眼眶黑了一圈。

「她說了？」

「沒。」蛋頭吃著另一碗燒仙草。

「不是跑了，她又回家做什麼？」

「忘記帶面膜。」

「可以在便利店買。」

「她用的是朋友自製，美白、保溼面膜，裡面加了七種天然配方，一星期敷兩次，一個月後老公不認識她，爸媽不認識她，兒子不認識她，出入境管理局比對護照更不認識她。」

「變年輕了？」

「該怎麼說……臉比屁股嫩，想像空間夠大吧。」

蛋頭發出嚼花生米聲音，老伍發呆，屁股嫩屬於某種動人的回憶。

「老伍，要麼我們很久沒好好關心老婆，要麼女人的世界複雜到我們這些老男人難以想像的地步。」

「怎麼說？」

「吳太太冒險回家不是怕現金、黃金被偷，為了拿美白面膜。」

「有陣子我回家見老婆老貼面膜看電視，那時想不起我老婆到底長什麼模樣，還跑去看客廳掛的結婚照。」

「恍然大悟？客廳看電視是另一個女人？」

「明明老婆坐在沙發，居然想不起她長的樣子，挺驚悚。」

「女人四十以後，她們臉孔是迷彩的，數位迷彩，朦朧中帶著色彩。我們以為老花眼嚴重，用力瞇起眼看，啊，那女人對我笑。行，除了老婆不會有其他女人見到我的禿頭笑，是她。」

「不肯說吳國樑在哪裡？」

「她哭，不敢說，怕害了吳國樑。」

「你打算？」

「既未犯法，也無前科，吃完燒仙草，恭敬送納稅人出警局大門。」

「手機呢？」

「無權看她手機，好言相勸，好禮相待，未得到善意回饋。」

「你放了她，派人跟蹤？」

「看穿我計謀，就說嘛，老朋友老同事比數位迷彩老婆強多了。」

「沒有證據不能往上報，檢察官若知道，提報你侵害人權。既然不能派刑警跟蹤，就想到不是執法人員的保險調查員？」

「我們是前世冤家，來生鴛鴦。」

「跟到了呢？」

「叩我手機。」

「不是沒前科、未犯罪，你能拿他們怎麼樣？」

「你跟蹤的時候，我趕快要小警官找吳家鄰居製作報案筆錄，鄰居報警說吳家疑似遭了小偷。」

「我跟蹤吳太太，見她果然和吳國樑躲在小旅社，我叩你，然後偉大的副局長和吳國樑在旅社房間內談，辛勞跟蹤的保險員在外面吃冷風等消息？」

「就說嘛，你比我老婆了解我多了。」

11 小艾、小畢、阿富

靠著地中海，以為溫暖，錯，海風穿透夾克、寒風刺進骨頭。小艾站在能俯視港口的高樓，遊艇碼頭盡收眼底。他重新思考，殺手在里斯本打了將軍一槍，未接著攻擊，認為將軍死了。

誰告訴他將軍沒死？

再追到馬德里工作站前打中用椅墊假扮的將軍，追到公路旁商店，又打中將軍背心，顯示他非要將軍死不可。

如果將軍已死亡的消息未走漏，他會再追到瓦倫西亞。誰非殺將軍不可？他要確定將軍死了沒。將軍知道誰想他死，可是沒來得及說出口？

小艾很想打開棺材公開展示將軍屍體，不必追了，不必浪費槍彈。當然不行，台灣方面不希望將軍曝光，如小畢說的，怕鬧成新聞，另一點小畢沒說，台灣怕將軍之死影響海雪計畫。最好的處理方法是宰了死纏不放的槍手，同樣，對方最好的處理方法是殺了礙手礙腳的小艾與小畢，朝將軍屍體再補幾槍，弄個相片之類的證據大肆宣揚。

台灣的將軍死在西班牙，牽涉多起命案，聳動的新聞。

如果殺手不知將軍已死，再給他一個殺將軍的機會。

他對蔚藍天幕說，將軍，請原諒我，多挨幾槍你不會痛，我卻可以馬上替你報仇。

因此，當小畢將靈車緩緩駛向碼頭邊，小艾伸出AK槍口，往周圍尋找那名高大的槍手。碼頭沒有遮蔽物，停滿車輛，相信槍手守在某輛車內等待，這次非確定將軍已死透透。

車子停下，小畢踏出去，走向碼頭尋找運送他們的快艇，用模特人形和帽子撐起將軍大衣的假人坐於副駕駛座，靈車後半部拉上窗簾，沒人看得見裡面情況。

小艾看到了，一輛停在距離靈車約一百公尺處的紅色汽車，細長槍管與圓筒狀的消音器伸出車窗冒出火光，帽子飛了，藏在裡面的模特人形頭部炸出番茄醬，噴得兩側與前車窗全是。小艾看到對方槍機彈出的彈殼彈跳到路面。輪到他等待，對方之前連殺了將軍幾次未果，這次必然上前確定死了沒。他打開保險，食指安靜地貼上扳機。

大個子出來了，戴毛線帽穿防風夾克，左手持步槍。比起來小艾的AK輕，射程短，槍口容易於擊發時往上翹。海邊風大，小艾瞄準目標物腹部，不求一槍致命，但求擊中。

小畢已經潛回距紅車約二十公尺處，她有手槍和不確定使用時是否有用處的形意拳。

殺手站直身體，一手插夾克口袋一手壓著大衣步向靈車，小畢膽子太大，居然追到後面，只差不到十公尺。不妙，大個子左手的步槍露出大衣，右手伸出口袋，轉身同時舉起步槍與手槍。小艾不再考慮，扣下扳機，子彈輕巧離開槍口，發出撕開空氣細微卻尖銳的聲音。

一出手即知失誤，立即朝左邊多瞄兩公分。

大個子兩把槍指向小畢，理也未理劃過耳邊的子彈。小艾上半身突出至窗戶，槍柄緊緊壓住肩窩，瞄準大個子夾克下的腰部，子彈仍不受控制，任性地劃過殺手的大頭肌。步槍掉了，小畢右腳飛踢上去，踢中鐵板一般倒下。小艾的第三發子彈射進腿部，大個子放棄對小畢的攻擊，在地面連續翻滾，右手的槍對小畢發射，左手撿起步槍往小艾方向冒出火光。兩槍都錯過目標，他卻搶到時間滾到紅車旁彎身進入駕駛座，不到十秒，紅車留下輪胎抓地的胎痕。

「我認得他。」

小艾下樓奔至碼頭，小畢已起身，右腳踝扭傷走起路不能用力。小艾施捨同情扶她站好，另一手打開後車門，打開棺材，抱起冰塊融化後被泡透的屍體，他背著屍體問：

「快艇呢？」

駕駛快艇的是留大鬍子的土耳其人，不過另有一名中年台灣男子接小畢登艇。

「我認得他。」小艾上船放下屍體時再說一次。

「將軍死了？」中年男子臉色大變，他的確不知將軍已死。

將軍被安置於舷旁的固定座椅，中年男子為他套上救生衣、綁上安全帶。垂著頭，將軍像是享受陽光的海釣客。

此時快艇已駛離碼頭，船頭分出兩道海浪，水滴噴射至小艾臉孔，他抹著臉對自己又說一次：

「我認得他。」

中年男人皺眉頭看小艾，但沒理會。小艾倒在甲板喘氣，

「為什麼是他？」

阿富忍痛駛出港區，手機未傳他接下來該去哪裡的訊息，他選擇北邊，加速向北。是他，阿富認出高樓窗戶探出的腦袋，照片上剃光頭年輕人，三軍聯合演習的狙擊手測試場見過，是他。

太急，他懊惱，不該急著攻擊靈車，應該先找到那對男女。

開出市區停在賣場偌大停車場，手臂大頭肌擦傷，小事，但大腿的槍傷嚴重，彈頭卡在骨頭之間。

手機仍無訊息，付錢的老闆大概還未接到他失敗的消息。打開野戰急救包，沒空戴滅菌手套，剪開褲管往傷口撒消毒粉，以止血紗布貼住，纏上止血帶。得盡快找到診

所，但他不懂西班牙語，而且他飢餓，需要大碗湯麵，腸胃再也受不了冷的三明治。更要一張床，已經一天一夜未睡覺。

他再次上路，像被風刮起的紙片，沒有目的地，任由風帶領。

記得在里斯本遠遠看見的槍手，他沒有感覺，這次感覺到了，對方左撇子，能兩手用槍，據他所知，軍中只有一人，陸戰隊的阿富。為什麼他在里斯本、在馬德里，在他媽的該死的瓦倫西亞？

「你自言自語什麼，認得誰？」

小畢坐在他身邊，脫下右腳鞋襪一個勁朝踝部噴藥。小腿刺了一個看不清的英文名字，小艾眼角餘光瞄到，

「女朋友名字？」

小畢摸摸刺青，

「要是女朋友名字，我大概全身刺滿了。以前養的一隻貓。你養過寵物沒？」她不期待回答，「比養人好多了，省掉多餘心思，專心愛牠們就好。貓耍脾氣，絕不背叛。」

睜開眼看她，陽光太烈，她的臉藏在陰影裡。

中年男子拿水來，蹲在小艾面前，

「畢祕書傳來的訊息只說中彈，沒想到將軍死了。你就是以前特戰中心小艾？厲害，從里斯本扛將軍到這裡。」

小艾右手遮在眉毛上方看男人，陽光太烈，男人的臉也藏在頭部陰影裡。

「要是找工作，我舅開葬儀社，大力推薦你。讓我想起湘西趕屍，你行。」

這次小艾沒張眼，即使閉起眼，腦中仍是一圈圈光環。下一站伊斯坦堡，他去過嗎？認識人嗎？看到和光環差不多的圓頂，清真寺；油鍋內炸的圓餅，和各種顏色的軟糕，男人頭頂戴的圓帽——他去過，海峽上藍得耀眼的天空飄幾片懶洋洋雲朵，地面盡是忙碌的人。同袍領他去看一間很大的旅館，《東方快車謀殺案》在裡面一間房內寫的。

為什麼想到伊斯坦堡，所有東西都是圓的？

「肚子餓？想吃什麼？船上冰箱兩種食物，你選。三明治、冰淇淋。」

「有油炸冰淇淋嗎？」

小艾說完不自覺地大笑，小畢拍他臉頰對中年男子說：

「別理他，我們一路上凍壞了。」

停在越南人開的雜貨店前，根據經驗，歐洲越南人開的店無論賣的水或零食絕對便宜，而且什麼都有。不少越南人沒有居留證，靠蠅頭小利過日子。他不能進診所，可以

進越南人的小店，他們怕惹麻煩不習慣報警。
塞了一百歐元給抱嬰兒的越南女人，拿了貨架上的酒精、消炎藥、剪刀，指指廁所，女人張著畏懼的眼珠子點頭。
廁所內堆滿雜物，他坐上馬桶脫下割裂的長褲，彈頭不深，以消毒後的剪刀伸入夾出小彈頭，鮮血流進杯子。撒上消炎粉，拿出急救包內的消炎針打了一針。已經開始感覺打從體內向外散發的冷，預計很快發炎、發燒、頭昏，就近找小旅館休息，按時吃下消炎和退燒藥，否則開長途到馬德里找孃孃。
開不了長程路途。走出廁所，越南男人回來了，以同樣畏懼的眼神看他。阿富用英語問 hotel，男人搖頭，指店後面的房間。
兩間，一間比較像儲藏室，他只要能躺下的地方。到後面點了菸，撥到馬德里的中餐廳，孃孃接的。
「工作沒完，需要再幾天。」
「可以，我都在。」
「女兒好嗎？」
「她去學校了。」
聊到頭逐漸沉重，背心一層冷汗。
「不方便講話？記住每天打給我。」孃孃中斷通話前再說一次。

阿富躺進好幾層紙板為底，鋪上棉被的床，聞到魚露甜味、法國麵包香味，夢到孃孃在餐廳等他，可是看不清孃孃臉孔，看不清桌面大碗內裝的什麼菜。

陸戰隊教過受傷後的處理步驟，取出彈頭、避免感染、吃抗生素、休息。他睡著，醒過再睡著，以為睡在軍營——不是軍營。以為睡在林森北路的大樓——不是大樓。以為睡在孃孃家的地板——不是。

在夢裡他試圖夢到家，他應該睡在家裡，卻怎麼也夢不到。到處尋找，汗水滲溼衣褲，他竟然想不起曾睡過十八年的家。

第三部　逃出伊斯坦堡

君子無所爭，必也射乎。
揖讓而升，下而飲，其爭也君子。

——《論語·八佾》，孔丘

黑海
土耳其
土耳其
加拉達塔
金角灣
伊斯坦堡
加拉達大橋
伊斯坦堡
博斯普魯斯海峽
馬爾馬拉海

1 小艾、小畢、老伍

到處圍著一圈圈男人，頭戴小帽一個貼一個低頭祈禱。汽車靜默穿過被他們擠縮的道路，棺木斜躺於後座，由小艾與小畢扶持，前座兩名男子不出聲以低速緩緩移動。拉開車窗透點空氣進來，低沉的誦經聲搶先湧入。聽不到不耐煩的喇叭聲，所有車輛耐心排隊等著上加拉達大橋到金角灣北面，一艘船經過博斯普魯斯海峽時拉出沉悶汽笛聲。

「上午發生爆炸案，炸了城南一間小學。」

簡短說明，小艾停止好奇，感覺整座城市罩上黑紗為不幸喪生者與受傷者祈福。一名穿穆斯林長袍老人懷抱一大籃的馬鈴薯橫過車子與車子間的空隙，後面跟著上了年紀女人。老人抵達另一邊人行道放下籃子，點起一根菸等老太太過去接了籃子蹣跚地拖著往北離去，老人這才拿起倚著欄杆的釣竿略做整理，將閃著銀光的釣線拋進大海。

「開車的是何中校，大家叫他 Sixty Eight，空軍飛官愛搞綽號，迷信六和八帶給他好運。至於我，明天回台北，可以不必假客氣問我姓啥名誰。」快艇上接小艾的男人以右手往臉上一抹裝個鬼臉，「不然叫我空氣，理所當然存在，卻沒人在乎。」

六八沒笑，小艾和小畢不知該不該笑，所以也沒笑。

「過橋沒多遠，看到前面圓形的高塔沒？」

戴了頂尖帽子的石塔，歲月在它身上塗了層淡棕色的滄桑，聳立於樓房之中，顯得某種程度的侷促不安。

「我們工作站在塔的南面，萬一迷路，往塔走就對了，這裡觀光客多，辣妹多，記得看塔，少看女人，否則保證迷路。」空氣自嗨，但沒人跟著笑。

「當初選這裡就是為了觀光客多，工作站一夥五張亞洲人面孔，混在人群裡相對不引人注意。不過畢小姐不同，」他乾笑兩聲，「他們高加索人種無可救藥狂戀女性蒙古人種，最好出門戴面紗，免得高加索男人把塔擠爆了。」又是一陣雞被掐住脖子的笑聲。

小畢沒搭腔，她閉起兩眼，連日未睡好，加上暈船，夠她受的。

「你們跟著將軍，算自己人，我簡介一下，本單位基於避嫌，不方便進沙烏地、科威特成立辦公室，太引人注目，選擇伊斯坦堡幾個原因，比起台灣，離阿拉伯半島近多了，」他又笑，「而且土航直飛台北，省掉轉機時間，機票比其他航空公司便宜兩成。還有，大家寧可吃沙威瑪，吃過利雅德的騷羊肉沒？吃過的就同意沙威瑪代表天堂。」

車子彎進小巷子，到處小店、小餐館，一名金髮女子站在石階轉彎處倚牆一手抓圍巾遮住半張臉孔，迷惘兩眼看著因路面不平而跳動的車子。風繞過石塔往下刮，吹起她隨風飄動的髮絲。

「把將軍運到伊斯坦堡，辛苦兩位。沒料到出這種意外，馬德里辦公室遭到槍擊，死了兩名同事，這幾天我們禁足，無特殊任務不得外出，接你們進工作站算特殊任務。」他轉過身看向小艾，「你是將軍找來的保鑣，特戰中心的？當心，將軍的死，很多人對你保護不周極為不滿，我例外，明天回台北，基於保密原則，即日起忘記在伊斯坦堡一點一滴。停車，對不起，得去拿老婆交付的任務，她要條土耳其毯子，顏色愈多的愈好，搞不懂女人，台灣一年冬天就兩個星期，要毯子做什麼？」

空氣跳下車鑽進掛滿毯子小店，車子繼續龜步在人群裡前進。

「我姓何，叫六八也可以。」駕車的人說話了，「別理他，軍情局派來監視我們成天抱怨。衷心感謝你們送將軍到這裡，他是我們空軍老聯隊長，沒想到出這種事。等下到工作站，大概沒你們的事了，地方小，空出三樓讓你們打地鋪休息，三餐由附近館子送來，想吃什麼對我說。別埋怨，台北來的指示，你們不准外出。」

車子停下，上來一名土耳其男人接手方向盤，小艾與小畢隨六八進屋。這是棟四層高的細長樓房，掛了英文、土文的旅行社招牌，開門的男人用眼神說話，他們遵照眼神指示上二樓。

室內面積很小，一層大約就十坪，一樓堆了紙箱與雜物，二樓四張擺了電腦的小桌子，兩名男子敲鍵盤如彈奏電子琴，頭也未抬，對來客完全不好奇。三樓用橫桿、布幔隔出兩個空間，各擺一張單人床墊。小艾看見飄在空中的浮游物，感覺得到沉重呼吸聲，難得有陽光的日子室內窗戶卻拉上簾子或乾脆用塊布遮住。一名男子從四樓下來，小艾聞到他身上的槍油味，新槍開箱後的濃濃槍油，帶點乾澀金屬味。沒聞到火藥的硫磺味。

「你們在這裡休息，冰箱有水，浴室在後面。不是小氣不讓你們住旅館，最近特亂，目前還沒證實是庫德族還是希臘人搞的爆炸，聚在一起安全。」

小艾掀開窗簾一角，對面的樓打開窗戶，陽光照射下，窗內像條黑暗隧道，看不見盡頭。隔壁二樓以鐵架搭出的陽臺坐著穿寬大束腳褲男子，面無表情抽著水煙。樓下細窄巷弄內一名老太太大力甩著從晒衣繩收下的白色男用長袍，小男孩出現在她身邊接過長袍，突然仰頭瞧了樓上一眼，眼神銳利到小艾立刻放下窗簾退了一步。

這裡不知被多少雙眼睛盯住。

六八掉頭下樓，小畢已經躺上床墊，鞋子未脫就發出鼾聲。小艾甩下外套決定即使飛彈轟進屋頂就任由它轟，來不及打呵欠隨著小畢進入夢鄉，恍惚聽到人聲、腳步聲、槍機聲，他懶得睜開眼，不過直覺計算，屋內不只五人，至少七人。

再聽到M 14步槍重低音上膛聲。

屋內不只一人或一對夫妻。

老伍沒進去，蛋頭傳了個名字至他手機，陳重實，無巧不巧是申請槍傷理賠的客戶。

腿上裹著紗布，胳膊吊在胸前的陳重實和吳國樑在同一間房子裡，面對氣色有如蟑螂，脾氣接近懷孕河馬的蛋頭副局長。

上網查客戶資料，真巧吳國樑也向他公司保險，長期海外旅遊險、意外險、海外醫療險，更巧的是同一天尚有其他十七人一起投保。所有人的保險費用由同一帳戶繳款，投保人叫李先覺——啊，世界沒這麼巧的事，老伍腦海出現國小運動場旁李上校的臉孔。

吳國樑不肯說，從窗外看到他神情激動指責蛋頭違法干預老百姓人身自由，老伍收起手機不理會與蛋頭的約定闖進去，不用考慮什麼是國家機密、什麼是人身自由，往吳國樑對面一坐，食指指向吳國樑身旁的男人，

「陳重實，說吧，你們在葉門的事，快上《泰晤士報》的一版了。」

「我返台休假，不干我的事。」

「每一成員都是退伍空軍人員，一年前組團去土耳其旅遊，不過拿長效期商務簽證，轉機到利雅德，專車送去葉門，我說的可對？」

陳重實沒吭聲，吳國樑想說點什麼但沒說出口，蛋頭擺出看老伍演戲的模樣。

「你們接受民間組織戰略學會聘用，到葉門當傭兵，中了槍，當地無法治療，送到利雅德再轉至伊斯坦堡，上面大概覺得傷勢嚴重，輾轉送回台灣，相信一定再三交代不得洩露任務內容，沒想到一回來即申報保險賠償，保險公司覺得不尋常，通知了警方，這位副局長尚未開始調查，你們的上級聽到風聲，下令所有從中東回來的，即刻帶家人

集中管理，連老婆的面膜也來不及帶。」

老伍揮著手裡的出險單，

「中槍、送回台北、集中管理，表示葉門出的是大事，擔心外人知道。陳重實，返台後去榮總看診，」他作勢伸手要摸陳重實腿上包得一大捆的紗布，「看來暫時回不去葉門？」

老伍轉頭看吳國樑，

「你原是空軍後勤維修士官長，退伍前和遠東航空談好去上班，沒想到遠東停飛，恰好戰略學會看中你，受聘去了葉門，已經快滿一年，返台休假。」

吳國樑閉緊嘴，陳重實張大嘴。

「不想回答就別回答，本來嘛，自由自在的老百姓愛失蹤就失蹤，旁人不該擔心，不過去葉門的事，投保時未向本公司說明，葉門戰亂多年，被外交部列為紅色警示地區，規定明確，紅色地區不宜前往。你可能沒仔細看保險內容，理賠給付不包括紅色警示的國家與地區，葉門不在旅遊險、意外險、海外醫療險的範圍內，你在葉門受傷，卻以土耳其伊斯坦堡醫院的醫療收據要求出險，涉嫌詐欺。」

老伍伸手堵在陳重實嘴前，

「包括你返台診治、檢查共住院三天，住單人病房也申請醫療險給付，我公司將一併追究。」

這回瞪大眼看他的是蛋頭，不過他未發問，充分配合演出幫腔：

「警局收到保險公司涉嫌詐欺的報案，陳先生，請你跟我去做個筆錄。這幾年詐欺案多，保險公司指控你詐欺，哈，講句不客氣的，檢察官見到你高興死了，他的業績有著落啦。」

「詐欺案，本公司將對媒體說明，提醒大家到橙色和紅色警戒地區不理賠——」

「不能告訴媒體。」陳重實揮開老伍的手。

「你們接受民間單位雇用，和國家機密無關，為什麼怕媒體。」

「就是不能說。」

說話的是不知何時踏進屋內的李上校，臉上少了笑容，

「副局長，你們違反協定。」

「我和你有協定，伍先生是保險公司的人，和你沒協定。」

陳重實喊：

「李上校，我們需要律師。」

警方當然不能攔阻李先覺領了住這間房的兩名退伍軍人出去，保險公司理賠調查員不能抓著恐怕申請不到保險金的顧客不放，他們站在門口看汽車消失，蛋頭彈起舌頭：

「嘖，老伍，你們保險公司的情資比台北市警局好，哪天帶我去參觀，說不定和你們經理簽個警民合作備忘錄，讓我們見識貴公司的資料庫。」
「想打探你老婆替你保了多大金額的險？休想。」
「你看事情怎麼樣？」
「李先覺不在乎保險公司，可是怕萬一事情曝光，在野黨立法委員閒著也閒著，狗見到骨頭不會不追，事情鬧大不太好看。」
「說說看。」
「不代表任何國家的傭兵，國際間常認為和恐怖組織畫等號。」
「這頂帽子夠大。」
「當年賓拉登帶人去阿富汗打聖戰，代表哪一國？」
「不代表台北市警局。」
「二〇〇五年倫敦爆炸案，涉案的巴基斯坦裔英國人代表哪一國？」
「不代表台北市警局。老伍，你的說法太牽強。」
「李先覺不理我，不能不理你，嚇他，說保險公司懷疑陳重實他們在國外搞恐怖組織，市警局得到情資要轉給調查局，他就怕了。」
「搞軍事情報的哪會怕調查局。」
「葉門案目前已被保險公司知道、市警局知道，再加上調查局，媒體不知道才怪。

他怕媒體，找上你為的是封我的嘴。」
「假設他怕你，會怎樣？」
「對你說出一籮筐聽起來像國家機密的謊話，指責警方不該透露消息給保險公司，不幸哪，他不曉得你我生死交情，這樣，我們花點時間和耐心，從他的謊話過濾出一丁點真話。」
「找到真話呢？」
「警告小艾。」
「聽起來和市警局沒關係。」
「如果小艾掉了根頭髮，貼塊ＯＫ繃，我開記者會，指明市警局知情卻故意施壓伍姓理賠調查員，涉嫌協助退伍軍人詐領保險費。」
「好了好了，凡事都你有理。你認定李上校這兩天找我？到時我請他喝咖啡，順便形容你凡事追查到底的臭毛病，看看從他身上嚇不嚇得出跳蚤、老鼠。你抓了他身上不知跑出的什麼鬼玩意寄去警告小艾，保他安康回台灣。」
「差不多。」
「也是，該救小艾，他這人挺有正義感。」
「你正好缺少。」
「快聊不下去。」

分手一個小時老伍即收到電話，蛋頭打來，酸味十足、陰陽怪氣的口吻：

「你的主意失效，邪門，李上校沒給我電話，倒是我用點小技術查他人在哪裡，你猜在哪裡，他老小子在桃園機場。」

「要出國？」

「我打到航警局查，他的名字在下一班土航班機的登機名單上。」

「小艾在伊斯坦堡。」

「湊上了。同一班機沒陳重實、吳國樑，倒是另有七名單身男子，拿國防部蓋過章的出境許可。」

「別告訴我七個男人都是現役軍人。」

「我不告訴你。」

「得找到小艾，事情愈來愈不對勁。」

「跟他說，回來帶一盒土耳其甜點，甜死螞蟻的那種。」

「得先找到他才行。」

「甜死我老婆的也行。喂，交換條件，她是不是在你公司替我保了險，保多少錢？幾百萬？上千萬？她又替自己保了多少？」

「前陣子查過，她沒替自己保，倒是替你老人家保了一千萬。」

手機沉默許久才傳出蛋頭聲音：

「老伍，挑撥夫妻感情，不厚道。她真替我保了一千萬？很像她的為人。」

2 阿富

手機又閃一下，畫面轉黑，沒電了。

阿富從夢中驚醒，他開車趕去某個地方，後座的厭頭董仔猛喊加速，就在轉彎快撞上大樹前，聞到法國麵包的香味，張開眼，麵包置於離鼻子三十公分小板凳上，裡面夾著生菜、碎牛肉和不知什麼刺激唾腺分泌的醬料。

摸摸額頭，燒退了些，按經驗至少得再燒兩天，直到傷口收合。沒胃口也得吃，需要營養。整條麵包塞進肚子，喝下大量水，吞了藥丸。手機沒電，當他爬在紙板尋找電源插孔時碰倒一個半空紙箱，門打開，瘦小的越南女人進來，後面跟著陌生老人，他認識老人手中的針管。

老人替他清理傷口，打了消炎針，阿富指指擱在一旁的長褲，越南女人從長褲口袋拿出一百歐元交給老人。

手機重新亮了，另一段訊息：

目標消失。出現新目標，同樣價錢，等待指示。

照片裡的是特戰中心姓艾的狙擊手。他回了：

同樣數字，歐元。

等不了多久，對方回：

成交，三個小時後查你戶頭。

喘口氣，他再舉起手機撥出號碼，清嗓子壓穩聲音，

「還在忙，店裡生意好嗎？」

接著是孃孃講話，講了生意和女兒，聽得明明睡意竄至眼皮他仍捨不得斷線。

「不嫌我要你每天來電話。」

「還好。要不是妳，我沒可以打電話的對象。」

「以前有個男人罵我口香糖，黏著不放。」

她聲音變得很小，說不定抽泣，說不定擤鼻涕，幸好馬上恢復情緒，依然中氣十足說話：

「沒對你說過以前幾個男人的事，下次說給你聽，台灣人叫作告白是吧。我們是不是發展太快了點？」

他的嘴貼著手機麥克風位置輕聲說：

「不快不行，年紀不等我們。」

「那好，記得每天打來，不必急著趕回馬德里，每天你說一段，我說一段，等你回到馬德里，你我已經可以決定要不要繼續下去。」

掛了孃孃電話，接最後一趟生意，他需要在歐洲站穩腳的本錢。傳出訊息給仍在陸戰隊的書文，請他上軍方網站查小艾。再也擋不住排山倒海而來的藥物力量，歪著身子便睡著。

不同的夢，孃孃躺在他懷裡，感覺她身體熱度和細緻皮膚，忽然溫度不見了，他摸到冰涼的金屬槍管。

當阿富再次因退燒藥流出渾身大汗而不安地扭動身體，手機再亮，螢幕出現地圖與指標，伊斯坦堡。

3 小艾

小艾睡了七個小時，夢裡那名大個子弓腰舉起槍，當他也出槍要回擊時，晚了一步，對方左手掌突然冒出另一把槍，槍口冒出火光。

廚房在一樓，小畢彎身在冰箱內翻東西，看樣子她很失望。小艾過去，冰箱內有一大盒冷飯、十一顆雞蛋，沒有蔥，他找到甜椒、一盤可能沙威瑪切下的碎羊肉。羊肉炒飯需要羊油，沒有羊油，有瓶沙茶醬。

沙茶醬夠油、夠鹹，他甩著鐵製平底鍋，小畢冷冷地說：

「說說怎麼炒飯。」

「鍋子燒熱，熱到冒煙，馬上下油，油要多，兩顆打散的蛋，下鍋，蛋半凝固前把冷飯倒進去快炒。」

「誰不會。」

「差別在火候，太熱，移開鍋子，不能回溫太久，鍋子再回火上。沒辦法說明幾分鐘、多大的火，全憑經驗。」

「九十八％了。」

「什麼？」

「廚師。」

「呃。」

七個小時內工作站變了模樣，二樓的人和電腦不見蹤影，僅桌面一臺電話機與滿地電線，也不見六八，應該說所有人全消失，他們出去聚餐嗎？

「別找了，空氣帶所有人一個小時前撤了，說局勢緊張，要我們也快走。」

她神情落寞看向門旁椅子上圓肚子陶罐，小艾盛出炒好的飯，走到陶罐前，罐上一個夾鏈袋，裡面是將軍的兵籍名牌、手帕、假牙。

「將軍這趟居然帶著兵籍名牌？」

「紀念品，習慣吧，收在他皮夾裡。」

他拿出兵籍名牌看看再塞進袋子，袋子也收進他外套口袋，

「接下來呢？」

「他們燒了將軍，骨灰留給你我。」

「我們當孝子孝女捧罐子回台灣？」

「這次不是我們，是你，趕屍的，好事做到底。」

「諸葛亮說，人倒楣，太平洋都攔不住。」

「你長輩說的。」

小艾頓一下，

「我有好幾位長輩。」

各捧一盤炒飯，跟小畢到四樓，槍油味仍在，一把M14倚角落，封存不知多少年再開箱使用，槍身塗滿了油。台灣前後生產了十五萬支M14步槍，淘汰若干，封存至少十萬支準備老共打台灣時發給後備軍人。

十萬分之一的M14旁，敞開的窗戶對著陰暗圓塔。

「仰望加拉達石塔吃晚飯。廚師，你炒的飯好吃。」

「沒聽過，我說石塔。」

「最初由熱那亞人造的，高六十七公尺，以前金角灣以北是他們的殖民地。我們到樓頂看看。」

小艾想阻止，沒阻止。

來自海洋的冷風吹得人情不自禁縮脖子。

「伊斯坦堡到處是塔，你看，另一邊是清真寺的宣禮塔。有本小說，一開始寫里斯本穆安津於晨禱時站在宣禮塔向周圍居民誦唱宣禮詞。」

「穆安津？」

「宣禮師。」

「妳愛看小說。」

「葡萄牙作家寫的，我學葡萄牙文你忘啦。小說裡的塔比不上加拉達塔壯觀。」

小艾仰首，太近，看不見塔頂的圓錐屋頂。

「鄂圖曼帝國時代，一位冒險家裝了像老鷹的翅膀從塔頂跳下，飛行了大約六公里，飛過海峽到對岸的亞洲。」

不太可能，這座塔沒高到夠空中滑翔的地步。

「不相信？二十世紀科學家研究，這一帶吹北風，偶爾吹西南風，只有吹西南風的時候，風向對，熱氣流強，翅膀做得輕盈又堅固，可能性非常高。」

小艾閉眼專心接觸拂面的海風，不是西南風，吹的是刺臉低溫北風。

「軍情局的空氣先生要我們在這裡等將軍骨灰罐，等到了隨時可以走，勸我們盡快，附近可疑的人愈來愈多。」

畢小姐母女曾受恩於將軍，骨灰罐該由她帶去給將軍家人，不然送至將軍工作的單位。依將軍在軍中地位，應該葬在五指山軍人公墓，牌位奉入忠烈祠。

「我回葡萄牙，有事，你回台北。」

回台北？不是回台北的心情，彷彿事情沒做完，心懸著。

「六八說當心不明陌生人，看上去不像觀光客，懷疑是伊朗情報人員，加上將軍死了，上面要他們撤回台灣，你和我不屬於單位，而且是老百姓，要我們自己看著辦。」

伊朗人不知道將軍死了？該不該把裝骨灰圓陶罐掛在門口，叫殺手別費力。得找袋子裝骨灰罐，不能一路捧著回台北。

「我打算坐火車，說不定有東方慢車，四天三夜晃到維也納再說。以前鄂圖曼的蘇丹從伊斯坦堡出兵攻打維也納兩次都失敗，走這條路線滿歷史感。」

事情沒做完，哪些事沒做完？

「你最好趕快找到往東飛的航班就上，我看歐洲警方已經到處發你照片。」

「等等，」小艾又看向加拉達塔，「起先我聽妳說將軍來這裡談派遣台灣退役飛行員到葉門幫亞丁政府打仗的傭兵合約，不久變成將軍來談續約，台灣空軍人員已經在葉門工作將近一年，現在看起來續約不成，台灣空軍得撤出葉門？」

「機密，和你我不再發生關係的機密。」

「在葉門的台灣傭兵怎麼撤出來？」

「艾先生，你要回台北了，學會遺忘。」

「葉門的人還沒撤出來，伊斯坦堡的人已經跑回台灣，不太像軍人做事風格。」

「他們的事。小艾，你不適合思考複雜事情，上飛機就對了。」

「正想辦法簡單化。」

「吃飽，出發吧，要不要陪我散步過金角灣，從沒來過伊斯坦堡，不然這樣，我們找家旅館再待兩天，至少要看大市集。」

「不是聖索菲亞大教堂最有名？」

「我喜歡市場。走吧。」

還沒下樓，傳來大門被重重推開的聲音。

4 阿富

阿富醒來，燒仍未全退，新訊息傳來地圖與指標，沒去過伊斯坦堡，但無所謂。機位預定今天晚上七點，所以燒未退也得出發。

撐起身體，掛在門後的衣服竟然洗過、補過。他走出房間，越南女人正拿著瓶罐和一位西班牙女人討論椰漿和魚露入菜的方法。不便打擾人家做生意，口袋內尚有兩張鈔票，將其中一張塞進女人手裡當作告別，他走進烏雲罩住的街道。沒有氣力長程開車，到火車站買了最近一班車的票便上車。

書文傳來不少資料，小艾的確待過屏東涼山的反恐特勤隊，各項測試成績不錯，不過還不到驚人的地步。一百公尺、三百公尺移動靶無依托射擊一概滿分，六百公尺差了點。書文不知從哪裡找出當年射擊的彈著點分析圖，小艾習慣射擊半身靶的胸部位置，不夠專業，真人會移動，胸部掛了防彈背心，最致命的射擊點是頭部。兩種可能，打胸部面積大不易失手，能拿到好成績。另一可能他對子彈了解不夠，三百公尺勉強可以，六百公尺射擊略遜，他算不出子彈在三百公尺之後的下墜幅度。

教過一名學生，眼力好，動作標準，就是自尊心太強，有次測驗當天風大，射飛了兩發子彈，排名落到第五，心情低落，阿富問了問，原來那天用M14狙擊槍，和常用的國造T65K2不同，子彈更不同，M14用七點六二乘五一子彈，T65仿造美軍的M16，用五點五六乘四五子彈，彈殼內火藥容量不同，影響射程。M14射出子彈後，五十公尺以前火藥威力足，彈道略低，也就是比瞄準線低。兩百公尺以前，子彈進入弧狀彈道，仍在上升之中，彈著點比瞄準線略高。三百公尺以後彈道往下，地心引力強烈拉扯，愈遠彈著點愈低。

狙擊手必須了解使用的子彈，這是為什麼狙擊手務必在出任務前檢查子彈，有些龜毛的拿秤量火藥，自己裝填。

小艾使用現成子彈，未檢查火藥成分與重量，射擊六百公尺以外目標為求準度，養成射擊較高位置的習慣，但顯然仍不夠高，子彈落至胸部。

對手的弱點在於子彈。

小艾是鐵頭教官的學生，受訓期間總成績排名第二，第一是大胖。見過大胖，個性爽朗，愛喝瓶裝黃標台灣啤酒。小艾提前退伍至法國傭兵部隊，實戰經驗豐富，說不定改善了射擊缺點。

一則新訊息，小艾的女朋友也是前狙擊隊學生娃娃，看照片長得秀氣，他們在花蓮信了天主教幫教會做事。啊？虔誠教徒怎麼來歐洲到處殺人？

困惑的是小艾目前手上有什麼槍，擊中他的是七點六二乘三九，俄造AK步槍制式子彈，適合步兵用，對狙擊手而言，ＡＫ的子彈火藥量有限，射不遠。伊斯坦堡在海邊，位置低，溼度與空氣阻力大，海風容易干擾子彈前進方向。他重新回想，瓦倫西亞碼頭前，小艾從上往下，距離約兩百公尺，第一槍劃過他左臂，偏差了起碼十公分，第二槍擊中他左腿，瞄的應該是胸部，偏差更大，能打中他大腿已經運氣好。受過訓練的狙擊手不應表現這麼差。另一可能，他殺了正要攻擊小艾的槍手，所以小艾在瓦倫西亞回禮？

如果小艾仍然用ＡＫ，事情好辦多了。

靠著椅背讓自己靜一會兒，維持不久，再拿起手機，但是他得趕去機場，不可能騰出時間進市區吃盤起碼的炒飯，於是他只傳出訊息：

較忙，明天給妳電話。想念妳。

從未對女人說過想妳、愛妳之類的噁心話，用寫的容易多，他再打上幾個愛心。忽然他覺得如果戀愛進行於文字、圖案的世界，說不定傷害不會太大，但他還是喜歡提心吊膽與恍惚乃至於最後得到滿足或失去的愛情。擲骰子那樣，集中精神於四角形的骰子，擲出去後就任憑老天爺安排。他再加一行字：

等我去吃水煮魚。

子彈射出槍口必須有終點，鑽進血與肉之間。

收到回訊：明天記得通話，我討厭打字。

她也一樣喜歡直接的接觸。激動脈搏跳動使他難以入睡，身體卻迫切需要休息。在半醒半睡之間，火車穿越寧靜的半島中部，進入馬德里時他揉眼坐直身子，看著傍晚金黃陽光下的城市。以最快最直接的方式處理小艾，他急著回到孃孃的館子，於是他想到以前部隊私下處理個人恩怨的方法，傳了文字給書文：

幫我找小艾的聯絡方式。

5 老伍、小艾

老伍急著找小艾，他打了兒子手機，

「告訴我怎麼聯絡我們的前任主廚。」

「爸，我正忙，不然等下我打到咖啡館。」

「要是你前任女友有男朋友，我坐在那裡說電話太尷尬，換一家咖啡館。」

將軍死了，被人從相當距離外朝背心開了一槍，他對茱爸說，將軍的保險當然可以給付，人壽險、意外險、旅遊險全付，可是要死亡證明。

「死亡證明？」茱爸摸著腿上的老貓，「屍體運回來驗DNA總成吧，死了就死了，別擺保險公司那套嘴臉，街上被自行車撞到是死，被槍打死也是死，你們追究過他媽的自行車牌照嗎？」

「自行車沒牌照。」

「看，我說的就是這意思。」

保險的事慢慢商量，小艾呢？

「我的消息，將軍屍體燒成骨灰，小艾負責送回台北，說不定此刻上飛機了。骨灰驗得出DNA拿保險金吧。」

「海雪計畫呢？」

「將軍意外死亡，當地亂成一團，聽說忙著撤出所有人員、器材。」

「亂成一團？具體點。」

「將軍去談撤出葉門的事，他們軍人做事一板一眼，好像擬個ABC計畫，哪幾個人先走，哪幾個人留守，交接器材設備給相關單位，將軍不在，計畫還在，總之沒小艾的事。」

「這麼簡單？」

「將軍是我小老弟，難過哪，聽到消息，找了老關係打聽，伍警官，」他放低聲量，好像情治單位的人就坐在隔壁豎直耳朵等他的下句話，「事情不對勁，失去將軍，我對不起他，要是再弄到小艾頭上，我對不起你。這把年紀不適合做對不起老朋友的事，找到小艾，十萬火急，帶將軍骨灰馬上飛台北，那幫子戰略學會的傢伙不知搞什麼鬼，不管什麼鬼，叫小艾千萬別沾，上飛機就對了。」

「具體點。」

「喝杯咖啡，讓我清清腦子。」

「沒時間。」

茱爸扯下脖子的厚毛巾，蓋住老貓身體，

「聽說寒流要來了。」

「茱爸。」

「別問消息從哪張嘴出來的。」

「我退休，不當刑警很久了。」

「說的也是。你清楚我的底，混過江湖是一回事，十七歲被我爸領著拜進幫裡——」

他搖手，「不提幫裡的事，我那些老兄弟你見過幾個，各行業都有，幫裡消息靈通，打死將軍的人台灣去的，退伍陸戰隊士官長，拿過射擊冠軍，算把好手，被某間狗屁倒灶的傭兵公司聘了，前陣子去歐洲。」

「台灣退伍軍人？誰聘的？」

「說過，不許追問細節，放消息的老兄弟沒說，我沒問。你老警察，台灣從沒傭兵公司，八成國外的，要殺台灣將軍，興許覺得雇個台灣殺手不會認錯目標。」

茱爸難得乾笑幾聲。

「將軍死了，之後呢？」

「之後？小艾保護受傷的將軍從里斯本一路逃到伊斯坦堡。」

「伊斯坦堡。」

「在西班牙哪個小鎮被亂槍打死，我說的是將軍。小艾這個人呀，難得，即使屍體，也真給他扛到伊斯坦堡交給戰略學會的人。逃亡途中，小艾聽了你我的話，設下圈套，打了那名槍手幾槍替將軍報仇。」

「死了沒？」

「沒死。」

茱爸從厚外套口袋內摸出一張小紙條，

「他透過好幾層關係傳話，最後傳到我這裡，他手機號碼，要小艾叩他。」

「他？」

「打死將軍的槍手。」

「他找小艾幹麼？」

「我也想不通才叫你來，刑警一天到晚設計無辜老百姓，找替死鬼好結案，腦子好，你想想。」

「不損我，心理不舒服？」

「解解悶，少不了你一塊肉。」

「看在茱麗分上不和你計較。這傢伙找小艾討回打他的幾槍？哪有殺手心胸狹窄到事事記仇。」

「沒道理是吧，我又打聽了一下，這名殺手在軍隊一向獨來獨往，前後期學長學弟對他的評價是自視甚高，海軍司令到陸戰隊指揮官，多大的官見到他都得假客氣三分。好好日子不過，想不通他為什麼退伍。國軍的戰力不足，老美不高興，下令要求後備指揮部檢討後備軍人戰力。媽的，義務役退伍忙生意窮喝酒，打不了仗，只好追退伍的志願役，找到這位士官長在林森北路一棟公寓當管理員，看樣子不是很得意。國外公司招募傭兵，這幾年愛槍愛炮的退伍軍人很多去國外撈美金，打別人的仗，聽說某個學長以重金招他，就去了。」

老伍伸手摸老貓，牠毫不在乎，早一年，誰敢碰牠。

「聽懂，大膽假設，猜以前他和小艾在部隊結過梁子。猜他真想報小艾打他槍的仇。猜有人出賞金要小艾人頭。」

「你們刑警辦案全用猜的？」

「線索太少。出賞金要小艾人頭最不可能，除非將軍給他重要情報，怕機密外洩。」

「說刑警靈光，果然沒錯。」他搖搖紙條，「叫你來是傳達消息給小艾，也是叫你和小艾聯絡，不管身上有什麼機密、不管他和陸戰隊的有多深的仇恨，捧了將軍骨灰馬上登機，一刻別耽擱，那裡沒他的事，快回台灣。」

茱麗出來，將她的手機往老伍眼前塞，

「你兒子打我手機問這裡是咖啡館嗎？難道這裡是夜店。找你，父子搞什麼國家情報，拿我的小店當聯絡站。今天沒去買菜？快過年，要我幫你準備砂鍋魚頭、佛跳牆嗎？不然除夕來我店裡，有酒有菜，陪我爸喝兩杯。」她提高聲音，「帶老婆來，我不吃醋。」

老伍苦笑。

「爸，我聽到了。」電話中的伍元口氣不很好。

「別聽茱麗阿姨的，她專門修理退休老男人。」他要來茱爸手裡的紙條，「設法盡快告訴小艾，有個姓富的前陸戰隊士官長找他，等下我傳號碼給你。再告訴小艾，別理會姓富的，收到訊息馬上登機回台灣，伊斯坦堡的事燙手，別碰，遠離台灣派在那裡的軍人，一切回來再說。」

「矛盾，既給他姓富的號碼又叫他別理，不必提姓富的事，叫他回來就好。」

「兒子，有事不能瞞朋友，我們可以從旁建議。」

「這樣啊，對兒子也同樣道理嗎？」

「我什麼事瞞你？」

「茱麗阿姨是誰？」

6 小艾、小畢、阿富

「我姓李，戰略學會總幹事，將軍的副手。兩位請坐。」

他放下將軍骨灰罐，轉身對小艾與小畢點頭致意。

「將軍來這裡的任務，你們大概知道，放在心裡，我什麼也不問，也不說。六八提過我們撤退的事，」他看小畢，「我從台北趕來，兩個小時前下飛機，負責撤出所有人員，第一批人員已經登機，第二批在三個小時後登機，希望兩位也馬上離開。」

小艾沒出聲，以為小畢會提出問題，沒想到小畢靜得如同等不到夏天的蟬，無可不可地搧動翅膀。

「追殺將軍的人，情報顯示來自伊朗雇用的殺手，我想你，」他停下話，以便好好看小艾幾秒鐘，「你在里斯本殺了一人，葡萄牙警方確認為利比亞人。你在往西班牙途中殺了三人，一名葉門人，一名約旦人，一名葡萄牙現職警察。到了馬德里，我們兩名後勤工作站同仁被殺。接著你離開馬德里再殺了四人，將軍在槍戰中不幸殞命。」

小艾本來想打斷他，將軍在槍戰中不幸殞命的說法不太對，將軍被第五名殺手打死的，但他沒解釋。

「歐洲各國警方暫時忙著清查死者身分和背景，不出兩天自然找上你們，尤其是你。」他又停下話，以便再好好看小艾幾眼。「你殺人，如果被警方逮捕，我們的機密行動勢必曝光，不利於撤退，於公於私，請離開這裡直接去機場。抱歉，你們不在我的撤退名單裡，無法安排你們回台灣的方式。還有，這間房子不安全，被伊朗人盯上幾天了。有行李嗎？」

小畢從後口袋拿出護照。

「沒行李？好辦，你們扮成情侶從大門出去，我去二樓收拾一下，現在的年輕人，叫他們清空，留下一堆腳印，靠不住。」

「走吧。」小畢不想念二樓的床墊。

「我出去看看。」

小艾步出小樓，門外是小巷子，往右轉，相當曲折，似乎可以通往加拉達塔，往左二十公尺是大街，街上行人幾乎全是觀光客，唯一例外是晒衣繩下的小男生，他從後面房子探出頭看小艾一眼又消失。

到對面公用電話撥了號碼，抓著話筒靠牆站著，沒見到不尋常的面孔，從觀光客人堆裡容易辨識殺手，殺手走這段石階不會喘氣，殺手不會拖 Rimowa 銀閃閃行李箱，殺手不會舉起兩手讓同伴拍推塔的照片，不過殺手可能將車子停在巷口，就像此時那輛日本汽車，窗戶貼了反光紙，殺手也可能提大步槍窩在二樓以上任何一戶的窗口，但如果殺手由伊朗指派，不會在學校爆炸案後輕易開槍殺人，不想被警方賴上爆炸案恐怖分子的嫌犯罪名。

他掛了電話回到屋內，故意伸個懶腰喊：

「我們出發吧。」

同時他指指廁所，小畢看懂。

「等我上個廁所。」

小艾迅速上樓，趴在地板拆電線的李上校背對樓梯口，小艾直上四樓，迅速拆解M14裝進行李袋，二十發裝彈匣滿的，不錯。

他下樓，李上校拆完電線待在一樓抽菸，小艾舉起袋子，

「她沒行李，我有。」

將骨灰罐放進旅行袋，小畢懶洋洋向李上校揮手，

「走了。」

走進 Yüksek Kaldırım 大街的兩名東方人立刻被人潮淹沒。

「你不搜我？」小畢貼近小艾。

「手上提包包。」

「一隻手提包包，一隻手摟我，裝情侶。」
「我們不像情侶。」
「像什麼？」
「姊弟。」
「對同性戀敏感？叫你摟我，演戲，不是叫你娶我。」
「我們可以演姊弟。」
小畢氣得快步上加拉達大橋，小艾追去。
「我們真要回台北？」
「你回我不回。」
「我暫時也不能回，要先解決一件事，手機借我。」
他們靠著橋邊欄杆欣賞海上風景並學習和刺骨北風共存。小艾撥出號碼聽了留言，再撥另一組號碼。
「找我幹麼？」
「小艾，我陸戰隊阿富。」
「知道，陸戰隊找我有事？打你兩槍，拍謝，別生氣。」
「我怕當老百姓麻煩才熬到四十歲退伍，看你資料，提早退伍還去當傭兵，當兵上癮了？」

「當兵有吃有喝，覺得還可以。」
「很好，我們之間得解決一下，沒空到處找你，用部隊裡那套，挑單個兒。」
「學長別鬧了，誰不知道你拳擊冠軍。」
「不，你我狙擊手，用槍解決，公平。」
「非這麼激烈？」
「小艾，我們這行，只要別人看過你身上有槍，那麼之後不管什麼時間，大家都認為你一定有槍，別假高尚。」
「聽你的。」
「我是攻擊者，你防守，由你選擇戰場，可以吧。」
「接受，請問為什麼非幹掉我不可？」
「問這個就不乾脆了。戰場，說吧。」
「你在加拉達塔附近？」
「離你待過那棟樓不遠地方。」
「上得了塔？」
「塔頂一排窗戶那裡？」
「它的西南方有座清真寺，看得到它的紅磚塔嗎？」
「方方的，上面是個小尖塔。」

「你明明在塔上面。你選哪個？」

「說過，你的戰場。」

「我離清真寺近。」

「好，我選加拉達塔。今天吹北風，你下風，吃點虧。」

「你學長，我下風代表尊敬。」

「打到什麼程度？」

「我想你呷意其中一人倒下。」

「呷意。」

「你不呷意我。」

「你萬人迷啊。小艾，退伍的人討生活不易，各為其主，各為酬勞，問你一件事，瓦倫西亞那兩槍什麼意思？槍法退步？」

「你救過我。」

「互不相欠了。看在你射不準的兩槍分上，陸戰隊的奉勸特戰中心的一句話，甩了你的AK，換把正點的槍。」

「謝謝，我手上這把還可以。」

「多久？」

「一個小時，穆斯林昏禮是日落時，十分鐘後開始，一個小時後宣禮塔剛好空著。」

「好。」

小艾轉過臉看小畢，

「妳聽到了？」

「在我耳邊講話，能不聽到嗎。」

「我們這裡分手。」

「你背將軍骨灰去爬宣禮塔？」

「我背。」

「上了塔找出藍色清真寺和聖索菲亞大教堂在哪個方向，告訴將軍，我們在伊斯坦堡了。」

「河對面的方向。」

「那我走了。」

「嗯。」

「不抱我？姊弟那樣抱一下。」

小艾抱住小畢，兩人抱得很緊，小畢輕聲說：

「如果同性戀親你呢？」

「過敏起疹子。」

小畢大笑，鬆開手往南走去，沒多久便融入人群，消失得一點影子也不剩。

7 老伍

所有名單全在保險單內，老伍挨家挨戶拜訪，刑警的直覺，李上校怕的不是海雪計畫的沙漠中隊曝光，他怕更嚴重的事。

李上校以戰略學會為掩護接傭兵案子，悶聲大發財，出了事找將軍出面代為解決，未仔細思考將軍身為總統府戰略顧問，加上將軍遇襲死亡，總統無緣無故沾上軍事外交，氣當然出在李上校頭上。

如果李上校是將軍副手，接葉門案子的根本是將軍，如今將軍死了，他忠心耿耿想法子掩飾以維護將軍一世英名？

年輕時看到報紙上一則小小地方版新聞，大意是某名女子到市場地攤買牛仔褲，買褲子要試穿，擺地攤的搭個野營淋浴小篷子供客人使用，女人試穿過沒買褲子，收攤時老闆發現試穿的女人把內褲脫在牛仔褲裡。

他看了直笑，怎麼可能脫牛仔褲時連內褲一起脫，女人沒感覺嗎？

組長泡茶回來，見他笑，拿過報紙看兩行即扔下，坐在桌角問他：

看懂這則新聞了？

看懂，記者掰的新聞。

很好。組長說，類似新聞每兩三年出現在地方版一次，從地攤改成內衣店，從內衣店改成夜市，重點同樣是女人、試穿牛仔褲、留下內褲。覺得怎樣？

老伍想了想，其實這則新聞挺輕鬆有趣，過程有點引人遐思，意淫能賣報紙。引人遐思？沒錯，地方記者掰的，整則新聞沒有開始和結果，重點在過程，女人大庭廣眾鑽進篷子脫掉褲子或裙子試牛仔褲，而且離開時沒穿內褲。

編輯難道沒看出是掰的新聞？

報館編輯經驗老到，當然看出來。兩蔣時代管制報紙，每家報社每天只能出版三大張，要聞、財經、體育、影劇，哪有地方新聞上報的機會，編輯看到地方記者又寫內褲新聞，了解他們抱怨寫的新聞好久沒上報紙，那年頭地方記者靠見報新聞論字計酬，好幾個月沒收入了。編輯看到這則女人試衣又留下內褲的新聞能不刊登嗎？

每一不尋常現象的背後——組長怎麼說的？有隱情？都有條內褲。

李上校不像替將軍扛起後續處理責任的好人，大可撒手全部推給將軍，犯不著到處遮掩，除非——

啊，發明試穿牛仔褲留下內褲新聞的人是他？

李上校帶走返台休假的沙漠中隊成員，怕他們說出機密，可是機密不就是海雪計畫因將軍遇刺而談不下去嗎？老伍捶自己腦袋，想到陳重實說的話，他們回來休假，那麼仍在葉門的隊員也有家人在台灣，問他們去。

到處裝監視器之前，刑警辦案三條準則：現場、目擊者、關係人。既然現場遠在葉門，目擊者被李上校帶走封口，剩下關係人。他手中有投保海外意外險的名單，一家一家問。

連續五家不是不接電話就是掛電話，第六家是沙漠中隊錢姓飛行員的妻子，她驚慌地說，我們約個地方見。

任何案子必有其缺口，一根毛可以揪出一條牛。

約在麥當勞，社會學家研究，從麥當勞內客人平均年齡即可看出當地是年輕人或老人社區，裡面坐滿老人，聊天的、看手機的、玩撲克牌的、打瞌睡的。

「錢太太，我保險公司調查員，敝姓伍，你先生保了海外旅遊險，出去七個月還沒回來？」

錢太太抿了抿嘴脣。

「出國前他投保意外險，目前與他同行的一位受到槍傷，所以我們想請問其他人的情況，求證槍傷緣故。」

她抽抽鼻子。

「根據我初步調查，你先生和朋友前往葉門，當地仍處於戰亂，局勢不安，你先生和妳聯絡過嗎？」

女人回答之前已經拿出手絹，眼眶泛紅了。

8 小艾、阿富

M14的瞄準調整鈕左右各一，右邊照門調整鈕，往前轉，彈著點向右移，往後則彈著點往左移。左邊的高低調整鈕，往前轉，覘孔上升，往後轉，覘孔下降，從清真寺宣禮塔頂到加拉達塔目測約兩百五十公尺，他先調高低鈕，風從東北方來又逆風，再調照門鈕。

台灣仿製M14，改稱57式，一九八〇年起換裝美造M16與國造T65自動步槍。美國海軍曾改良M14為狙擊步槍，台灣軍方雖已全面停用57式，但也仿M14做過改良，成為步兵排用狙擊槍。小艾在軍中愛用M14，它雖重，卻可靠耐用，三百至六百公尺的射擊精確度比新開發的步槍穩定，面對陸戰隊阿富士官長，小艾落居下風，因為他的槍沒有先進夜視瞄準鏡，而陸戰隊用慣了美造M82A1狙擊步槍，如果阿富手上拿的是M82，這場火拼的武器性能相差懸殊。

小艾趁昏禮結束，小心潛入清真寺奔上塔頂，天色已暗，他蹲在牆下，將骨灰罐放在安全的角落，嘴中唸唸有詞：

「將軍，我們到了伊斯坦堡，這個角度看不到藍色清真寺、聖索菲亞大教堂，可是看得到加拉達塔，殺你的凶手在塔頂，看到沒，不是那排大窗戶，更上面的。幫我留意子彈飛行方向。」

取出隨身的夜視瞄準鏡，套不上M14，只能依賴槍口皇冠狀的準星。風聲在耳邊嘶吼，不利狙擊的天氣。

另一邊阿富也登上加拉達塔的塔頂，蹲在面南的弧頂窗下，狀況比他想的複雜，強勁北風襲捲了低溫與水氣南下，到了塔前形成風切，風被塔擋住向兩側吹，再受塔旁密集房屋影響，捲而往上，從窗戶往外射擊，很難測量風速與風向。

拉開M82腳架，槍身細長，阿富得用力才能穩住槍不被風吹得抖動，若想幹掉小艾，想法子讓子彈以更強的爆炸力穿透風切區域。距離偏西南方的清真寺大約兩百五十公尺，對M82使用的十二點七毫米大型子彈本來不成問題，可是風與氣流會減低子彈準頭與速度。

有個方法，加點火藥進彈殼內，增強發射時的力量，不過手中沒有秤，萬一加多了說不定發生膛炸，得不償失。

套上消音器，他決定試射一發。

小艾蹲在窗下，清真寺的宣禮塔造型像細長蛋糕，最上方巫師帽形狀的尖頂與避雷針，下面四方形那層，厚重的木窗緊閉，若設法打開其中一扇，因為窗戶很大，馬上成為亮眼的目標，如同地下室內點火把。下一層也是四方形房間，每一面各有兩扇細長的窗戶，高度約兩百公分，寬僅四十公分。輕鬆拉起玻璃窗，和加拉達塔上端圓弧下方長方形的窗戶相比，固然較隱密與安全，相對的視野受到限制。

唯一勝過阿富的，小艾更了解加拉達塔周邊環境，聽過土耳其飛人藉著西南風飛越海峽的故事。

他有二十發子彈，有試射幾發的本錢。拿出打火機燻準星，往槍口套上國軍自製消音器。槍柄頂住肩窩，眼睛貼近覘孔，看到王冠般的準星映出冷冷夜色。

瞄準鏡內出現兩條長形窗戶，上半部玻璃，下半部打開，小艾躲在其中一扇後面吧。他填進一發子彈，計算風速與風向後，調整風偏，謹慎射出。

子彈拉出細微煙尾衝出紊亂的風切區，而後較平穩地奔向目標，擊中右邊長窗的右側磚牆，看到炸射出石灰細末。距離目標偏差了一公尺，飛高了近二十公分。

重新扭動水平鈕與風差鈕，就在填入第二發子彈時，他看見小艾了，左邊窗內閃了一閃，一張對手的臉孔。和照片上的相差不多，兩頰更精瘦——

操，他向阿富眨眼睛。

聽到子彈撞擊牆壁聲音，對方測試槍枝。小艾故意露出半邊臉向阿富眨眨右眼。收回伸在窗檯的瞄準鏡，移到隔壁窗戶遞出槍管，瞄準不久前發出火光的窗戶扣下扳機。射出去的子彈最初很順利，當擊中預設目標的窗框時，左右偏差了將近一公尺，上仰了約半公尺。加拉達塔周邊由下往上捲的北風太強，他得調低瞄準線。

風。他捲動手機螢幕上的氣象預報，天氣要變了，鋒面已往南邊移動，希望風勢減小，或至少風向往東偏一點，大逆風實在很難抓住目標。

狙擊手在戰場不能靠運氣。想起在法國接受訓練，同一班來自摩爾多瓦的沙皇說法：

如果手上武器不夠精準，想辦法把目標物變大。

本來聽不懂，在伊拉克懂了，無非拉近目標物的距離。此刻他拉不近距離，只能放大目標，射進窗戶則可能射中阿富，那麼瞄準窗戶，他得找出阿富躲在哪一扇窗戶內。

一發子彈打在窗框，飄出一小撮的灰和塵土。阿富差點打噴嚏，重新調整，瞄準左邊窗戶等待對方伸出槍口。吸口氣，耐心，他不相信小艾想在清真寺塔上過夜。

看見了，哈，M14的皇冠形狀準星，前面套了消音器，槍身上方沒有戰術滑軌，也就沒有瞄準鏡。他扣下扳機，子彈這次更凶猛衝出亂竄的風切區，打在窗檯下方一公分處，可惜。他調整瞄準鏡，將瞄準線上移。

小艾沒閃躲，窗檯揚起一撮石灰粉末，阿富一槍比一槍接近他。

並未連發，阿富單發點放，顯示他的驕傲。小艾的驕傲有限，過去比賽很少拿到第一名，其實第二名、第三名他夠滿足，上級只派第一名出公差為一堆外賓表演射擊，以討好立法委員和老百姓。法國傭兵部隊的實戰教會他一件事，打中敵人最重要，不管用一發還是十發子彈。

小時候打架學會穿皮鞋時不要跟穿運動鞋的對幹，皮鞋跑不過運動鞋，一直以來他穿慢跑鞋。

抓出大致方位，他動也不動連續扣動五次扳機，每次間隔約一公分。

看到彈著點，第三發射進窗內，可能擦過阿富頭皮。

異常熱度掠過頭頂，小艾連射五發，他比誰的子彈多？他摸摸頭皮，沒受傷。對手抓到他位置了。

阿富移往旁邊窗戶，以黑布遮住槍管，慢慢伸出槍口，小艾沒有瞄準鏡，憑經驗和感覺射擊。阿富不同，他在高處、上風，更重要的他有非殺小艾不可的理由。瞄準線定在清真寺頂長窗的窗檯，兩百五十公尺，風往上，他賭接戰瞬間的風力壓過地心引力，低三公分即可，正好可以擊中槍管後面的那雙眼睛。

看見對面傻愣愣的消音器出現，正要扣扳機，不對，槍管，消音器未擺正位置，瞄準的方向不是他，是他下方，很下方的下方。小艾幹什麼？

這一遲疑，劈哩啪啦，正下方傳出過年時的鞭炮聲。受到干擾，他射出的一發子彈低了，朝長窗左下角奔去。

加拉達塔下面的房子，其中一棟燈光特別亮，工作站，屋內人影晃動，李上校還在屋內？那些上樓的人影是誰？手中有槍，短柄突擊步槍，不是台灣軍人用的槍。腦筋一

轉，他往亮燈的四樓幹出兩發子彈，子彈離開槍口時他臥倒翻滾至另一扇窗戶下，再伸出槍管。

一發子彈掠過他左臉頰，十二點七毫米的子彈夠勁，拉出的空氣利得像刀。

工作站槍聲亂響，小艾拿出瞄準鏡往遠處工作站看，人影晃得更凶，如果李上校仍在裡面，他和摸上樓的伊朗殺手幹上了。

瞄準鏡留在窗檯一角，再滾回原來的窗戶，貼牆站上一把木椅，將槍口從打開窗戶的右上角伸出去。以前他不懂為什麼老建築愛把窗戶造得高大，上面的玻璃怎麼擦得到，用加了長竿的抹布？當他站上椅子，視野不一樣，有如站在懸崖往下望，他現在的位置應該和加拉達塔上的阿富拉平了。

集中精神，排除所有雜音和不需要的影像，淨空大腦，他等對手出槍。

塔下發生槍戰，這是觀光重點的鬧區，警察局離此不遠，五分鐘內能趕到，一堆警察圍住下方道路，他得在警察來到之前脫身。

所以他更沉下心情，瞄準鏡內見到閃光，可能是小艾的瞄準鏡，可能又是一面在馬德里玩過的鏡子。

阿富槍口移到未閃光的另一扇窗戶，這時不能講究一槍斃命的精準度，沒有時間了，裝上十發裝彈匣，袋子內的子彈足夠他打掉三個彈匣，那就打得華麗一點。

看見目標窗內有件白色衣服飄動，不能錯過的機會，他連續按下十次扳機，感覺肩窩輕微的振動，看見子彈拉出波浪狀的煙尾。

手機響了。

他不該在意手機，可是他讓槍柄停在肩窩，一手往下抓起手機。

狙擊手第一準則，不論任何情況，手要穩，捧著雞蛋，讓雞蛋在手掌中動也不動走一百公尺。

捧雞蛋的手掌連著手肘，手肘連接手臂，手臂連接身體，身體動不動由大腦決定，因此當大腦冷靜，指令往手臂傳達下去，手掌中的雞蛋也就不動。練習時他們甚至以紅筆在蛋殼上畫小小十字，十字動則手動，十字不動則心不動。

小艾聽到工作站內傳出另一串槍聲，他站在一扇高的長窗旁，狙擊手習慣瞄準窗框下緣，他賭阿富受過的訓練。左手摘下掛牆壁的長袍往窗外扔，等到了，鋒面走得恰是時候，風停了，長袍沒被吹出去，無力地落在窗檯，然後他看到空氣靜止，氣象預報雖經常出包，只要需要時準確就好。然後感覺溫度的變化，聽見胸腔內心弦的寂靜，一長串子彈射進窗內，把窗檯和長袍打成碎片四散飛舞，他沒閃，他看到阿富的槍了，扣下扳機，食指沒停過，直到所有子彈射出去。

看得清槍口淡淡的煙霧，食指下意識扳動，每一顆子彈都射進加拉達塔的窗戶，看到對面窗檯上的槍歪了、倒了、不見了，一樣很小的東西掉出窗口。

透過瞄準鏡看見空氣被切開，聽到高頻率飛行聲音，他鬆開握槍的手往旁邊翻時，躲開掠過髮絲的一顆，但第二顆子彈射進左肩，第三顆射進左頸，沒再數其他跟著進來的子彈，甚至忘記掩住傷口，直覺地伸手撈快滑出手的手機，但手指變得僵硬，力氣忽然不見，指頭碰到手機，沒抓到，反而將手機碰出窗戶。

最後一眼，他看見手機螢幕亮著藍色光芒，只三個人有他的號碼。

想到女人說過他的手腳太冷，這種天氣，吹了這麼久的風，如果上塔之前吃一大碗水煮魚，辣得通體發燙，一定抓得住飛出去的手機。

冷，他開始打顫，那碗鋪滿花椒、辣椒、八角的水煮魚在腦中放大，如相機鏡頭一直往前伸，直到觀景窗被一片突來的霧氣遮住。

小艾甩下槍，背起裝骨灰罐袋子快步下樓，撞見一名穿長袍的教士，兩人互看一

眼，誰也沒攔誰。小艾奔出清真寺往北，面前無數條小巷弄，可是小艾看得到塔，他得在警察來到前抵達塔。如果躲過這晚，決定找個長條狀的骨灰罐，圓的老是晃，實在很難背、提，總不能老是雙手捧著。

警笛聲響起，工作站內的槍聲停了，可能李上校是陸軍真正的第一射手，贏了，也可能他輸了，伊朗殺手成功完成任務。小艾吐著大氣搶到塔前，未進工作站一觀勝負，未跑進加拉達石塔看他的戰績，他到後巷，幸好，老太太新晒了床單、長袍和其他很多衣服，其中一張床單裡纏著一支黑色手機。

手機閃著亮光，阿富開戰前為何不關手機。

9 老伍

老伍和錢太太捻著薯條，他們沒打撲克，沒各看各的手機，錢太太抓一把麥當勞餐巾紙遮住半張臉，周圍的人看看她再看看老伍，難堪的場面，老伍沒空理會譴責和好奇的眼神，他將熱紅茶杯子推到錢太太前面，

「喝口水，說吧。」

「我先生，我先生。」

「慢慢說。妳先生兩年前從空軍退伍，不久應聘到國外工作，一個月薪水七千五百美元，不必報稅。」

她以擤鼻涕聲音作為認可的回答。

「他在我們公司保了險，意外險、海外醫療險，之前向另一家公司保了壽險，妳很久沒得到他消息，網路斷了。他習慣每天跟妳聯絡，這麼多天連起碼的訊息也沒有，妳擔心，向其他同事打聽，他們不是不接電話就是不肯多說，妳覺得事情不太對勁，焦急。他尚未回國對嗎？」

她喝口熱紅茶，差點燙了嘴。

「妳先生其實去葉門，由海峽戰略學會召集，受荷蘭一家公司聘雇，簽約一年，優先續約權一年，每年休假兩次，一次十天，休假日期由公司於簽約一個月後擬妥，所以每個人和他的家人很久之前即清楚何時休假。錢先生去年八月返台休假兩週，應該這個月再次休假，可是他沒回來。」

這次她點頭了。

「受雇人員同是空軍，許多眷屬認識彼此，妳們有個群組，十六位眷屬參加。一月起奇怪的事發生，休假返台的明明假休完了，卻收到通知暫時不用去葉門，輪到該休假的則沒有回來。好了，我知道的就這麼多，請妳說到底怎麼回事。」

錢太太捧著杯子，猶豫很久，老伍鼓勵她，

「我是保險公司的人，嘴巴緊是幹這行業首要條件，放心。」

她終於直視老伍。

「一個月前我先生打過電話回家，說基地周邊氣氛不對，營區封閉不准任何成員外出，基地保全人員加強警戒，主管要求台灣飛行員隨身攜帶槍枝，我先生說——他說如臨大敵。」

「沒再接過電話。」

「就是等不到電話我慌了。」

這回她拿起餐巾紙直接抹眼角，左邊一位老先生皺起眉頭看老伍。

「問過李上校？」

「他不肯回答，一再說這個月底回台灣，還不准我們對外講，上星期不知為什麼有些家庭被叫去嘉義基地，住營區，不得外出，我和另外幾位眷屬不同意，除非說清楚到底怎麼回事。」

「李上校沒說？」

「他出國了，好像去帶我先生他們回來。回來不是早訂好機票，為什麼要他去帶，我當然更慌。」

「據妳所知，留在葉門多少人？」

「和其他眷屬算過，二十一人。」

「都和台灣家人失去聯絡？」

「對，住進嘉義基地的本來以為由軍方安排和先生通電話，可是沒有。」

「戰略學會最近一次給妳的說法是？」

「工作進度落後，我先生暫時回不來。工作進度落後，休假回來的為什麼不趕快飛去幫忙。」

說到這裡，老伍不能不起身找餐巾紙，錢太太根本趴在桌上哭了。老伍一向怕看到女人掉眼淚，更怕在大庭廣眾的地方看女人掉眼淚。他三步兩步到了服務臺伸手抓起一疊令店長向他瞪眼的餐巾紙。

「妳說他們的主管，指的是台灣去的領隊嗎？」
「對，空軍現職中校飛官。」
「現職的？叫什麼名字？」
「大家叫他 Sixty Eight。」
「六十八？」
「他們叫他，六八。」

10 小艾、小畢

為躲開警察，小艾加快腳步朝加拉達塔南面走，擔心東方臉孔惹人注意，拉起外套衣領，盡量低頭，還是被認出來，一輛義大利小車攔住他去路。

「上車。」

還好開車的是六八。

「怎麼找到我？」

「守在工作站附近見你鬼鬼祟祟。」

「李上校呢？」

「早你一步閃人了。」

「他沒事？」

「被伊朗人打了一槍，應該不嚴重，還能從二樓跳進巷子跑幾百公尺逃命。」

「你不是撤回台灣了？」

「沒上飛機，上面臨時叫我留下來幫李上校。」

「六八長官，你還沒退伍，現役空軍是嗎？」

「你怎麼看出來？」

「你不太甩李上校，還有軍情局的那位，估計你們三個單位，各有上級。」

「被猜中，請你喝土耳其咖啡。」

「我沒有喝咖啡的心情。」

「等下你有。」

車子急轉彎，再折而往南。

「等等，你恰好找到我，恰好接了我，讓我往下猜，你也找到畢小姐了？」

「應該說我們找到彼此。」

「你打算請我去大市集喝土耳其咖啡，因為畢小姐在那裡買五百公斤香料還是鍋呀毯子的，你們兩人提不動，我去幫忙，為表示謝意，你請我乖乖坐下喝咖啡。」

「想像力豐富。總之，主意不錯吧。」

「對不起，心情不太好。」

「畢小姐說你脾氣不好時常胡說八道，叫我別在意。我不在意。喝過土耳其咖啡？」

手機響，六八沒看他的手機，小艾意識到是他的手機響，不，他的手機早扔了。是阿富的手機響，他任由鈴聲響了十幾聲。

「不接？」

「喝咖啡先。」

「我不方便聽？」
「很不方便。」
手機再響了幾次，也叮咚叮咚接收到幾則訊息，小艾忍著沒再拿出手機，他覺得此刻地球期望他痛快地喝土耳其咖啡，月球也對他露出鼓勵的笑容。

大市集早打烊，六八路熟，領著小艾往裡走。
「袋裡是將軍骨灰？」
「是。」
「一路背回台北？」
「應該是，不能讓將軍流落異邦。」
「圓罐子不方便，當心別撞碎了。」
「謝謝提醒，萬一打破，將軍會恨我三輩子。」
他們進市集最裡面一個很小的角落，茶攤子點亮吊在屋頂的昏黃燈泡，底下兩張桌子，一張坐了三名當地人，一張只坐了一位穿土耳其豐富色彩長袍的女人，她看到六八和小艾未露出親熱或驚訝表情，倒是小艾花了不少視力在長袍上。
「瞎拼的手腳迅捷。」

她拉一下新買長袍，再拿出袋子內新買的頭紗，朝頭頂一罩，

「心情不好？說過既然到伊斯坦堡，不可能放過市集，採購是女人天性。」

「沒趕上火車？」

「逛著逛著，被六八找到。」

小艾看看畢小姐再看看六八，

「六八退伍以後可以當偵探，找人的本領厲害。」

六八笑笑。

「將軍骨灰罐沒破？」

小艾小心地將袋子放在腿上，

「看樣子安好。」

六八拿來兩碟烤餅和一碟綠色醬料，老闆在炭爐上用長柄小銅鍋煮咖啡，花了點時間送來三杯比起夜晚市集內其他地方更黑暗的咖啡。

「土耳其咖啡，碟子裡是薄荷醬，沾餅吃。」

「千辛萬苦找到我們，為了送我們去機場——不，你送我去機場，送她去火車站等明天一早第一班東方超級慢車。」

六八低頭吃餅，看來晚飯沒吃。

「你的事解決了？」小畢拿她的小玻璃杯碰小艾的小杯。

「解決。」
「一路上追殺我們的人叫阿富，以前陸戰隊的？」
「妳都知道了。」
「忘記你講手機的時候我在旁邊。」
「想起來。」
「一槍斃命？」
「快打光子彈，要不是他接手機，說不定被幹掉的是我。」
「難怪講話夾著釘子，殺了國軍兄弟，好吧，原諒你，的確心情複雜。這麼忙，他還接手機？」
「對不起。我射出整個彈匣的子彈，他居然掛念手機，本來我也想不通，後來明白了一點。」
「你不說怎麼明白了，我不問。」
六八重新活過來吐口大氣。
「李上校吩咐我找到你們，事情有變。」
手機響，不是六八的，不是阿富的，小畢的。她急忙抽出手機看訊息，但她將螢幕對著小艾，
「給你的，誰神通廣大知道我號碼，更知道找到我就找到你，不會你女朋友吧？」

小艾看了螢幕一眼，起身到不遠處的公用電話扔進好幾枚里拉，聽了聽再回座。

「剛才你說到事情有變。」

「李上校認為你們一路上出了這麼多事未洩密，嚴守保密協定，值得信賴，不如將實情告訴你們，免得接下來遇到敵人難以提防。」六八低著頭。

「一路上學到一些人生哲理，沒人喜歡說實話，除非講了對他有利。」

「罵得好，連我也罵。」小畢插了一句。

「哪種實情？」

「葉門。」

「說吧，畢小姐還有東方夜車要趕。」

六八一口喝乾咖啡，

「等我說完，由你們決定參不參加，機密不得外洩，同意？」

小畢兩手交叉在她新買的袍子前看六八，小艾沒看六八，拿過薄荷沾醬，輪到他吃剩下的餅。

「你們不保密我也沒辦法。」

小畢沒說話，小艾忙著吃餅沒空說話。

「將軍此次到葡萄牙不是為了談合約，不是談續約，不是帶隊撤回葉門的人，他的工作是救出海雪計畫裡的沙漠中隊。」

小畢沒脫口喊出「什麼」，小艾嚼最後一口餅，深情地看小畢一眼。

「你們倒是挺鎮定。」

「被追殺到痲木了，請繼續。」小畢鐵著臉。

葉門局勢複雜，表面上看，胡希派的沙那政府和被趕出沙那的南方政府對立，背後是伊朗和沙烏地為首的海灣聯軍，可是還有其他組織，葉門的部族多，各自擁有相當武裝力量，處於兩個政府之間，許多未表態支持哪一方。最令人頭痛的是賓拉登之前建立的蓋達組織死灰復燃，因九一一事件，美國對蓋達極其敏感，不過一直秉持「淺足跡」原則，不派人介入內戰。

台灣的沙漠中隊由沙烏地阿拉伯在荷蘭的一家公司聘用，聽利雅德指示，主要攻擊胡希派的地面飛彈。

「兩個星期前，我們和沙漠中隊失去聯繫。」

「說清楚，什麼叫失去聯繫？」小畢搶在小艾前面。

「電話不通，衛星電話不通，網路不通，派人過不去，裡面的人也出不來。」

「別開玩笑，什麼時代了，找美國調衛星照片。」小畢咄咄逼人。

「正和美國溝通。」

吃了東西，小艾心情平靜許多，客氣地說：

「六八長官，我幫你說完，沙漠中隊基地被包圍，所有對外通訊被切斷，靠不到一百名葉門當地保全人員死守，聽說不少人跑了。台灣軍人分配武器，現在守護基地的主要是二十一名台灣軍人，火力有限，裝備不足，不出一個星期基地失守，沙漠中隊成了人質。將軍到里斯本和簽約、續約無關，是與沙烏地的人商量怎麼營救。」

小畢鐵青的臉孔灑了冰霜，

「原來你都知道。」

「剛得到消息。」他指指外面的公用電話。

六八悶了悶，

「果然祕密守不住。」

「還有什麼你沒說的？小艾，你呢？」

兩個男人看看彼此，六八嘆口氣，

「我說吧，目前的情報，包圍沙漠中隊基地的恐怕不是伊朗人馬，推測某個親近蓋達組織部族，他們發現沙漠中隊的運作，派人摸去探視，遇到激烈抵抗。這個部族討厭外國勢力，派增援部隊，基地被包得水洩不通，抓到一名葉門籍俘虜，知道基地內躲了沙烏地派去的傭兵部隊，亞洲人。十天前基地內的台灣空軍打下一架伊朗偵察用無人機，伊朗人不爽，和蓋達接上頭，特遣一組人進入葉門中部沙漠進行調查，一路摸到沙漠中隊駐地。台灣方面怕事態擴大，找了將軍和沙烏地商量救人的事，不料被暗殺，李上校奉命帶人馬來。」

「打算自己去葉門救人？葉門耶，別鬧了。」

「不然怎麼辦？沙烏地和胡希派處於停戰階段，不願出手，美國別說『淺足跡』，腳趾頭也不肯沾葉門泥土。要是沙漠中隊被綁架，各方面否認和他們有關，台灣的面子就難看了。」

「他們傭兵，和台灣無關。」小艾想出解決方法。

「小艾，沒人相信，一旦基地淪陷，綁架他們的組織嚴刑拷問沙漠中隊的人，追得出源頭。」

「等等，」小畢指小艾膝蓋上袋子，「一路追殺我們的中東集團是不是伊朗的？槍傷將軍的台灣前陸戰隊士官長，又是誰找來的？」

「中東殺手可能是伊朗的人，不知從哪裡得到情報，一路阻止將軍的行動。至於你們說的前陸戰隊士官長，我沒聽說過。」

「你的話還是沒說完，將軍的什麼行動？救人？」

「對方給利雅德最後通牒，」他看看錶，「明天天亮算起還有五天，如果沙烏地不派人去談判，包圍的部族進攻基地，到時鐵看出是台灣人員，依照蓋達的手法，八成錄下沙漠中隊每名隊員的自白公諸於世。台灣以為對方要錢，將軍奉命去里斯本和沙烏地派在荷蘭公司的人談怎麼用錢換回我方人員，被打了一槍，談判中斷，到我離開李上校為止，別說錢送不送得出去，連沙漠中隊死傷如何也搞不清。」

「跟我們說這些幹麼？」

「畢小姐，妳是將軍的祕書和友人，小艾又信賴妳，所以對你們兩人說，李上校奉命率隊進葉門援救沙漠中隊，要我徵詢小艾意見，願不願意加入拯救人質行動？」

「小艾，你紅，他們要你。」

「救援小組的伊斯坦堡工作站曝光，幸好那裡什麼線索也沒留下，李上校也脫困，全隊明天出發，我們只有五天，營救地點的葉門誰也沒去過。」

「你們有美國情報。」小畢語氣沒有同情。

「從特戰隊調來七名高手，經驗比不上小艾。」

「小艾，天亮我去維也納，你自己看著辦。」

小艾將裝骨灰罐的袋子擱在桌面，

「別開玩笑。」

小畢找到小艾是在蘇萊曼尼耶清真寺前，小艾看著手機發呆。小畢坐在他身旁自顧自抽起菸。

「這裡觀光客多，大家來憑弔葬在裡面的蘇萊曼大帝，你看，這麼晚照樣有人散步。要是你生在鄂圖曼土耳其時代，說不定更紅。」

「為什麼？」

「皇宮聘用兩百名大廚，一百名煮飯燉菜，一百名做甜點，蘇丹沒吃過台式炒飯，要是升你做他的御用廚師，不得了，地位和維齊爾差不多。維齊爾是蘇丹的大臣。等女朋友電話？」

小艾搖頭，他的眼神移不開手機。

「等台北電話，你的情報來源？」

「手機不是我的。」

「誰的？」

「阿富的。」

小畢一時講不出話。

「阿富中槍，手沒拿穩，手機飛出塔頂的窗戶，還好掉到晒在工作站後巷的床單，沒摔裂。」

「你射中阿富，穿過那麼多小巷子跑到塔下面為了拿手機？」

小艾沒回答。

「明白了，你想知道誰指使阿富追殺我們。」

小艾舉起手機，

「如果我踩爛手機丟進水溝，明天帶將軍骨灰飛回台北，不管海雪計畫、沙漠中隊、李上校、六八，從此一概與我無關。如果我按下手機上這個來電號碼——」

「你回不去台北，你想報仇。」

「沒報仇那麼嚴重，討厭別人在背後搞我。」

「而且將軍被殺，讓你小艾的名聲受損。」

「我沒名聲。」

「你有脾氣。」

「好吧，生下來就這樣，很難改變脾氣。」

小艾再看向手機。

「決定了？」

「決定。陪我一起？」

「陪你？一起？我同性戀喔。」

「陪我一起聽手機。」

「反正沒夜車，你不聽睡不著覺對不對？即使阿富沒扔手機，你照樣跑去加拉達塔爬幾百級階梯翻他口袋，抓住他衣領，挖出他嘴裡瘀血，逼問他受誰聘用，後面的老闆是誰。」

小艾左手握住手機，右手按下來電者，只響一聲，聽到男人聲音：

「不准打我手機。小艾沒死，你沒事？等候下一個通知。」

通訊斷了。

「聽出來誰嗎？」小畢問。

「男人，台灣人口音，很熟悉。」

小畢再點起一根菸，

「最近菸抽太多，明天起戒菸。」

「妳聽出來了？」

「你也聽出來了。」

「怎麼是他？」

「我也正想這麼說。事情複雜了，小艾，你的大腦能承受？」

「盡量。」

「六八還在市集裡，回去問他？」

「不能問。」

「不問不行，你明天跟他去葉門。」

小艾注意力轉回手機，

「今天晚上阿富收到很多訊息，馬德里有人等他，傳了十幾則訊息。」

「要死。」

「女人，叫嬢嬢。」

「他老婆？」

「從沒這麼懊惱過，以前殺人不用考慮對方家人、子女，這個，太——」

「事情不複雜，感情上複雜。」

「更複雜。」

「以後別去撿死人手機，二手機賣不了多少錢，自尋煩惱。」

「怎麼辦，她等回電，在馬德里等，伊斯坦堡警察說不定已經找到他屍體，她在馬德里，知道他死了嗎？」

「說不定他沒死。」

「不可能，狙擊手對決，打中的位置不是額頭就是眼睛，身體其他部分在槍後面，不會中彈。」

「你打去告訴她別等了，我恨等人的不確定性，燒心燒肝。」

「女人等女人也會？」

「小艾，你山頂洞人嗎？」

「我的世界裡沒女同性戀。」

「別說你愛上我。」

小艾按下語音通話鍵，這次響了兩聲，睡覺中女人的聲音：

「阿富，你在哪裡，回到馬德里了嗎？」

小艾匆忙切斷通話，再關掉電源。

「你通知到了。」

「我什麼也沒說。」

「女人感應這種事的能力超強，她知道了，她仍會瘋狂叩阿富。」

「手機時代，人很難死透透。」

「準確地說，網路時代，你的網頁若沒人幫你刪掉，一直掛在網上，有天說不定你孫子不小心逛到，說你和他爺爺同名同姓，酷，問你要不要加他朋友。」

「請他吃油炸冰淇淋。」

「狙擊手存在的意義就是殺人，別感傷了，憂鬱下去說不定我愛上你。我媽說我同情心氾濫。」

「只要別人看過你身上有槍，那麼之後無論何時，大家認為你一定有槍。阿富說的。不然我們可以單挑打架，死得面目全非。」

「狙擊手這個行業太危險。我 pass。」

「pass 什麼？」

「愛上你。」

他們坐在一家不知通宵營業或很早便開張的小餐館外，六八打著呵欠來，

「每天吃餅，我們吃點飯吧。」

不久。面前擺一大盤撒了羊肉塊、拌煮紅蘿蔔與洋蔥的抓飯，他們沒抓，一人一支湯匙吃。

「找到追殺你們的槍手，加拉達塔上面。」六八吃起飯模樣凶狠。「相隔兩三百公尺另一座塔找到彈殼，娘的，國產57式步槍用的彈殼。小艾，你和對手在兩座塔上隔空對幹？」

「不打擾其他人。」

「以為武俠小說。」

「死的是哪國人？」小畢把飯舀到自己盤子內再吃。

「東方人，土耳其警方正查他出入境資料。」

「這飯好吃。」

「聽說你會炒飯？土耳其稱這飯叫 pilaf。」

「他是流浪廚師，流浪過台北某家炒飯店。」

「炒飯？小艾是大廚嘍。我在葉門也成天吃抓飯。」

「那邊狀況怎麼樣？」

「不太妙，小艾，李上校問你決定了嗎？十點出發。」

「快要決定。畢小姐，這個很像西班牙的 paella，差別在飯煮得軟，paella 偏愛半生不熟。」

「以前伊比利半島被穆斯林統治過，說不定 paella 來自 pilaf，說不定幾個月後我寫篇東西方炒飯的論文。」

「決定，小艾，我們軍人，乾脆點。」

「決定明天一早送將軍骨灰回台北。」

「哎，我早猜到，李上校鐵齒和我打賭認定你想當英雄。」

「想起來，妳看過電影《黑鷹計劃》沒？裡面演三角洲部隊士官長的艾瑞克．巴納在快結束那場戲，和喬許．哈奈特的戲，他一邊裝子彈一邊吃一盤飯，就是 pilaf。」

「沒看過《黑鷹計劃》。」

「好吧，你們自己走，我得去和李上校會合。」六八抹抹嘴，右手比手槍姿勢指著小艾，「好好照顧自己。」

不到一分鐘他又轉回來，

「小艾，和對手隔市區兩座高塔上比槍，是個咖，送你一句話，當心李上校，他怕你洩密。」

「怎麼當心？」

「大俠，自己看著辦。」

他第二次揮手說掰掰。

小艾背起裝骨灰罐的袋子，

「不送妳去火車站了。」

「你不去機場？」

「先去找個老朋友。」

小畢擋在小艾面前，

「想幹什麼？」

「和妳無關。」

「別告訴我你真去葉門。」

「還有五天。」

「以為自己是美國隊長。」

「不喜歡人家在背後搞我，不喜歡答應別人的事沒做完，不喜歡聽說還有二十一個台灣人在葉門。」

小艾繞過小畢走向輕軌車站，小畢拿出菸盒，沒菸了。她追上小艾，

「夠彆扭，你女朋友沒被你搞瘋掉，下次介紹我認識。」

「還好，她有天主。」

「我想想辦法。」

「想辦法？」

「弄我們進葉門啊。」

小艾停下腳步，小畢不能不回頭，

「走不走？」

「小畢，妳不用跟我去葉門，我真的有女朋友了。」

第四部　逃出葉門

「美國把蓋達當成恐怖分子，
我們把無人機當成恐怖主義。」

——KC，姓氏不詳

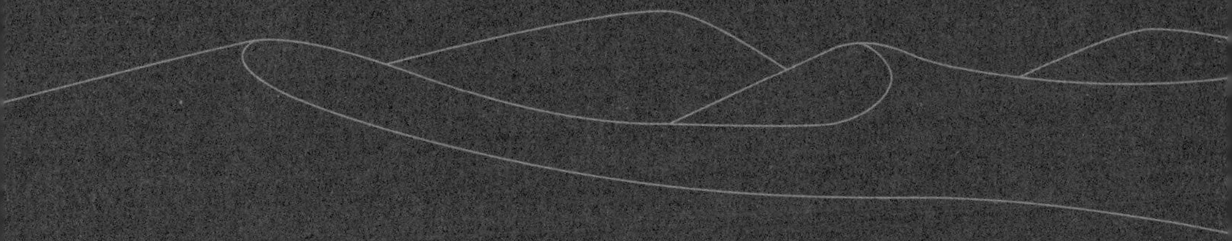

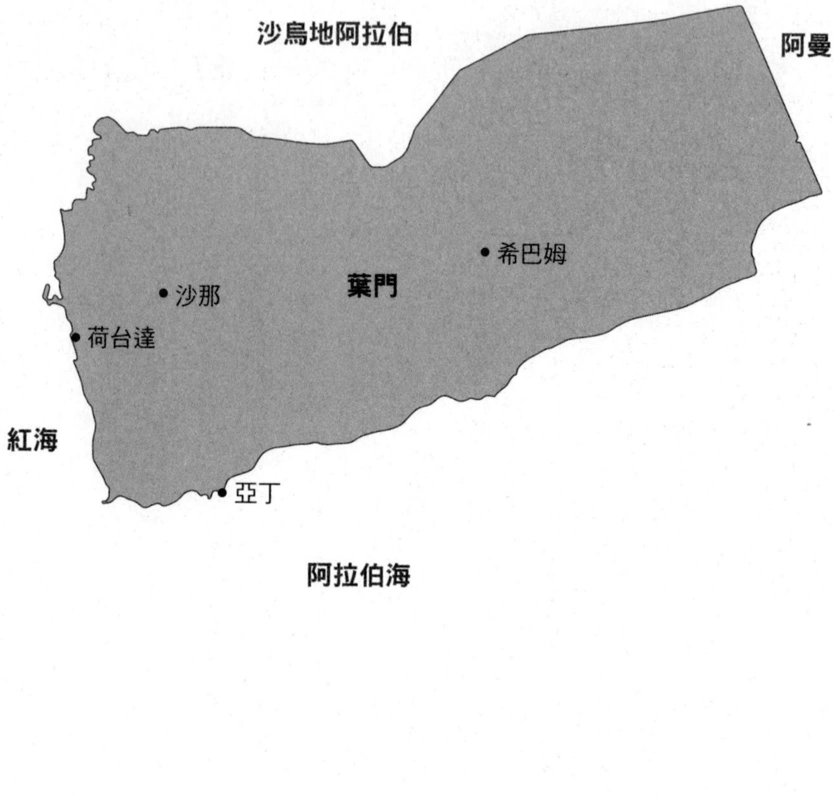
沙烏地阿拉伯
阿曼
希巴姆
葉門
沙那
荷台達
紅海
亞丁
阿拉伯海

倒數第四天

AK47槍口下，小艾一人進入土磚蓋的檢查哨。47代表研發於一九四七年，經過七十年未被時代淘汰。面前的AK看來恐怕真是四七年出廠的骨董，槍身上的木頭材質已經褪去顏色，或許說變成與大地相同的泥砂迷彩，槍管泛白，連槍口的準星也不知所終。儘管如此，十公尺範圍內照樣是把要人命的槍。

室內一張桌子，坐著不具任何特徵、任何表情，卻穿整齊草綠色軍裝的大鬍子葉門男人，他右眼貼放大鏡看護照，對馬來西亞文充滿好奇。

「去希巴姆看泥磚造的帝國大廈？」他用英語問。

「聯合國公布希巴姆屬於瀕危古蹟，我們採訪現況，呼籲各界捐款協助維護。」小艾恭敬地點頭。

「一人？」

「三人，女記者連司機。」

「不，簽證上面只有一人。」

沒有小畢意謂沒有錢，沒有司機意謂沒有汽車，他憑身上零星的歐元走不到希巴姆，因此必須誠實回答。

「司機說他有許可證。」小艾指另一本護照，「女記者護照不是在這裡？」

「只一人。」他舉起小艾的護照。

「女記者負責採訪，我是攝影。如果她不能去，我拍回來的照片沒有用。」

「一人。」

小艾扭頭，想出去叫小畢，但沾滿沙絕不卡膛的槍口仍頂著他背心。獅子座女人太愛在關鍵時刻執行頑固的主見。他朝外喊了聲：

「小畢。」

幸好ＡＫ沒懲罰他。

小畢冷冷看著在一支步槍與七名穿拖鞋男人圍繞的司機阿荷美德，看他怎麼拆卸一輛好好的豐田皇冠。先拆前面座椅，再拆後面座椅，原來一路上她始終上下顛簸且左右搖晃是因為座椅根本和車底沒拴緊螺絲，方便檢查。

阿荷美德搬出座椅移腳墊，打開後車廂門與引擎蓋，汽車回到原始出廠模樣，令小畢想到躺在病床的重症老男人，護理師忘記替他蓋上棉被。

看樣子阿荷美德沒有吸塵器，也沒有趁機打掃車內瓜子殼和寶特瓶的計畫。

七名拖著拖鞋的影子再次從不同方向侵入車體，領頭的那位鑽進車內對看得到的零件徹底檢查，甚至左右上下扭動排檔桿，以為是蘿蔔，搖鬆了根部，不費吹灰之力即拔起，接著發現蘿蔔洞下面是個深淵，攀下去將到達阿里巴巴與四十大盜的寶藏庫。較矮小的一位拿螺絲起子爬到車底這裡敲兩下，那裡戳戳，舉止接近修車工人，可是不清洗底盤、不換機油。

小畢覺得他們不可能找到東西，無論什麼東西。意外的，他們搜出兩袋咖啡、兩袋白糖、兩條萬寶路。阿荷美德對她聳聳肩，表示該走私、該被檢查出來、該被沒收的違禁品，隨它吧。

檢查完，七人不出一語轉身走向不同方向，沉重的拖鞋每一步帶起灰沙，小畢眨個眼的時間，他們消失於自己腳底掀起的塵霧裡，走進不帶色彩的過去，彷彿他們從來不存在。

他們從伊斯坦堡飛巴林換車轉至阿曼首都馬斯開特，小畢問為何不加入李上校的救援小組，小艾回答簡單，從阿富的例子來看，李上校靠不住。小畢未點頭未搖頭，代表她不論得到什麼答案都得提出這個問題，然後不替答案打分數。

拿到護照後找車和司機，飛到阿曼西邊城市沙拉拉，當地計程車司機領他們到市郊一處大停車場，阿曼規定拿到許可證明的車輛才能進入葉門，其他的，政府懶得管。
停車場停了幾十輛「其他的」各式汽車，大多為右駕日本車，應該屬於日本報廢車，經過幾手三角貿易運到中東回收利用，共同特色包括車子破舊，看來中東水價昂貴，司機捨不得洗車。車頂堆了三至五個輪胎，由此可推測葉門路況不理想，司機練就三分鐘內換胎的本領。她看中從數十名纏頭巾男人堆內走出來，風沙裡看來像上千年悶在神燈內XXXL尺碼的精靈。小畢主張高大男人單純，小艾沒提出NBA球星從來不勾心鬥角，不打架的疑問。
「我，阿荷美德，兩公尺。」
兩公尺意味至高無上的單純。
談好條件，送兩人到亞丁，以美元付費，先付五成，抵亞丁再付尾款，阿荷美德伸出穿小艾T恤恰恰合身的手掌握住小畢很多天沒抹護手霜的小手，成交。
阿荷美德在阿曼當計程車司機的過程曲折，原來是伊拉克人，到沙烏地打工開砂石車，自從沙烏地驅逐兩百萬葉門工人後，富庶的產油大國招募各國工人去當地填補基層工作的人力，伊拉克戰亂不止，他得出外賺錢養家活口。
存了點錢，不願回破敗的祖國，接出家人，轉而到阿曼開計程車。家計負擔甚重，三名老婆與五名孩子。
「One wife, talk. Two wife, fight. Three wife, aspirin.」他指小艾露在袋子外的阿斯匹靈藥罐子。

他踢支撐豐田皇冠的錢幣商標正新輪胎，表示車子能跑。打開後車廂，三個油桶滿的，表示能跑到馬爾地夫蔚藍天空與海洋交接處的加油站。他並提供兩床毯子，取代帳篷與睡袋，看樣子進入葉門後不容易找到旅館。

三個老婆的男人可能比較貼心，所受的居家訓練比一般男人完整，他甚至將炒菜平底鍋插褲腰帶。菜呢？小艾打量車內，沒找到去了皮的半隻羊或起碼一隻羊腿。

本來不要小畢進葉門，她堅持，同意只到亞丁。在阿曼等候簽證與護照時，她以飛快速度看了兩本關於葉門的書，得知聖經提及去見所羅門王的示巴女王即來自葉門，頓時對葉門的好奇心足以殺死好幾頭貓。

「我到亞丁就好，接下去你做你的事。書上寫亞丁曾經風光一時，現在還留著七〇年代的風騷。我沒經歷過七〇年代。」

七〇年代？小艾所了解的七〇年代是受訓時聽教官用黑膠唱片放的巴布·狄倫，不然葛蕾蒂絲·奈特與種子合唱團歌曲。網路上找得到ＭＶ，不必千里迢迢赴阿拉伯半島的南端。亞丁絕不風騷，倒是能期待風霜。從西班牙到阿曼，身攜鉅款的她八成愛上監軍工作，習慣隨時有個狙擊手供她使喚。

小艾從檢查哨傾斜的木門探出頭，

「這裡的長官要見我老闆，對，他要見妳。」

小畢留阿荷美德把豐田皇冠拼回去，拍拍身上沙子，拉妥頭巾，不忘以小鏡子檢查半邊側臉，以為要去試鏡。

小畢跑了至少五個單位，在阿曼花一天時間搞定必要手續，天剛亮，距離蓋達組織的期限只剩四天，他們卻才剛駛離阿曼國境。

車子穿越看不見邊界的荒漠，接近阿爾加達時遇到邊境檢查哨，頓時由國民平均年收入五萬美元的阿曼落到一千美元的葉門。差別在於柏油路面品質、沒有超跑時不時炫耀地S形超車、路邊不再有賣椰棗賣百事可樂的小販。

路邊根本什麼也沒有。

葉門的石油蘊藏量雖然誘人，長年戰亂使油田幾乎停擺，放眼望去地表由泥磚蓋的小房子、大房子組成，誤以為是被遺棄多年任其落灰落塵的樂高方塊，唯一較完整的就是檢查哨，可能插了紅白黑三色國旗，看來正式。

一路上小艾與小畢乖乖坐後座任前座司機安排。在阿曼首都馬斯開特拿到據說接近完美的來路不明馬來西亞護照，上面蓋了葉門駐阿曼代表處的簽證，很大一枚中間是隻老鷹的徽記，葉門國徽。

拿到護照，小艾曾對著老鷹徽記說，為什麼很多國家用老鷹作國徽，從沒有國家用可愛的兔子作國徽？小畢沒理他，大約三小時後她穿比基尼露出三分之一C罩杯胸部喝著熱帶飲料時拍拍小艾的頭回覆：好問題。

什麼問題？

老鷹和兔子的。

於是小艾緊握蓋了老鷹圖章的護照等在車內，司機阿荷美德下車拉拉褲帶勉強遮住他突出的大肚皮，檢查哨出來兩名穿灰咖啡色袍子並罩了破舊綠色軍服持AK步槍的軍人，他們仰臉看兩百公分高的巨人，再低頭看鑽出襯衫下襬的肚臍眼，似乎對巨人的興趣遠大於來訪的外國記者。

交談不到幾句，兩支沾滿塵土的槍管指向後座，小艾與圍著頭巾的小畢聽從阿荷美德手勢下車，遵照指示將隨身行李攤於檢查哨土屋外的斑駁長條木桌上。打開箱子的瞬間，不知從哪裡步出七名全身上下盡是泥沙、穿辨別不出顏色長袍與塑膠拖鞋的男人。說檢視，不如說菜場買菜，東挑西揀。兩臺相機、衣物、電腦、袋裝餅乾與其他雜物，最後七個人的目光同時停在夾鏈袋裝的五罐阿斯匹靈。他們未出聲卻以目光進行討論，不多久七人同時看向阿荷美德，阿斯匹靈被當成安非他命，出事了？

阿荷美德聳聳肩，用英語單字詢問小艾：

「藥。」

小艾懂，上前扭開五個瓶蓋，攤平夾鏈袋，將藥丸全部倒出接受檢查。阿荷美德伸出既大且厚的手掌分藥丸為十堆，每人點上菸終於開始對話，阿荷美德與七人加兩名警衛的集體對話。他們用腔調略有不同的阿拉伯語附加手勢，最初稍有爭執，阿荷美德作勢要收回藥丸時得到共識，每人取走一堆藥丸，夠意思地留下一堆給小艾。

他們看也沒看排在木桌最前面的骨灰罐，他們透視眼，早看穿裡面是什麼，而他們對異教徒的骨灰持極端保留的態度，碰也懶得碰。

AK與阿荷美德的手勢，小艾走進土屋，他要小畢跟著，可是小畢對於七名男人檢查汽車的興趣遠高於屋內的祕密。

木門半掩，推動時發出有如抽太多菸的乾燥木頭沙啞聲。

木門轉變為旋律略微不同的呻吟，小畢進入屋子，好奇的兩眼沒找到帥哥，而葉門男人未抬頭，故意當她不存在。

阿荷美德探進半個身子，送來他的護照。小艾接過，上面也有那隻老鷹徽記的簽證。兩隻老鷹，他的伊拉克護照上也有一隻伊拉克老鷹。

「三人。」小艾送出護照到軍裝男人的桌面。

桌後的人喉嚨發出可能是痰並夾了噱口水的聲音，拿起放大鏡看第三本護照。

室內除了這張桌子、桌後的人，還有泥磚砌的火爐，爐內無柴，爐上無火，一清二白的房子，牆壁掛的破碎照片可能是某任總統，脖子以上被撕掉。

葉門，至少這個檢查哨缺少政治信仰。

不，桌面角落是《可蘭經》，翻得每一頁角落皆往上捲，椅背掛步槍，槍口斜斜指著《可蘭經》，小艾納悶地思考要不要提醒對方，萬一槍走火，打穿了《可蘭經》不太好。他決定裝作沒看見，既沒看見《可蘭經》也沒看見步槍。

「女人，不行。」

桌後的人看也沒看戴頭紗的小畢。

「她有簽證，和我都是記者，馬來西亞有很多女記者，她是穆斯林。」

軍人終於抬起頭，張開缺了好幾顆牙的嘴，

「葉門人百分之九十是穆斯林，沒有女記者。」

小艾想再申訴，小畢拉拉他衣服。

「防疫證明。」

小艾早有準備，馬上送去阿曼政府發的檢疫證明，上面印阿拉伯文，應該不至於發生文字誤會。

「不是新冠肺炎的證明，梅毒證明。」

他要梅毒的防疫證明？以為小艾打算到葉門傳播梅毒？

那人打開一直握著的左手掌，一把瓜子落桌面，空出的手掌費一番工夫拉開抽屜取出一支小艾看得目瞪口呆的針筒，不是使用一次即丟的衛生式針筒，古早古早蛋捲般粗細的玻璃針筒與食指長的針頭。針筒可能從未洗過，針頭上的黃點應該是鏽斑。

「這裡打也可以，一劑五十美元。」

小艾傻了，不打沒事，這種重複使用前必須消毒的舊針頭打下去，恐怕得補打好幾劑破傷風。他環視室內一圈，看不到消毒器材，連酒精瓶也沒有。

「打針，回阿曼，你考慮一下。」

說著他低頭翻抽屜，小艾懂事，送上尚未拆封的萬寶路香菸。他有了表情，認可的表情。

「我出去抽菸，一根菸。」

男人彷彿生病，不然從七〇年代坐到現在，兩手撐住桌面用盡氣力站起身，聽得出關節的掙扎，披了軍裝，提起帶動沙土飛揚的拖鞋以拖點滴架散步的速度離開房間。

小艾看桌上的巨大針筒，之前見過指他鼻尖的刺刀、呼嘯刷過面頰的彈頭，他還踢過落到腳前的手榴彈，沒有一樣的驚悚程度比得了此刻面前的針筒。梅毒有防疫藥物？從未聽過。

很快恢復鎮靜，掏出五十美元擱護照上。後面伸來女人的手沒收了五十美元，換成三張百元。

第一個可能，軍官再進來時，帶兩名已上膛ＡＫ的警衛，他踹第一把ＡＫ，希望小畢以形意拳對付第二把ＡＫ，然後和肺不好的軍官好好抽根印地安人的和平香菸討論怎麼解決疫苗證明的誤會。第二個可能，膝蓋不好的軍官獨自進來，和平談判空間大多了，說不定不用抽印地安人和平菸，萬寶路就成。

軍官獨自回來，聽得出抽菸後使他喉嚨管道更加曲折，倒是腳步快了些，病後復健持五爪助行杖老人的速度。

有如倒轉的錄影，兩手重重擺在桌面，維持身體平衡後坐下。他喘口大氣，忽然以麥當勞清潔人員擦桌子的動作，一手將三張鈔票掃進抽屜，不留殘影。小艾想起小時候看過的特技表演，快速抽掉桌巾，桌上花瓶、餐盤動也沒動。

護照動也沒動。

他拿起針筒，

「打過針了？」他煞有介事看看本來就空的針筒。

印章蓋在護照的內頁，貼了小艾、小畢照片的那頁，但沒蓋阿荷美德的。原來行情是一人一百五十美元，阿荷美德算殺必死，買二送一。小艾扭頭時看見小畢朝他眨眼。

「不管你們採訪沙那那邊、亞丁那邊，我蓋的防疫證明章都有效。」他得意地笑。「問候西邊所有人，活著的人。」

檢查哨算哪邊的？

取回護照出去，阿荷美德已大致拼回他的豐田，上半身埋進駕駛座和螺絲釘奮戰，兩把AK看著翹得半天高的大屁股笑得抖不停。駐守邊關，葉門士兵缺少娛樂。

恢復未完的旅程，椅墊未鎖回固定位置，他們彈跳於布滿碎石子的路面，小艾捧牢手中裝骨灰罐的旅行袋。阿荷美德往後座伸出右手掌，機油、鐵屑和一大把瓜子。小艾拿了一撮，他喃喃自語：

「吃瓜子比打梅毒防疫針安全多了。」

車子一路顛簸，瓜子殼吐向窗外，收音機傳出中東鈴鼓音樂，一隻被吵了午睡的兀鷹掠過車頭表示不滿。

「記得伊旺．麥奎格演過一部在葉門養鮭魚的電影？」小畢說話了。

「沒看過。」

「葉門有位酋長想在他的領土養鮭魚，從此人民培養出釣鮭魚的休閒活動，沒有心情打仗，日子就幸福了。」

小艾沒看過這部電影，不過能想像沙漠裡流著清澈河水的大川，河裡盡是扭動不停的鮭魚，他不釣，用網子撈，對難侍候的台灣小學生說，今天營養午餐吃煙燻鮭魚，他們一定快樂得又叫又跳。

「最近一次的內戰他們打了八年，目前將近三百萬孩童面臨飢餓的死亡威脅。」

小艾愣了愣，難道小畢讀出他剛才想的撈鮭魚畫面，責怪小艾撈走葉門兒童的鮭魚。

砰，幻想中了一槍。

「說不定沙漠中隊只是去釣鮭魚，沒接電話，大家以為他們失蹤了。」

不好笑，至少小畢沒笑，臉臭臭的。

「炒飯的，如果你找到一條河全是洄游鮭魚，會怎麼做？」

「小艾。妳可以叫我小艾。河邊搭個帳篷，傍晚學熊進河裡尋找晚餐。畢小姐，不用激動，我到葉門設法救二十一名台灣人而已，如果葉門有鮭魚，我拍手叫好。」

「誰激動？將軍死了，你為什麼堅持來葉門？」

「要知道為什麼台灣的退伍上校和伊朗雇的殺手千方百計沿途追殺將軍。伊朗，我諒解，他們不喜歡台灣人在葉門，李上校呢？幹掉將軍升戰略學會會長當沒薪水的志工？還有，說過，討厭別人搞我背後。」

「如果他們事前發訊息給你：艾先生，我們預計在你抵達里斯本第二天晚上八點槍殺將軍，請查收呢？」

「感覺會好一點。」

前方沙塵暴襲來，狂風捲起碎石雨點一樣砸在車窗，阿荷美德拿出透明膠帶黏住新出現的裂紋，車子駛往看不到盡頭的未來。

小艾不問小畢怎麼在阿曼弄到馬來西亞護照和進葉門的簽證，不外乎錢和人情，將軍可能留下很多本來要付贖款的錢給她，而她是美麗的蒙古人種，在中東很受歡迎，不用隨身攜帶以公斤計算的美金，到哪個地方都能寫提款借條，最後銀行向將軍的會計申請付款。不過小畢不肯放過他，問題一個接一個。

「說吧，已經進葉門，你的座標可以說出來了吧？將軍兵籍名牌上的座標。」

「先到亞丁。」

「做什麼？」

「打聽沙漠中隊的消息。」

「怎麼打聽？向誰打聽？」

「向可能了解內情的人打聽，到時要用錢。」

「在葡萄牙和西班牙你不是很有錢。」

「花光了，除非等下我搶阿荷美德，妳的形意拳踢得到兩公尺的下巴嗎。講好的，我們分工，錢由妳負責。」

車子停下，阿荷美德回頭說：

「Toilet. Three hour no.」

聽來不能不去，否則野外解開褲帶，風沙貫進肛門容易感冒。

小艾先進去那間牆上塗了斗大字的 TOILET，蹲式，裡面近乎化石的糞便堆成角度比埃及小很多的金字塔。他沒問題，小畢呢？

小畢也沒問題，步出廁所兩掌抓把沙子磨擦。這女人耐操的程度永遠超出小艾理解範圍。

阿荷美德沒拋下他們落跑，守信用。據他說，伊斯蘭世界除了沙烏地阿拉伯以外，都講究誠信，而他是伊拉克的公民。

促成小畢非跟去亞丁的另一動機，和將軍遺物有關。

「你怎麼知道沙漠中隊的基地在哪裡？」

他們抵達馬斯開特，住進歐洲人經營的五星級旅館，眼前是加州移植來的棕櫚樹與類曼谷游泳池。

「交換條件，將軍是不是留了錢給妳？」

「機密。」

他們喝四川酒保稱為新加坡司令的調酒，以琴酒為底，加入大量鳳梨汁與檸檬汁，南洋風。放的音樂是已故日本歌手河島英五的〈酒與淚與男與女〉，些許哀愁。小畢的乳房被新買的比基尼勉強罩住，隨她舉杯而彈跳，小艾心境因而後現代。

「我沒有行李，你看我身上能裝多少錢？」

小艾看了眼她晒了一小時已通紅的皮膚，沒看到美元或金條從毛細孔溢出來。

「我用將軍的兵籍名牌交換妳的錢。」

凡熱帶式調酒皆容易入口，可是慎防琴酒的後座力，幸好這裡是阿曼的加州旅館，醉了無妨。老鷹合唱團公證過，他們唱，你可以隨時退房，但你永遠不能離開。

「你先說。」

「將軍的兵籍名牌，退伍將軍為什麼帶兵籍名牌出國，夠奇怪，名牌還是新的，更奇怪。」

「我倒沒注意。」

「名牌上打印兩個英文字母和八個阿拉伯數字，台灣軍人的兵籍名牌只六個數字和一個漢字。」

「這樣你就看出來了？」

「兩個英文字母是N、E。」

「座標？有一套。」

住五星級旅館，她說好好休息。下樓喝杯小酒，她說清涼的酒精有助於放鬆心情。她換比基尼並要小艾打赤膊換沙灘短褲以配合環境，就有點非常不容易放鬆心情了。短褲她挑的，旅館一樓名牌門市店，叫小艾進去脫了衣服換上短褲後拉開簾子讓她看看合不合身。她用媽媽口氣罵：

「為什麼不脫襪子。」

女店員假裝看窗外，小艾照舊尷尬，他從小沒母親，不清楚女性的母愛包容性大，殺傷力亦不小。

「所以你有沙漠中隊基地的座標，你找得到他們。」

「我需要錢。」

「好，將軍留了點錢給我。」

她對小艾的胸肌瞧也沒瞧一眼，盯著泳池邊其他比基尼。

「錢在哪裡？」

「分在不同地方，我去拿。」

「阿曼也有？」

「銀行、密碼、提款，ＯＫ？」

「將軍也給妳一串數字。」

「是的。」

「我們靠座標和提款密碼救出沙漠中隊。」

「完成將軍的任務。」

「所以妳非去亞丁不可。」

「是啊，我得看看七〇年代。」

「〈夜車去喬治亞〉。錢可以給我啊。」

「你爸媽沒教過你，不能把錢交給，」她加強語氣，「**陌生人**。」

她有錢，她老闆。

小艾招手喚來來自中國四川卻是穆斯林印尼人的酒保，

「吧檯能點牛排嗎？最大的，二十或三十盎司，十五盎司也可以。」

「錢用在救人。」

「救我，快餓死。」

「整頭牛都行。」酒保對小畢眨眼，「牛排醬要椒麻的、麻辣的、純辣的？」

「她喜歡女人。」小艾打破酒保的限制級幻想。

「懂了，三分熟可以吧。」

小艾沒說憑座標在中東沙漠尋找目標很冒險，沙漠不能用座標定義，得用腳印定義。他等牛排，向經過的比基尼行注目禮。

「別忘記你有女朋友了。」

女同性戀不喜歡男人盯女人，她們相信男人腦中全是齷齪念頭，保護女人不受男人腦細胞汙染是她的義務。

進入葉門沙漠，和旅館的人工沙灘兩個世界，沒有新加坡司令，唯一能提神的飲料是阿荷美德藏口袋內最後一包咖啡豆。

夜晚他們停在一處也是泥磚房子的村落過夜，和其他國家不同，葉門海岸很少大城市，大城集中西北山區，和紅海的關係比印度洋親密。

一堵矮牆下，阿荷美德生起火煮咖啡，將豆子與水倒進平底鍋，小艾不禁想，要是這樣賣咖啡，台灣便利商店打工的年輕人大約九成累死。

這裡沒有年輕人。

村子不大，見到一些村民，暮色中如遊魂般出現、消失，他們對東方臉孔的小艾、小畢毫不在意，而且都是老人。

「見過太多外國人吧，」小畢用毯子包裹身體，「鄂圖曼土耳其人、英國人、俄羅斯人、埃及人，近一百多年他們見過太多外國人。」

「外國人帶來災難。」她補了一句。「最近七年葉門死亡二十六萬兒童，大部分餓死，聯合國送的糧食杯水車薪。」

小艾想起台灣東部山區小學的學生，他們在伍警官父子協力下，日子過得可好？

老伍顧不了山上的孩子，收到小艾簡短來電，相隔遙遠，他無法阻止年輕人去葉門當英雄的衝動。小艾從聽不出什麼名字的中東城市打來，要去葉門，希望老伍在台北打聽李上校背景。他並且說：

「長官，我只有五天了。」

五天是什麼概念？扣掉假期的一個星期。

蛋頭勸他：

「你怎麼不叫小艾回台灣，由他捧著骨灰罐到處跑，我想到手都痠。」

蛋頭打聽過李上校，不過到了國防部即面對一堵高聳入雲端的牆，誰也別想飛過去，軍方並致電台北市警局表達關切，大意是副局長想問李先覺？他退伍好久了，不歸我們管，老百姓歸你們警察局嘍。下個月漢光演習，實兵操演，副局長有興趣來指教嗎？總統和行政院長親自到場指揮。蛋頭聽得懂軍方語言，翻譯成國語就是你們警察少過問軍人的事，警察的老闆是內政部長，軍人的老闆是總統，中間差了——蛋頭算了好久，差了三至四級，牆和佛跳牆的距離。

茱爸情況略好，但也碰了壁，

「問了三層，朋友問他朋友再問他朋友，一小時後第四層的朋友轉而找到調查局的人抄我的底，搬了一堆三十年前黑資料叫我安靜。」

「第四層是哪個單位的？」

「聽過警政署保安組反恐科吧，拿老人家當恐怖分子。老伍，事情不對頭，快叫小艾回來，機票錢我出，坐商務艙，別把將軍骨灰罐砸了，活的死的都是我兄弟。」

天冷下雨，他們縮脖子坐沒幾位客人的咖啡館角落，茱爸的腳和老貓同享鋪了厚厚毯子的竹籃子。

「將軍到里斯本之前拿了軍方提供的情報，要是和沙烏地的人談得不錯，對方肯出手幫忙救人，就把資料交去，對救人很有幫助，沒想到客人才到，殺手就開槍，東西沒交出去。」

「什麼東西？」

「沙漠中隊傳回來的情報，上面交給將軍，如今將軍死了，按他個性，說不定交給小艾，軍方怕外洩，到處找小艾。他人在哪裡？」

「不是在伊斯坦堡？」

老人小心抽出腳免得驚了老貓，老伍扶他站起身。

「我上廁所，回來你最好已經走了。會設法再問問。小艾這個人夠彆扭，你再勸勸。過年前找天來喝酒，叫茱麗弄個砂鍋魚頭，你吃魚頭我吃豆腐。」

老人一手扶腰走去廁所，

「記住，你告訴我小艾在伊斯坦堡，我對他們也這麼說，別人問起，就伊斯坦堡，不能改。」

老伍正要走，茱麗拿店裡的無線電話機過來，

「你兒子。怎麼了，他真以為我們有關係，打來查你勤？」

無奈地接過電話，

「我剛到。」

「隨便。爸，你六十多了，已經是資深公民，別讓媽難過，到時我站在媽這邊。小艾請你查個人，將軍去里斯本的祕書，畢潔。」

「知道了，兒子都是媽媽的，寵物才是老爸的，偏我們家沒寵物。山上小朋友都好，沒拉肚子？」

「小艾的炒飯先炒飯還是先炒蛋？」

「當然先炒蛋。」

「就是嘛，小朋友說我炒的味道不對。」

「你直接問他。」

「問你白問。」

老伍正要開罵，伍元斷線了。

保險公司的保戶達三百多萬，台灣人口的八分之一，小至汽車第三責任險，大到人壽保險，個人資料全在公司電腦裡。進公司以「保戶陳重實槍傷出險一案」呈報上去，拿到密碼，他坐在電腦前打開李先覺的檔案，沒錯，和陳重實這批沙漠中隊同時投保，李先覺代表的不是海峽戰略學會，是春生貿易公司，熟悉的名字。

想起來，國防部下面一家掛民間企業招牌的公司。台灣軍方幾家兵工廠生產各式傳統武器彈藥，經由美國同意與暗示，從韓戰起即私下出口一〇五毫米榴彈砲以下輕兵器的彈藥至相關國家如利比亞、伊拉克，迄今未停止，李先覺退伍後轉到春生貿易公司，想當然耳從事軍火交易。

再查畢潔，有，八年前出國讀書投保了海外醫療險，僅此而已。想不通，看年紀，已經四十三歲，台灣這個年紀的上班族沒有不保醫療、人壽險的，她保別家公司的保險？找同業查查。

急促敲門聲，總經理推開門，後面跟的是法務部經理，再後面是陌生人，看剃的髮型，老伍心裡有數起身哈啦：

「這位先生國安局的、國防部的、警政署反恐科的？」

這一夜睡得並不安穩，阿荷美德與當地人交涉，三人獲允許住進一間空屋，各裹各的毛毯，小畢直打噴嚏，她對塵蟎過敏。這是前一晚在游泳池畔房間內說的，她扯下浴巾便赤裸裸躺上床，小艾覺得這樣對男人不盡公平，小畢便說：

「我對毛巾上的塵蟎過敏。」

小艾躺另一張床，為了專心或者想辦法不專心以便容易入眠，問了幾個問題，

「怎麼知道什麼時候可以向女人求婚？」

「頭發燒的時候。」

「試探問過，她說不想結婚。」

「她不是不想，是你的態度不誠懇，儀式不浪漫。」

「態度？儀式？女人真麻煩。」

「男人笨，是全世界的麻煩，僅次於地球暖化。」

「如果她真的不想結婚，可以一直當情人下去嗎？」

「成功率不高。」

「因為女人會變心？」

「不，因為女人覺得很煩，別吵她們睡覺。」

因此小艾裹在泥沙的毯子裡接著昨晚的話題問：

「聽妳的，回到台灣用正確態度和浪漫儀式求婚，看能不能解決目前的僵局。」

「結婚不是問題，你們成天黏在一起，久了自然煩。」

「我這次出國好幾天了，沒黏在一起，變得很想她。」

「那就請她去一人三千元的餐廳吃飯，別小氣。」

「一個人要三千元？」

「儀式，為了表達誠意。」

「我是廚師，自己下廚房做呢？不是更誠意。」

「如果你不是廚師，誠意，偏你是廚師，叫小氣。隨便你，到時萬一成功，別發喜帖給我。」

大約凌晨一點腳步聲驚醒他們，伴隨而來的是刻意壓低音量的交談聲，最後結束於汽車聲。

阿荷美德進來，business man go。聽懂，做黑市交易的人走了。

葉門產的阿拉伯茶也稱恰特草，成分包含能使人興奮的卡西酮成分，在半島頗受歡迎，這個村落偏僻，成為交易好地方。走私客以日常物品與美元換取恰特草，不過許多穆斯林國家視恰特草為毒品，抓到最高處分為死刑，交易不能不低調。

無法繼續睡眠，一群老人站在門外，阿荷美德聳聳肩，

「Tea, tea time.」

小艾與小畢勉強爬出沙堆隨老人繞過巷子到一間獨立小屋，沒有窗戶，沒有門，以厚重的毯子掛門楣。

屋內點油燈，沒有家具，七名老人或蹲或坐，小艾拉小畢坐下，阿荷美德從老人手中接來一株茶樹枝幹，折下其中兩枝分給他的乘客。小艾學習其他人，摘下枝幹的茶葉

進嘴嚼，清新的苦味，既然是自然植物，小艾可以接受。

「嚼個意思，不要嚼多。」小畢警告他。「效果和安非他命差不多，這裡食物不足，他們嚼恰特草忘記飢餓。」

小艾仍得嚼，看起來老人們認為客人嚼茶葉即認同他們的文化。

「UN，UN。」

與老人聊天的阿荷美德不時回頭說UN，小艾猜得出老人希望透過記者呼籲聯合國重視葉門人民的悲慘生活。不過小艾不想解釋他來自台灣，不被聯合國認可的中華民國。

恰特草確實帶來精神，他們天未亮便出發，黑暗中仍可看出沙塵裡陰暗的影子，從破屋小村內走出上百蹣跚老人，他們是飄在風尾幾乎不存在又真實存在的人類，無聲的送別，而小艾只剩下三天。

倒數第三天

在葉門隨便問一位路人，都可以從鄂圖曼土耳其說到如今西方世界簡稱為STC的南方過渡政府，唯獨亞丁人不說話，對誰都懶得開口，感覺得到他們內心的絕望。亞丁背負上千年戰亂的陰影。

他們於黃昏駛進亞丁市區，一個魚鉤模樣的港市突出於阿拉伯海。市區殘破不堪，被炸毀的樓房、坑洞的街道，二〇一五年沙烏地的大轟炸，炸毀僅存的一小撮市容，迄今未修復，各國記者集中於港口北邊一棟勉強營運的旅館，小畢進去設法與各國記者交朋友，了解當地現況，小艾則步向廢墟酒吧，他嗅得出這裡的傭兵氣味，菸酒、火藥與長期未洗澡混成濃濃的蒼涼與寂寞。

不是一家酒吧，一排破樓內好幾家酒吧，沒有招牌，不見霓虹燈，如廢墟一般。走得動的亞丁人待在茶館避寒，有錢無處花的外國人窩酒吧。

第一間酒吧維持以磚頭墊妥缺了一腳的吧檯，站著三名斜背步槍男人，他們對小艾的來到絲毫不好奇。幾張小桌子圍著其他十多人，步槍倚在牆壁，手槍擺在桌面。酒保說英語：

「US dollar only, no muslim.」

他喝酒，也找人，絕對不是穆斯林，可能信仰薩滿教的清先生。

清先生不是本名，大家習慣叫他清，多年前在約旦首都安曼，他不知從哪裡弄來一頂滿清人的辮子假髮，從此他就是清先生。

來自中國河北靠近內蒙某個貧窮縣分，年近五十仍熱愛當兵，從法國傭兵到西班牙傭兵，凡願意付高薪的傭兵集團他都參加，外套貼滿各國各兵種各單位臂章，代表他走過的戰場。他的特長不在戰鬥，是維修，各國槍枝、車輛大多搞得定。揮舞手中扳手用不屑阿基米德的口氣說，地球無非齒輪和活塞。

給我齒輪與活塞，我就能讓地球旋轉。

其他人頭頂戴夜視鏡的罩子，清先生戴放大鏡，修槍時拉鏡片至眼前，看得清槍機內以奈米為單位的沙塵。沒人不尊敬清先生，有酒有肉便往他那兒送，萬一他忘記把撞針裝回去，到了戰場叫爹叫娘也沒用。同講中文，小艾和清先生略有交集，他認為葉門這麼熱鬧的地方，各國傭兵用的兵器五花八門，想必清先生捨不得錯過。

提到清先生時，站著喝酒的三人沒回應，圍桌子坐的十多人卻有至少四人抬起眼神看向小艾。

作為狙擊手必須養成習慣，不僅看到，也要記住。他一眼掃過去，抬頭的四人，一人打扮和長相像葉門人，一人戴棒球帽，帽簷拉得很低卻遮不住鋒利眼神，一人打呵欠，第四人似乎要起身，被戴帽子的使眼色坐回去。

小艾想上前問候，那桌的殺氣太重，他沒時間演傑森．史塔森，喝了酒即退出酒吧，沿灰撲撲的大路往下，有傭兵的地方不可能沒有酒吧，沒有時間了，盡快把消息放出去，他需要情報。

第三間酒吧，小艾大致看清亞丁各方人馬，沙烏地阿拉伯為首的聯軍由阿拉伯聯合大公國派代表駐亞丁，聯合大公國的國防兵力長年由英國教官訓練，雇用不少傭兵，部分派到亞丁，又是另一隻老鷹徽記印在吉普車門。沙烏地阿拉伯一度和大公國翻臉，當然也有自己的部隊進入亞丁，人數不多，全部傭兵，免得敏感，酒吧內便見到綠底兩把彎刀的臂章。表面上統治南葉門的ＳＴＣ由南方氏族組成，他們的傭兵並非西方人，許多來自鄰國，尤其遜尼派國家，例如從伊拉克、土耳其南部流浪到此的無國籍士兵。儘管看起來傭兵各有所屬，卻弄不清他們背後真正的老闆是英國人、美國人、伊朗人？

酒吧內四名客人，兩名中東人，一名坐在角落打盹的西方人，還有玩撲克牌腰間掛黑克勒與科赫公司出品的ＨＫＭk23點四五手槍的男人。

小艾點今晚第三杯酒，第三次問清先生下落時，收起撲克，滿臉鬍子的精瘦漢子走到他身邊，抽出眩人的點四五手槍往桌上擺，

「清先生沒來亞丁，誰找他？」

他聽到小艾與酒保的對話了。

兩人以黑社會的方式交換經歷，單位的字母縮寫、人名的綽號、不同的戰場。漢子講話還正常，笑聲宏亮，能驚動二十公尺半徑內快被凍斃的蚊子。

「你是廚子？」

「非正式的，有時炒個飯餵飽飢餓的人。」

「愛用M14，古典派，不用毛瑟槍？」

話未落定，笑聲已經招呼蚊子起床。

「哪天到？」

「今天。」

喝到第五杯酒，漢子握住小艾的手：

「想起來，你是沙皇朋友的那個台灣人小艾，我和沙皇在非洲認識，叫我KC。沙皇提過，你背一名中彈的機槍手跑了七百公尺追直升機，那名機槍手還是死了。這次你背誰？」

小艾拉開腋下袋子取出骨灰罐，

「這位，將軍。」

「將軍？這個名字挺不錯，就我所知沒人用過，除了真的將軍。」他得意大笑。

小艾沒解釋，骨灰罐裡是真的將軍。

「說說將軍的故事。」KC拉他坐下。

「他原要來葉門救他兄弟，不幸途中病故，我受他委託，帶他骨灰來找他兄弟。」

「叫什麼名字，說不定我見過。」

小艾想了想，

「不方便透露，我需要一輛四輪驅動車和一名地陪。」

「每個人都有祕密，車子和司機沒問題。」

「需要一把槍和相當數量的子彈。」

他提起靠著吧檯的 SIG MCX 突擊步槍，

「這把怎麼樣？」

「當然好，多少錢？」

ＫＣ捏捏小艾的大臂，

「不要對我說謊話，你為哪一邊工作？」

「為自己。」

他招呼蹲在門口冥思中的當地人，遞去一張美鈔。

「沙皇在摩爾多瓦對嗎，我跟他通個話。」

他抓起衛星電話出去，留下兩把槍。

沙皇不在摩爾多瓦了，他搬到匈牙利，不過小艾沒提醒ＫＣ。

ＫＣ回來，將衛星電話往桌面一擺，葉門人也從廚房出來，一個瓦盆放小艾面前。

「看你沒吃飯，炒飯廚師，今天我請你，吃完告訴我吃了什麼。」

一團糊狀食物，小艾以隨身湯匙舀起嚐了嚐，味道複雜，香味來自大蒜、青蔥，口感來自中東的硬米，滿足則來自絞碎的羊肉丁。該配餅。

「不錯，果然廚師。這是葉門人最愛的沙塔，熱量足夠應付夜晚的低溫。」他拿來罐子替沙塔撒了一匙胡椒粉。「鄂圖曼富人以家裡的剩菜剩飯燉成一鍋施捨給窮人，沒想到一千年後成為中東世界的美食。」

菜餘重新加料燉煮本來就美味。沒有緣由，小艾腦中浮出滷肉飯，年紀大，想家了？

葉門人送來兩張餅，ＫＣ撕下一片往盆內沾了，吃得下巴鬍子隨之顫動。

「沙皇的電話打不通，信號不良。你說了兩個我熟悉的名字，沙皇和清先生，你又是葉門少見的亞洲人，應該不會說謊。這樣吧，車、人、槍、彈，附贈汽油，戰前葉門加油不用錢，現在不同了。保證車子堪用，司機老實，熟悉地形。槍用ＡＫ，不引人注目。加上我的佣金和稅金，哈哈，十萬美元，你沒得挑。」他將小艾從頭瞄到腳，「你恐怕連一千美元也沒有。打個折，大優待，九萬九千，不得殺價。」

小艾拍拍褲袋，

「輪我打電話，匯你帳戶？」

ＫＣ的食指尖掃過小艾右手五根指頭的關節，

「練過拳，能打。你以為我在瑞士、開曼群島、巴貝多都有帳戶？」

「給我一晚上，明天上午六點這裡見。」

「沒問題，小艾，需要我帶點鈔機等你嗎？」他咧嘴直笑。

小艾的感覺不太對，卡卡的，得找小畢，借西方記者的電話向沙皇求證。

「等等，廚師怎能錯過廚房。」

隨KC步進後面廚房，柴火燒大瓦鍋，纏頭巾的大鬍子廚師持勺攪拌鍋裡的湯，見KC即舀起一勺朝深瓦盤內倒，小艾接過，盤底是飯，細長半熟帶咬勁的中東米，拌淋上的沙塔，一股暖流貫至胃部，渾身舒坦。

「走後門，半個亞丁知道你新來的。」

穿過沒有門的後門來到馬路，太久沒喝酒又喝了碗沙塔，被冷風迎頭一陣搧打，搞錯方向，不自覺逛到港邊，兩名持槍士兵朝他走來，小艾舉起雙手轉身要離去，才轉一半，後腦一陣椎心痛楚。

被人打了黑棍，睜開眼在條沒有光線的巷子，除兩名持槍士兵，多了位說英語穿美軍沙漠迷彩服的中東人，

「你願意花氣力走幾步帶我去拿錢，還是這裡解決？」

勉強坐起身，口袋內雜物散一地。他捧住骨灰罐，另一手摸摸後腦，流了一些血。

「我帶你們去。」

「馬來西亞記者，」他看著小艾護照，「遜尼派還是佛教徒？」

「佛教。」

「那我們對你算客氣了，走吧。」

小艾拖著腳步，他得等——等冒在瞳孔內的星星消失再做打算。

星星始終未消失，他坐一張椅子內，周圍幾具手電筒照射他眼睛，光亮中到處是游移的黑點，看不清面前有多少人。

身上所有東西早被搜出來，像過關時排列於他腳前的地面。他們要錢，小艾只有不到一百美元，令人憤怒。

高大黑影緩步到他面前，一拳捶小艾胸口，差點吸不到空氣，另一拳捶面頰，感覺左下方兩顆臼齒鬆動，第三拳小艾估計落在後腦，他將看到更多閃著刺眼銀光的星星。

一拳接一拳捶進小艾身體，有如身在漫畫，捶出一個泡泡飄在頭頂，漫畫中的泡泡是對白或是OS，真實的挨拳頭，泡泡內出現的是某種殘影，金角灣北岸清真寺塔頂見到兩百多公尺外的阿富眼神，再看到說話沒有溫度的李上校，當然也看到小畢，不過小畢的臉和娃娃重疊，分不清哪一部分屬於哪個人。接著看到將軍的笑容和趴向桌面的背影，每個畫面拖長長發光的影子，來不及淡出馬上被另一畫面取代。

又一拳再一拳，小艾忍著痛，這是他疏忽的代價。看到教堂內的娃娃，這次她清楚多了，可是遙遠，如同透過瞄準鏡看八百公尺外的目標物，朦朧，顆粒粗。

第一次與沙皇在阿富汗山區執行任務，晚上就地宿營，看著掛在眼前的滿天星斗，那是沒有人煙的海角天涯，人可能隨熄滅營火的煙霧飄散進夜空。那時他以為到了世界盡頭，此時醒悟，盡頭在亞丁，中學念地理念到過葉門嗎？

又一拳打中腹部，呃，胃部一陣翻攪，吐出不少東西，包括尚未消化的飯，沙塔混於一片綠當中，茶葉的綠。

泡泡內是將軍，躺在汽車後座的蒼白臉孔，不過很快將軍被另一張臉孔蓋過，是誰？圓圓大大——想起來，阿富，三軍聯合演習的六百公尺狙擊比賽見過他，阿富倒背M82走上射擊平臺，其他參賽者持槍蹲平臺下方，不知誰小聲說：阿富。原來他認識瞄準鏡後的那張臉孔。

記憶是塊大拼圖，碎片不停落下，拼出輪廓已是很多天之後的事。總有一天忽然想起，捧著驚訝對清晨陽光，啊，原來是阿富。阿富躺在加拉達塔的塔頂，他的手機無聲墜落。

拳頭停了，聽到人聲，不久聽到槍聲響在遙遠的地方，雜沓的腳步，喊叫和吆喝，有人拽住他靴子將他拖出房間，有人解開他手腳的繩子，KC拍他臉頰，

「到亞丁學會的第一件事，別亂跑。」

本來牙醫能固定好的兩顆臼齒經不起ＫＣ的手掌，小艾吐到手掌，帶回台北裝兩根螺絲釘，能植回去嗎？

ＫＣ的聲音：

「看得到幾根手指？喝口伏特加。」

炙烈的酒精穿過喉嚨，他嗆了幾聲，粗壯的胳膊扶起他，

「以後跟我，所有事我幫你處理，急著需要你的美元付贍養費，要快，不然我連女兒也看不成。明天上午五點，別忘記。」

「袋子。」小艾含糊地說。

「哪個袋子？裝骨灰的袋子？」

小艾與將軍被扔進車內，槍聲再響，車子顛簸、急轉彎，他又吐了，聞得到汗臭裡面藏著茶葉清香味。

「去哪裡？」

「Hotel Al-Rasheed.」

「哪裡？」

「Rasheed.」

「嘿嘿，年輕人，那間旅館在巴格達！」不知ＫＣ對誰說，「後座的台灣人頭昏了，

送他去記者旅館。」

想起來，Hotel Al-Rasheed 在巴格達，兩次波灣戰爭都沒被炸垮的飯店，因為各國記者住那裡，CNN從窗口實況轉播巡弋飛彈攻擊市區的爆炸，世界上第一場由電視轉播的戰爭。戰後很多年小艾去過，坐一樓喝了茶，不是恰特草，加了很多糖的英式紅茶。

亞丁的記者旅館叫什麼名字？

他當然想不起來，幾分鐘後被扔在陌生的旅館門前。歐洲沿路有槍手追殺他，到了中東依然滿街殺手想取他頭顱換美金，誰那麼迫切想殺他？得打電話，伍警官哪，請務必找到答案。

老伍從蛋頭那裡弄來沒收的手機，主人不詳，可以不必老去打擾後遺症嚴重的茱麗。李上校領人出國，查出入境資料，這些人都是現役軍人，老伍想到一個人，陸軍谷關特訓中心杜立言中校。曾經打過交道，話不多卻絕不胡說八道的軍人。

「我是台北市警局的伍警官，退休了，改行賣保險，杜中校需要保險嗎？」

兩小時後他們坐在忠孝東路的 SOGO 百貨地下層咖啡館，年輕時老伍便是這裡常客，不為咖啡，為淋了蜂蜜、加了鮮奶油、伴著水果丁的日式法國吐司。不過這天由杜立言指定，他說：

「我們去家老屁股的店。SOGO 地下層的UCC。」

的確，當年死忠的顧客迄今仍然不忘這裡，老先生、老太太雖無力繼續挺蔗糖，卻以每天兩杯咖啡抗氧化與消除脂肪的健康理由，坐進來看別人吃甜食。稍稍安慰遲暮的腸胃。

「伍警官上次案子破得漂亮，我信得過你，可是不論怎麼說我仍是現役軍官，不能洩露軍事機密。」

「懂，只問保險的事。」

老伍看身材精實的杜立言拿餐刀小心避開蜂蜜切向水果鬆餅，嚥嚥口水。遺憾杜立言點餐前問過他的血糖數字。

「七名現役軍人同一天向敝公司投保意外險、旅遊險、海外醫療險。出境資料顯示國防部蓋章同意。」

杜立言細巧地叉起一小片奇異果送進嘴。

「領隊是已退役的陸軍李先覺上校，曾經擔任聯兵旅副旅長，目前擔任海峽戰略學會總幹事。」

杜立言割下鬆餅一角，送到眼前看了看，彷彿確認是他點的沒錯再進入咀嚼程序，免得誤傷無辜。

「據我所知，李先覺領七名現役特戰部隊軍人出國，目的地是土耳其，這七人屬於杜中校的單位嗎？」

杜立言喝了口仍燙的咖啡，眼睛未移開他的盤子。

「李先覺是老百姓，不提了，七名現役軍人若在國外出事，保險公司當然依照保險合約辦事，如果他們從土耳其轉而去外交部列為國人不宜前往的國家，超出合約範圍，本公司不支付理賠金。」

杜立言這次選擇藍莓，從他表情看得出來，藍莓酸。

「軍中人員被其他單位借調需要多層主管核准，一下子七名特戰隊員外借，我多方打聽，需要貴單位主管乃至陸軍司令蓋章同意，最後送到國防部請示，最終入出境的核斷裁量權在行政院長。」

杜立言清空一半盤子才喝口咖啡潤嗓子，

「伍警官調查詳細，關於人員外調，職責所在，我不方便說，可是我能糾正你的看法，國防部長最近請假，由副部長代理。」

「部長休假？」

「無涉機密。你不看新聞？公務，部長陪院長去友邦帛琉訪問。」

「院長去？帶部長去？」

「伍警官，退休的人照樣該留意新聞，總統太忙，副總統請病假，改由行政院長代表去敦睦邦交。國軍淘汰下四架S-2T固定翼反潛機，經過整修並更換設備，送給帛琉作民間救災用途。」

「明白了。」

杜立言不客氣，吃完水果鬆餅，抹抹嘴，謝謝老伍招待，離去時的表情接近再見不聯絡。

他一句機密也未透露，他點醒了老伍。

將軍和部長老交情，他出事，部長那邊沒動靜，原來出國了。簽核特戰人員外借的是副部長，再呈行政院副院長，老伍上網查，這位副院長並非軍人出身，原來台南選出的立委，連任三屆轉為外交官，去年調回台灣一度出任總統府副祕書長，和行政院長當年美國讀書時認識。

美國，老伍聞到烤肉香味。

他看看老婆送的健康腕錶，今天辛苦，走了一萬兩千步，消滅四百二十大卡，心跳正常，血壓正常，他舉起菜單對服務生說：

「給我一份法國吐司，搭配的水果不要藍莓，草莓多點。」

二十分鐘後他傳了法國吐司照片給蛋頭，附加說明：

「可以羨慕，不必嫉妒，蜂蜜正點，水果新鮮。有膽量摸摸行政院副院長的底嗎？」

旅館前下車，不見戴高帽子的行李員，推開釘了木板原本應該是自動玻璃門的門，一股濃烈的茶葉混合人體氣味嗆得他差點再次窒息。

僅幾盞撐著微弱光線的燈泡垂在大廳不同角落，靠牆蹲坐大約十來名當地人，他們拉緊長袍外的毯子，抽菸的、嚼茶葉的，頭巾下的臉孔個個面無表情。這麼晚，這麼冷，他們睜著不含期待的眼神發呆。

小艾被燻得清醒，此刻他在沙漠地區，晚上氣溫超乎想像的冷，沒有暖氣的房間，男人寧可坐在客廳、大廳、餐廳一個挨一個取暖。伊拉克男人有水煙，蒙古人有酸奶，貝都因人有石油，葉門男人有恰特草。台灣來的男人只有最後三天。

對面模樣像遊民的男男女女看起來是各國記者，他們穿上所有衣服也擠在一起設法提高體溫。接待客人的櫃檯變成吧檯，除酒瓶尚有泰國泡麵到 Oreo 餅乾等零星食物。少了最後面兩顆臼齒本來不覺得痛，心情放鬆後牙齦一脹一縮，比肚皮和後腦挨的拳頭更痛。記得留下半罐阿斯匹靈，得找到小畢。

找到插於鐵籤上的半條烤魚，摸到高盧牌香菸空盒，抓到一條裹在牛仔褲內仍透出體溫的小腿。小畢擠在沙發區內抽菸，兩旁的人大多不是睡著，就是醉得不醒人事。他順牛仔褲往上摸，接近鼠蹊時另一隻手抓住他的手，

「操，小艾，當心我的形意拳。你喝多酒了。」

倚著吧檯，小畢贖罪地用現成伏特加清洗小艾臉上傷口，剩下的阿斯匹靈送人了。小艾露出少了兩顆臼齒的嘴一個勁傻笑，

「我怎麼辦？」

「等那些記者恢復意識，他們該有醫療用品。」

小艾放下酒瓶，抓起幾片茶葉。

「我去找止痛藥。」小畢扶住他。

「現在世界上最好的止痛藥就是阿拉伯茶葉。」

他嚼了兩口，嚼得吧檯內破鏡子映出綠色牙齒。沒挺住，小畢也沒接住，他滑至吧檯下，腦中一個男人以M82狙擊槍指著他說：記得我？小艾狂笑，他認得這個男人，不是神燈裡出來的精靈阿荷美德嗎？

小艾和周邊四男一女躺一起，混出的各種體味刺激他張開眼。幾分鐘後小畢包了一袋冰塊敷他臉頰，

「不准嚼了，恰特草是毒品，看你亢奮的樣子。」

躺進小艾身邊，塞一片口香糖進小艾的嘴，

「這裡的記者大部分是自由工作者，天冷，雙方又停戰，找不到能賣錢的新聞，成天耗這裡。你說把將軍屍體運回家的那個行業叫什麼？」
「湘西趕屍。」
「像不像？你要不要趕一趕？」
「問到消息嗎？」
「胡希派和沙烏地談妥停戰，STC吃不了幾天飽飯，幾個派系內鬨。葡萄牙警方確定殺手來自境外。海盜攔截通過紅海的商船，勒索鉅款。胡希派想統一葉門，得由沙烏地透過美國，伊朗透過俄羅斯。」
「像太平洋邊緣的台灣，周圍是世界排名前三大經濟體，美、中、日。」
「我覺得你挨打以後，大腦比較清晰。」
小艾笑得露出缺牙的嘴，
「同意。」
「好題材，說不定用來寫論文。」
「戰爭僵在戰場有什麼好？」
「因為葉門內戰，伊朗和沙烏地明明早相互看不順眼，要是他們打起來，全球缺油，不如在葉門打代理戰爭，不影響油價。葉門北面沙漠，南面大海，戰火蔓延不出去。葉門人打太久太累，快打不去，大家去各地找傭兵接力打，這樣很多人有工作，台灣退伍軍人一個月拿幾千美元待遇來這裡飛戰鬥機，記者有事做，搞不好拍到一張枯瘦孩童照片拿普立茲獎。」

「我隨口講一句，妳講十幾句。」

「葉門是地球轉動的引擎，美國大量生產武器往戰地送，提高礦產收益，振興軍火業，降低失業率。」

「妳的話裡藏了陰謀。」

「喂，你不是也賺到，將軍付的。」

小艾閉嘴，他也是整個戰爭食物鏈的一環。

「千萬別提台灣兩個字，這些記者是兀鷹，好久不見血，餓壞了。」

「我要錢。」

「說人話了。站得起來吧，外面說。」

旅館後院原來有個游泳池，早荒廢，堆滿雜物、垃圾，其間冒出幾叢雜草，微弱月光下，穿長袍與拖鞋的人影偶爾晃過去。

「說吧，要錢做什麼？」

「租一輛車、一名司機、一名外籍傭兵當地陪，偵察將軍兵籍名牌上的位置。」

「多少？」

「九萬九千。」

「不少錢。」

「明天一大早。」

「你看我背ATM機臺進葉門嗎？」

「妳有辦法。」

「信得過你找的人？」

「只剩下兩天，有別的主意？」

「他們，」小畢看了大廳一眼，「聽說前前任葉門總統形容他的工作是在羊角上跳舞，撫平各個部族不同的要求，沒想到得罪一個，搞得失去政權再被暗殺。胡希派殺了前前任總統占領首都沙那，一樣羊角上跳舞，葉門部族多，比我想像的複雜，你找的人真沒問題？」

「傭兵，聽口音，南歐人。」

「你睡一下，我去弄錢。」

「找間被炸掉半邊的銀行對沒有電的ATM按幾個數字，妳領出十萬美元，比一千零一夜更神話。」

「聽到沒，不准嚼茶葉，你嗨過頭了。」

倒數第二天

六點，車子停旅館旁巷子，難得不見風捲沙，聽不到槍聲炸彈聲。車胎是胎痕深的越野型，車門兩個彈孔，車頂綑兩個備胎，這裡找不到自動洗車場，車身抹下來的泥沙夠蓋半棟檢查哨大小的屋子擺張小床，若在擋風玻璃掛一副太陽眼鏡，就和ＫＣ如同孿生兄弟。

小艾將兵籍名牌交給ＫＣ，他沒細看，手指點小畢送去的美金太忙，倒是司機遞出一小段樹枝給小艾，摘下茶葉嚼，牙痛在咀嚼過程逐漸麻痺為記憶。嚼了幾片恰特草？沒算，至少牙不疼，肚子不餓。

「她是誰？」ＫＣ數完錢。

「我的銀行。」

「她也去？」

「兩人。」

「還有你包裡的骨灰，算三人。」

「價錢說好了。」

「上車。」

小艾和小畢各領到一把ＡＫ，後車廂還有好幾把和兩箱子彈。他拉開槍機對ＫＣ說：

「你認識清先生？」

「見過。」

「他教我怎麼檢查槍枝，你給的槍居然撞針仍在。」

ＫＣ愣了幾秒發出笑聲。

小艾卸下彈匣取出子彈放在掌心掂掂，

「彈殼居然有火藥。」

「清先生教你疑神疑鬼。這位女士，你朋友不習慣阿拉伯茶葉？過敏？」

「誰是清先生？」小畢問。

「以前軍隊裡的朋友，長得精瘦，不到一六五公分，兩隻手靈巧，專修軍用品。」

「不對勁，你的座標。」ＫＣ轉到正題。

小艾湊到前座側方看ＫＣ手中的電腦螢幕。

「座標有問題？」

「這個地方一個多月前不曉得誰炸過。」

「炸得很慘？」小畢也湊上來。

「扔了石墨炸彈，所有電力、通信系統報銷，沒電沒水，當地居民搬光。」

「一個多月前？修好沒？」

「聽說而已，去了再看看。到了座標地點呢？」

「觀察。」

幾小時後車子進入山區，位置約在亞丁東北方，越野胎掀起的灰沙大，他們是明顯目標，不過停戰了，何況ＫＣ掛了聯合國藍色小旗子。路邊的房子和大地同一色彩，如事前約定好看日出，每扇門前站個枯乾男人無神地仰臉望同一方位。

看不到太陽，也許他們等沙霧散去，前方出現一長列看不到盡頭的聯合國救援卡車。ＫＣ忽然大喊當心，司機機敏地將車停進樹林，一架低飛無人機掠過道路上方。

「土耳其製造。」ＫＣ說明，「印度製造的飛得高。」

小艾看到了，三條電線從車頂穿進副駕駛座內，

「車頂有雷達天線？」

「不能不裝，滿天無人機。葉門人說的名言，美國把蓋達當成恐怖分子，我們把無人機當成恐怖主義。」

車子再開約半小時，又閃進兩棟房子中間，另一架無人機從對面山頭無預警竄出。

「以色列造的。」

「以色列參戰？打伊朗還是打葉門？」

「以色列造的搜索者、美國製的彈簧刀，沒有國家不造無人機，葉門是廠商測試性

能的實驗場。核彈創造冷戰，無人機創造熱戰。」

「你裝的雷達管用？」

「比不裝安全。」他側頭對葉門司機，「雷達有用嗎？」

司機點頭用流利的英語回答：

「反恐手段，不靈不行。」

「我的司機以前幹導遊，不可小看葉門，好幾處古蹟是聯合國指定的世界遺產，諾亞。知道方舟的諾亞？大洪水退去，他帶家人下方舟，其中一個兒子閃，找到水源充沛適合居住的地方不再流浪。夥伴，那個地方就是今天葉門首都沙那。閃想不到他建立的家園幾千年來一再成為戰場。」

沒見到無人機，小艾舉起AK，被KC擋下，指指天空，

「三千公尺。」

說時遲那時快，一枚飛彈拉長白尾巴往上竄。

「誰打誰？」

「不打我就行。」

遠方傳出沉悶爆炸聲。

他們回到路面，繼續行駛大約二十分鐘，對面樹叢閃出一名長袍外罩防彈背心的槍手，來不及出聲，他的槍口冒出火光，一顆子彈穿透前車窗，前導遊的頭往後一仰，車

子歪斜撞上路旁岩石。

小艾第一反應，抱緊裝骨灰的袋子，同時一手護住小畢，KC第一反應比小艾快，打開車門舉槍翻出去。

「要命，蓋達的人。」

小艾抱小畢與將軍也翻出車，三人躲進稀疏的樹林，不遠處人影跑動，幾十把槍朝他們射來。

「反擊。」KC喊。

「保險在這裡，開了。」小艾把槍交給小畢，「看到人就射，看不到人就躲回石頭後面別亂跑。」

兩把AK與一把SIG MCX不客氣地還擊。

對方擺出三面包圍態勢，火力鎖住小艾他們於原地動彈不得，一名穿美軍迷彩服的對手架起古老又巨大的俄造DShK重機槍，打得三人抬不起頭。

「是他。」小艾與KC同時開口。

「你認識他？」KC縮在岩石後面。

「酒吧裡見過，另一間酒吧。」小艾忙著換彈匣。

他想起第一間酒吧雜在人堆中，棒球帽下露出鋒利眼神的男人。

「你認識？」

「迪亞哥，智利人。」ＫＣ冷冷回答。

「小艾，你仇人來了。」小畢的聲音不抖不高亢，異常平靜。

「仇人？」

「忘記你在西班牙殺過人，迪亞哥是西班牙名字。」

「西班牙和智利差半個地球。」

「挺清醒嘛。」

「你們找機會開幾槍，我打通電話。」ＫＣ拿出衛星電話。

「找援兵？」

「找迪亞哥，他朝我開槍做什麼。」

子彈從三個方向射來，小艾見不遠處有半堵土牆，連續翻滾撲進牆下，直覺得先打掉幾個敵人壓制他們火力。伸出槍，看見機槍停火了，一人換彈帶，另一人講起衛星電話。小艾猶豫，這時給迪亞哥一槍不太君子，他瞄準換彈帶的，一槍打翻槍架。

ＡＫ的準星有問題。

「迪亞哥，是我，ＫＣ。」ＫＣ的吼聲和槍聲比大。

扶正機槍，換了個人操作，朝小艾位置一陣狂射，俄製機槍的散熱功能不佳，但火力嚇人，眼看土牆快被打成泥灰。趁卡彈空檔，幾個翻滾退回岩石後。

「你帶幾個人來？」ＫＣ摀著話筒對小艾喊。

「一個，付錢的女人。」

「迪亞哥說你帶八個人。」

小艾看了小畢一眼，李上校的人馬到葉門了。

「就我和她，其他人與我們無關。」

「和我們沒關係。」KC再對著話筒喊。

「你說謊。」KC吼小艾。

「你問沙皇，我從不說謊。如果我帶八個人，為什麼還帶這女人。」

「什麼意思？」小畢將槍對著小艾，「我不是你帶來的，我是老闆。」

「停火，找地方見面講清楚。」KC回到話筒。

這次發生作用，槍聲停止，機槍不見了，看樣子迪亞哥同意KC的提議，雙方見面聊聊誤會。

「你和他是朋友？」小畢總算記得關了AK的保險，保證槍不會突然走火，不保證她驚魂甫定的心情果然平定。「我們付了錢，你帶我們進陷阱？」

「朋友未必，倒是他殺了我得不到好處。」KC對小畢不像小艾那麼客氣，「你們可以說說另外八個人怎麼回事嗎？還有，這位小姐怎麼稱呼？」

畢潔，好名字，取這個名字的是她當飛行員的父親吧，期待女兒簡潔、清白，有個直線前進不拖泥帶水的人生。當然，父母單方面的理想，像父親為他孫子取名伍元，一元復始，萬象更新，可兒子寧可叫伍塊錢，不用逢人說明「元」的偉大意義，省事點。

老伍打開導航，看見自己濃縮成一個藍點停在街頭，如果往前穿過五條巷子左轉，大概走得出疲憊感，進店裡吃碗冒煙的紅豆湯和兩粒麻糬，撫慰人心。

他點了紅豆湯，沒點麻糬，給自己的新規定，吃過法國吐司得讓血糖休息三天。人老了，自我安慰的條文愈來愈多，像老婆成天對電視機、平板、手機追劇，有天在床上高舉手機喊，新規定，上床最多看一小時手機，伍元的爸，要是我超過，你提醒我。

提醒過，老婆一把推他下床，罵男人老了，什麼都退化，只剩下煩。

「老闆娘，妳的紅豆湯煮得濃稠，別家的根本紅豆水。」

「謝謝，要不要加年糕？」

「不用，消化不好。妳丈夫姓畢？」

胖胖的老闆娘走到老伍桌前扔下抹布，

「說，是不是死老鬼的酒友，欠你錢？」

「不認識死老鬼，我好久沒喝酒了。」

「那你幹什麼的，怎麼知道我前夫姓畢？」

「保險員。」

「難怪。」她放鬆兩臂緊繃的蝴蝶袖坐下，「我保險費忘了繳？」

「紅豆湯真的好吃，要是不惹妳生氣，請問，這裡有位畢潔小姐嗎？」

老伍刻意問得迂迴，老闆娘回答得絕對兩點之間的直線，她朝店後面喊：

「畢潔，畢潔，又忘記繳錢，妳腦子裡養睡蟲，能不能醒醒，保險公司找上門了。」

「誰找我？」

畢潔拖著沉重身體出來，睡眠品質欠佳，營養不均衡，幸虧個性比起媽媽溫和多了。

老伍睜圓眼珠子看畢潔，放下湯匙，

「糟了，我得打個電話。」

她是畢潔沒錯，老闆娘說她甲狀腺出問題，醫師囑咐多休息，辭掉工作在家幫忙，反正小店生意可以，值得發展至第三代。

畢潔沒出國念過書，大學畢業後曾經進酒商做行銷助理，賣蘇格蘭威士忌，她媽媽責怪酒，女兒陪客人試酒，招待網紅嚐酒，三年後得了怪病。

「三年後？」

「她辭職回店裡幫忙已經十年嘍。」

「媽，九年。」

甚至只去過韓國旅行，三次，英語馬馬虎虎，韓語零零落落，沒聽過葡萄牙語，對西班牙的認知僅限電視裡的巴塞隆納市場。老伍看她身分證，四十三歲。

「有位客戶出國前在機場投保我公司的海外旅遊險，用妳名字，後來核對找不到人，妳身分證沒借給別人過？」

「大家都有身分證，借我們畢潔的幹麼？」媽媽替女兒回答。

「她和妳同年，」老伍假裝看手機找檔案，「說她父親是飛官。」

「死老鬼在外面的私生女？」

「應該不是，只不過她也叫畢潔。」

畢潔父親確實和飛官沾過邊，念到官校三年級實在混不下去，每次坐離心機都吐，注定不能開戰機，功課爛到學校無法忍受，退學後依規定服兵役，分到空軍警衛旅操作三五防空快砲，退伍換了幾個工作，認識前妻時賣汽車，從日產賣到BMW，收入不錯，打扮光鮮，婚後到處拈花惹草，畢潔十歲那年，這位一級汽車業務員因車禍喪生。

「他到處騙女人說自己是飛官，上當的只我一人。」畢潔媽媽想到死老鬼，心情跌到谷底。

「聽起來不妙。」

「不妙？用不妙安慰我？」

「別誤會，安慰我自己。」

「媽，記不記得我護照掉過一次？」

找到答案，畢潔護照掉過一次，強調「一次」，聽得出其中另層意思，她媽媽掉過一次以上。

「有人盜用我們畢潔護照，去，畢潔，馬上報警。」

「幾年前的事？」

「三十多歲，要去首爾玩，找不到護照。」

「妳對朋友提過父親？」

「當然。」

「而且說妳父親是飛官？」

「好像。」

「說他執勤時戰機引擎故障，意外身亡？」

「大概。」

「幸好長輩幫忙，妳母親找到工作？」

「我舅舅。」畢潔媽媽急了，「我這家店原來他的，幾年前去加拿大和兒子孫子住，我頂下，不是免費，每個月匯房租給他。」

畢潔媽媽不習慣說謊，補了一句：

「每個月一萬，意思一下。」

「哪位朋友，女性的？聽過妳說父親是飛官、父親身亡，可能看過妳護照？」

「啊。」母女同時說。

急。刑警老毛病，見到線索，恨不能找拔河隊幫忙抓緊那根好不容易到手的毛，把牛從黑洞裡拽出來。同樣是刑警老習慣，沒有九成把握，不敢將案子呈報檢察官。先找到人再警告小艾。

只能再開導航，這次走的路程較遠，得從信義路走到和平東路，捷運科技大樓站附近，原住址上下左右的住戶不記得他們有位叫劉音音小姐的鄰居，刑警經驗有助人生，老伍拜訪連任二十年的老里長，找到她了。

「劉音音，我們這裡的大美女，從小看她長大。音音的先生在前面科技大樓做事，不知他在外面有了女人還是音音有了男人，兩人吵了一架，音音抓菜刀追殺老公，鬧到派出所的警員全副武裝來排解。這女人的個性喲，寧為玉碎不為瓦全，沒看到她老公給打成什麼模樣，嘖嘖，鼻梁斷了。離婚聽人講去美國，沒幾年她爸媽也去。她爸？不是飛行員，林務局公務員，做到很高位子，退休金一個月有七、八萬。」

小艾留下的手機沒訊號，老伍急呀，不能不找兒子。伍元仍天塌下來別人家的事，

「爸，我開車，山路危險，到了學校回你電話。」

養兒子不如養條狗，狗對你搖尾巴，兒子說等下回你電話。

打給娃娃，響了十幾聲總算聽到聲音，尚未開口，娃娃已叫他閉口。

「等下叩你，完蛋，瓦斯又滅了。伍警官，餃子皮，學生活動課包餃子，你兒子的主意，我們急需餃子皮。」

每個人都忙碌，而且都覺得老伍太閒，別煩他們。

手機沒電，用來路不明二手機的缺點，電池太舊。老伍更忙碌，得找到手機店買電源線，商請店家讓他充電。手機是現代人第二生命。

借店家電話打給蛋頭：

「幫我查查劉音音的底，大約四十出頭，父親以前在林務局工作。」

難得蛋頭沒拖三阻四，爽快回答：

「沒問題。對了，你人在哪裡？昺法醫約你喝酒。」

這可能是一個多小時後老伍坐在某間獨棟透天厝地下室急得想揍人的原因，他沒揍，倒是別人揍他，毫不客氣。

離開信義路沒多久，要是他進捷運站說不定能躲過這一劫，搭計程車更好，該死的他為什麼走在路上，一副標準退休人士找小時候饅頭店滿足懷舊心情的德性，明明刑警出身，竟未注意一輛休旅車緊急煞在人行道旁，當他感覺不對，兩眼一黑，被個不透光的布袋罩住，車行約三十分鐘，依他判斷，駕駛應該超速行駛，一度外面響起喇叭聲，車子闖紅燈。

頭罩摘下來，兩名戴面具男子押他坐無背板凳上，兩盞偵訊用的強光燈照得他睜不開眼。

「伍先生，請問你找劉音音做什麼？」

聲音來自燈後，一團黑，看不出什麼人，推測男人、四十歲、鹿港腔。

「當過刑警，沒挨過揍吧。」

一拳打他肚子，一拳打他左腰。痛，尤其左腰，他們從綁架到揍人都專業。老伍腦中不停地轉，誰在意劉音音是誰？

「兩拳當前菜，警告你最好和我合作。現在進行第二題。」

又一拳打他右腰，慶幸已經有兒子，否則打腰傷腎，影響性功能。

「退休刑警，管不少閒事。誰叫你找劉音音？」

老伍情不自禁想起不久前做的健康檢查，血糖略高，膽固醇大幅超標，肌肉開始萎縮，醫師勸他多做運動，練核心、練大腿。

「好好拉保險養家，要不窩到東部山裡乖乖替小朋友做營養午餐，跑回台北逞英雄，幾歲的人了。」

沒等到拳頭，看到熟悉人影和熟悉聲音。

「幹什麼？光天化日，居然敢打老百姓。」

老伍鬆了口氣，

「媽的蛋頭，你又賣了我一次。」

「不謝我跑來救你，老伍，你這人就是拗。」

「不准再查劉音音的事。」揮拳頭的人抓起老伍頭髮，「如果不聽勸告，副局長也救不了你。」

機槍撤了，人與槍撤了，ＫＣ與小艾、小畢收起槍走到道路中央，迪亞哥從樹林後現身，急著點上菸才邁步過來。

「怎樣？」ＫＣ口氣不好，用西班牙語發問。

「受人委託，攔阻八名亞洲人。你呢？」

「受這兩名馬來西亞記者委託，找人。」ＫＣ拿出將軍的兵籍名牌。「地點在這裡。」

迪亞哥對座標的興趣不大，瞄了名牌一眼，

「確定他們只有兩人？」

「確定。」小畢秀她流利的西語。

「好吧。」迪亞哥仔細打量未化妝的小畢，未露出微笑。「我接到的通知是八名男子，沒有女人，看樣子圍錯對象。你們找的人在這個座標位置？」

「沒錯吧。」ＫＣ看小艾。

小艾聳聳肩。

「奇怪。跟著我，不准出聲。」迪亞哥再看小畢，「妳保證不出聲？」

他們坐迪亞哥車子兜山路跑了約半小時，車停下，迪亞哥領頭攀爬一段盡是岩石的山路，停在稜線後方。

「當心，別被對面山坡上的人發現。」
相隔約一百公尺，對面兩人、三人、兩人分別窩不同地方，手中執槍。
「你們找的人在對面？」迪亞哥壓低聲音。
「哪一邊的人？」ＫＣ兩眼貼上望遠鏡。
「蓋達。」
「不可能。」小艾脫口而出。
「賓拉登死了，蓋達還在。半年前他們進入這附近搜索，不知什麼原因紮營留下。」迪亞哥改用英語，「搭了帳篷，建立崗哨，人不多，這裡不是戰略要地，無威脅性，亞丁和沙那政府沒在意，你們要進蓋達地盤找人？」
「替他朋友找人。小艾，我沒說錯吧？他朋友也來了。」
小艾不能不打開背包，昨晚挨揍，骨灰罐碰破了一個角，花了點時間把骨灰倒進旅館角落裡的長方形機槍彈匣，將一捧骨灰埋在圍牆邊，默唸：將軍，我們到了葉門。
迪亞哥打開彈匣往內看了一眼，
「不管你們哪邊的間諜，這是他媽的我聽過最荒謬的理由。」
「他親人被不知哪一邊的人困在葉門，臨死前要我救援。」小艾努力解釋。
「當作我沒聽到。ＫＣ，你的生意我不打擾，好心警告，座標位置大約一百名蓋達的人，機槍、迫擊砲，我想還有俄造針式飛彈、火箭推進榴彈。和蓋達不容易打交道，更別說非穆斯林，你們看著辦，還有，被抓了別提我名字。」

回到路邊，小畢急了，顧不了太多，躲到一百公尺外的石頭後面解決阿拉伯茶葉與她胃部的紛爭。小艾和ＫＣ也躲進矮樹叢，無人機又來了，大概剛才的槍戰引起周邊各單位的注意。

「看樣子我們得在這裡過夜。」

另一架無人機趕來，飛得較低，機腹鏡頭時而往左右轉動。

「別動。」

ＫＣ拿出衛星電話輕聲講了一陣子。

「不太妙，胡希派又射了枚飛彈進沙烏地。」

「我們真在這裡過夜？」

「等待。」

無人機恐怖的地方不在機身搭載的武器，體積小，飛得高，滯空時間長，明知它們在頭頂，看不到，無從防禦起，也許該開發步兵用隨身攜帶雷達，每個鋼盔上面架圓盤天線，晒久了順便烤麵包。

ＫＣ講完電話，

「亞丁的南方政府找人，得到邊境通報，兩名馬來西亞記者入境採訪古城希巴姆，規定外國記者必須先到亞丁報到領採訪證，沒證件的一概列為非法入境可疑分子。」

「會怎麼？」

「逮到搜身，旅館內禁足至少三天，門口兩名士兵，等馬來西亞政府保釋，查證確實，遣返出境。」

「要是我不回旅館呢？」

「你CNN？BBC？」

「馬來西亞的雜誌社。」

「哈，我猜南方政府幾天後通知你雜誌社，貴單位派至本國境內採訪之記者，未聽勸告，擅入軍事區誤踩地雷身亡。」

「我們現在回不了亞丁，除非打掉無人機。」

「它們是蜜蜂，我在新幾內亞得到的教訓，別惹火蜜蜂，你會後悔。」

小艾看看天色，剩下一天，這時懇求上帝來得及嗎？上帝，我需要沙塵。

蛋頭的警車開抵陽明山一處高圍牆的庭院內，裡面的房子大約歷史五十年，保養得不錯，兩名壯漢坐門前，老伍跟蛋頭身後，蛋頭跟拳頭身後，屋內布置得如老蔣時代的別墅，藤製沙發，紅木書桌，于右任書法，沒看到任何現代化電器用品，倒是窗外後院架了座直徑三公尺的圓盤天線。

不用詢問，這是美國人的地方，但打他的絕對是台灣人。
打他的人沒說話，由蛋頭說。
「老伍，對不起，沒想到他們用暴力，還好你有健保，保險公司員工一定保了醫療險吧。」
「說。」
「上面某個單位，總之比我們警察大五萬倍的單位要求我設法拘留你七十二小時，等於三天。」
「我學過除法。」
「你沒把劉音音的事告訴小艾吧，還好，要是說了，事情難收拾。這三天，他們管你吃住，無非美國牛排和席夢思床，我去對你老婆說你幫我三天忙。」
蛋頭看拳頭一眼，
「我們伍警官能和老婆通話吧。」
對方沒回應。
「用我手機，我盯在旁邊，不讓他洩露機密。」
蛋頭拍拍老伍大腿，
「最近閒著等退休，讀了不少書，讀到一則金句，**沒·有·僥·倖·這·回·事**，逗點，**最·偶·然·的·意·外·也·有·原·因**。」

「講這個幹麼？傳教？」

「不是，你看，事情因為將軍，找到小艾，看上去將軍搞出這一大攤事情，不過如果你不凡事愛出頭，回絕了將軍，不啥事也沒。偏你天生刑警的料，愛管閒事，弄半天最後事情落你頭上，活該，你別抱怨。」

「到底——」

老伍沒問下去，蛋頭講話比手畫腳，老是拍他大腿，悄悄塞了個手機進他腿下。

「沒什麼到底，我是政府任命的公務員，上面要求我協助辦案，理所當然協助，不論你是我老朋友還是我大舅子，你警察，當然理解。」

「到底怎樣？」

「二樓房間內的浴室供應熱水，洗完澡熱呼呼好睡覺，六點下來吃飯，保證大塊牛排，吃完飯，用我的手機打給你老婆報平安，怎麼樣，沒虧待你。」

五分鐘後老伍窩在浴室，蓮蓬頭的水沖得滿室蒸氣和水聲，他對著手機小聲說了幾句話，不忘強調：

「快想法子告訴小艾。」

「只有一個辦法幫我們脫離無人機的糾纏。」ＫＣ拿著衛星電話對他說。

「什麼辦法？」

「通知亞丁聯軍控制的南方政府新聞部，我找到你們，為逮捕兩位，他們勢必派車來這裡接我們回去。目前表面上處於停戰階段，南方政府不打自己人的車，沙那政府不好意思明目張膽打亞丁市政府公務車。阿拉伯聯合大公國不屑攻擊非武裝車輛。相較之下，找新聞部最安全。」

「我們被抓了怎麼辦？」

「最壞最壞遞解出境，南方政府不關外國記者。而且我相信你們如果懂事不至於被趕出葉門，美金多少的問題嘍。」

因而他們相對安全地坐進新聞部汽車，車頂用白漆塗了大大的 PRESS。ＫＣ坐前面，小艾與小畢關進鐵絲網隔出的後車廂，沒有窗戶，找不到打開門的把手。

「妳覺得我們被ＫＣ耍了呢，還是ＫＣ被亞丁政府耍了？」

「小艾，別再嚼茶葉了，過度興奮不是好事。」

「嚼太多檳榔醫師說會得口腔癌，嚼太多阿拉伯茶葉應該ＯＫ。」

「像你這樣，興奮到脫水而死。」

「關進車內，運到邊界，南方政府一大腳踹我們屁股，趕我們回阿曼。ＫＣ高興，打電話給沙皇，你的小艾沒你說的神勇，小白痴一個。」

「阿曼太遠，新聞部不想費事。一腳踹你進阿拉伯海就解決了。」

「妳心情不太好，來片茶葉？我沒吃過搖頭丸，效果一樣？」

後車廂找不到安全帶，更別說把手，他們隨著車子起伏，不時撞車頂。

「要是關進牢房，他們提供茶葉？」小艾敲與駕駛座間的隔板，「water, water.」

「別再吃茶葉，看你的眼睛，快白內障。」

「剩下最後一天。」

「明天。」

「後天呢？」

「蓋達等不到回音，把沙漠中隊賣給伊朗還是胡希派，沙那派來一個重裝備營，沙漠中隊束手就縛。」

「聽起來很慘，我們失敗了。早知道不和阿富決鬥，多死一人，結果一樣。」

「各大媒體收到錄影帶，沙漠中隊輪流上電視告訴全世界他們來自台灣，幫美國打胡希派的葉門人。」

「將軍白死，我們白忙。」

「小艾，你對不起將軍，如果你看住將軍背後，怎麼會發生後面這麼多事。」

「我的錯，有其他主意嗎？」

「你的錯，你想。」

「最後一片茶葉，確定不要？」

「正經點。」

「既然時間有限，我們又逃不出這輛囚車，小畢，你我告白一下。」

「不是說了，我對男人不來電。」

「想像我們還在阿曼市區的加州旅館。」

小艾喜歡棕櫚樹，喜歡藍色泛著和緩太陽光線的游泳池。他哼起老鷹合唱團那首歌的吉他前奏。

「我的泳裝留在阿曼。」

「誰說告白之後非上床。」

「那做什麼？」

「我受訓那幾年，同一連不少人休假急著找女朋友告白，怕她們被不用當兵有錢有閒的死老百姓追走。」

小畢踩了車底一腳，看上去她以為腳夠力，踩出洞好逃脫。

「想通幾件事，又只剩下一天，我直接告白了，分不分手妳決定。」

「說。」

「小畢，妳除了是將軍的祕書，還是ＣＩＡ的人對吧？」

她不出聲。

「妳不知道台灣這幾年最夯的臉大雞排，對於沙漠中的廁所妳適應力超強，在葡萄牙和西班牙念書，學語言學文學？見到血不尖叫，一路逃到阿曼馬上換比基尼晒太陽。將軍中槍，其他女生掩嘴，」小艾併住左手五指塞進嘴，「妳不同，直接反應撲上將軍背部。受過專業訓練，下意識的動作。」

她沒咬手指，仍不出聲。

「妳和將軍並不是什麼救命恩人的親近關係，將軍兵籍名牌差點和屍體同時被火化，妳沒先搶下來，表示妳沒看過兵籍名牌上面刻的阿拉伯數字，將軍提防妳。將軍沒留下上百萬美元贖回沙漠中隊，翻過他行李，沒找到金塊。如果想付錢，神經病暗殺他，不然至少拿了錢再殺不遲。將軍和對方談判，需要錢的話，妳付。」

「你想說就說。」

「別這樣，妳救將軍的那一撲令人感動，瓦倫西亞碼頭偷襲阿富也夠大膽，說明妳和阿富不屬同一掛。對不起，」他吐出一口茶渣，類似在台灣吐出檳榔渣，「妳說的對，嚼太多茶葉，情緒控制不住，過嗨。」

「多喝水。」

「我們的小畢多體貼，可是沒水。」

「囉嗦。」

「派沙漠中隊到葉門徹頭徹尾CIA的主意，出了事CIA不買單，要台灣出面處理，將軍便不能不去里斯本和沙烏地方面的人員談判，妳是CIA派的監軍，陪將軍監督一切行動如預期演出，沒想到將軍被打了一槍。竟然有人敢瞞著ＣＩＡ打將軍黑槍。」

「ＯＫ，說到將軍的屍體了。」

「加一段歷史說明，ＣＩＡ在台灣的工作歷史悠久，一九五〇年代台灣空軍飛Ｕ２偵察機到大陸上空拍照，主導者ＣＩＡ。韓戰爆發，台北滿街ＣＩＡ，提防蔣介石趁機反攻大陸。」

「省略歷史，回到屍體。」

「妳不喜歡屍體，妳的上級喜歡。將軍被殺，要是他的死亡被公開，歐洲記者追內幕，免不了扯出沙漠中隊的真相，ＣＩＡ當然可以裝可愛說，啊，居然有這種事，和我們無關。最理想的處理方式是不讓記者嗅出新聞味道，恰好跑來個叫小艾的白痴同意一路背將軍跑。妳不方便搶屍體送上專機運美國火化，只好看小艾能不能把將軍背回台灣，留給歐洲警方抓不到凶嫌的命案，傷腦筋呀。」

「有趣，阿拉伯茶葉效果驚人。」

「小艾這個笨蛋對委託人交付的差事牢記在心，不惜一路狙殺追來的殺手。伊朗殺手可能到處布眼線，掌握我們動態，不過出現另一名殺手就說不通了，還有誰想殺將軍？還狗追骨頭，死追不放。」

「你說阿富？」

「阿富怎麼可能知道我什麼時候在哪裡？除非我通知他，不然就是——」

「我。」

「謝謝配合。妳告訴妳的上級，妳的上級通知李上校。」

「李上校再通知阿富。」

「阿富就扛M82狙擊槍透過瞄準鏡對準我屁眼。伊斯坦堡清真寺的塔頂，我一直想，阿富幹麼非殺我，卻對妳毫不在意，明明妳是將軍祕書，將軍死了，祕密一定在妳手上，我根本是個屁。對不起，借用一位長輩的口頭禪。」

「我在伊斯坦堡沒穿比基尼。」

「也是，他跟到阿曼就好了，我們請他喝杯清涼止渴的新加坡司令，嚼幾片茶葉，peace。伊斯坦堡那兩天妳變得煩躁，怨恨笨蛋李上校為什麼不在工作站一槍把我打了，偏要阿富和我搞星際大戰拿光劍對決。」

「不，我那時不煩，開始改變對你的看法，本來我覺得你沒守住將軍的背，太遜。」

「不會吧，所以妳在阿曼旅館睡覺不穿衣服以表達妳對我的新看法？」

「別再嚼茶葉，看你牙齒，噁心。」

「妳對阿富也好奇，說明妳不知道阿富怎麼來的，說不定妳的上級知道，我猜他們以為台灣來談判的只有將軍，意外跑出個李先覺，意外跑出個阿富，很困惑，指示妳跟我背著將軍跑，他們好看清楚到底怎麼回事。」

「怎麼回事？」

「我是個廚師，搞不懂政治複雜的事。」
「客氣，你假裝是個穿短褲瞄比基尼女生喝新加坡司令的白痴。」
「台北一位長輩教我。」
「教你什麼？」
「跟妳說過，看不到敵人在哪裡，何不弄個甜美誘餌，讓敵人主動現身。」
「瓦倫西亞那次對付阿富。我呢？」
「我沒對妳擺誘餌，妳自己跳出來。」
「什麼時候？」
「跟我來葉門啊，要不是妳，我連阿曼也到不了。」
「太雞婆。」
「不，妳想看結果，不然，妳的上級想看結果。隔岸觀火。」
她沒吞手指，她咬指甲。
「假設我是好奇的貓。」
「李先覺為什麼幹掉將軍，我沒想明白，不外乎搶功。阿富受他指使，李先覺知道妳是什麼人，屬於哪個單位，即使將軍把他的祕密交給妳，妳不會洩密，我不一樣，沒有單位，沒有長官，所以非除掉我不可。另一可能，妳的背景硬，他不敢殺妳。」
「聽起來合理，我不予置評，你沒禮貌拆穿我身分，說，到底要什麼？」

「妳告訴我沙漠中隊來葉門操作老骨董F-5E戰機，說謊，他們操作無人機。一個多小時前忽然醒悟。葉門機場有限，如果他們駕駛F-5E，胡希派、蓋達還有其他幫派馬上找得到，不必包圍還忙著猜基地內是哪裡來的傭兵，早開幹了。無人機不需要機場，而且這批台灣傭兵飛的無人機火力強大，蓋達不敢貿然進攻，親愛的小畢，我要知道沙漠中隊確實的位置。」

「你鐵了心要救他們？」

「已經到廁所門口，不進去撇一下太對不起膀胱。輪到妳告白。」

「沒想到阿拉伯茶葉讓你嗨成這樣。」

「十八歲我第一次吃檳榔更慘。」

「騰雲無人機。」

「台灣中山科學研究院開發的無人機？」

「海雪計畫主要內容是由台灣派出人員操作台灣自製的無人機，為沙烏地搜索胡希派的移動式飛彈基地，消除他們對油田的威脅。」

「我的國防知識有限，很少看電視新聞，不過知道騰雲還在研發當中。」

「我們協助騰雲機升級，加裝衛星導航系統和射控系統。」

「聽懂，台灣用沙漠中隊交換無人機提升性能。」

「機上裝備台灣自製的天劍空對空飛彈，美方提供雷射導引炸彈，每架能掛兩枚天劍、兩枚雷射導引炸彈，續航力大約三十小時。」
「火力強大，作戰半徑大，難怪到處炸胡希派的地對地飛彈發射車。」
「幾次攻擊成功，胡希派以為沙烏地的無人機搞鬼，找不到證據，意外，蓋達聽當地部族說山裡有群外國人，蓋達最恨西方人，派搜索隊伍漫山遍野尋找，追到沙漠中隊所在位置，兩邊打了幾槍，蓋達火力不足，退到不遠處等援兵，沙漠中隊傳出求救訊息和蓋達位置的經緯度。」
「蓋達的情報賣給胡希派還是伊朗，管他三七二十一，丟了石墨炸彈，中斷電力和通訊，沙漠中隊不能動彈，逃不出蓋達的封鎖，將軍來談判，希望沙烏地阿拉伯出手救人，沒想到沙烏地和胡希派停戰了。」
「錯，炸彈我們丟的。」
兩人在後車廂被甩到這裡，甩到那裡，最後放棄抵抗離心力，靠車門躺下，四隻腳分別頂住座椅下方的鐵桿穩住身體。
「石墨炸彈你們丟的。我們講到這裡對不對？」
「應該是。」
「聽到內幕了，你們為什麼丟？」
「蓋達幾乎摸到沙漠中隊隱藏地點，撤退不及，丟石墨炸彈讓蓋達斷電斷通訊，爭取時間找機會撤出中隊。石墨炸彈沒有敵我識別系統，蓋達沒有電，沙漠中隊也沒有，無人機沒有電力無法出任務，若要恢復電力，得派專人花很大工夫換發電機、修理通訊器材。」

「沒電沒通訊，兩邊人不能動，蓋達不想冒險進攻，怕天外再飛來一枚大炸彈，沙漠中隊未得到撤退命令，不敢擅離基地。」

「最後決議撤出葉門，由將軍帶來決定告訴沙烏地請他們幫忙。」

「不弄溼自己的手。」

「里斯本吃晚餐。你沒看住將軍的背。」

「已經承認一切我的錯。」

「中隊沒力量突圍，他們缺少車輛和重型武器，更糟的是派去保護基地安全的傭兵跑光了。」

「他們用哪裡的傭兵？」

「當地的。」

「壞主意。將軍來救，李上校也帶特戰隊員來救，ＣＩＡ的另兩個壞主意。」

「台灣方面堅持，我們協助。」

「告白結束，妳覺得我們該上床還是分手？」

「既然已經來到這裡了。」

「妳選擇上床，我同意，交換條件，ＣＩＡ不做沒報酬的事，妳要什麼？」

「騰雲機的美國晶片。」

「幫台灣升級無人機性能，後悔了？」

「騰雲機台灣的，與美國無關，晶片美國的，擔心流入伊朗手裡，除了怕科技外洩，晶片可以追查出製造廠商原始碼，擔心伊朗以此指控美國介入葉門內戰。」

「原來如此。如果我把騰雲機炸了，不是比較簡單？」

「小艾，我怎麼確定你果真炸了騰雲機？」

小艾打自己的腦袋，

「最笨的還是我。和將軍屍體一定得運去伊斯坦堡，不能扔海裡、不能燒掉一樣，怕萬一、百萬分之一留下證據。CIA真細心。」

「聰明。告白完畢，同意把晶片交給我，你的條件？」

「沙漠中隊在哪裡？」

「蓋達基地西北方兩公里處，我把座標給你。」

「又是座標——等等，將軍兵籍名牌上座標為什麼是蓋達的？啊，懂了。這樣的話我們按照將軍原來計畫進行。」

「將軍原來什麼計畫？」

「兵籍名牌上的座標給沙烏地，由他們攻擊蓋達基地，扔兩枚炸彈，製造大火冒很多黑煙那種，趁機會救援的人帶沙漠中隊逃出來。現在救援的人換成我。」

「小艾，你不像表面上那麼天真。」

「你們逼我提早長大。」

「你一人不行，和李上校合作。」

「李上校，好吧，我和他們合作，附帶條件，妳通知他，我不想和他打交道。」

「我們擬好計畫，你們分頭進行。」

「小畢，妳早有計畫，和以前一樣，聽妳的，我該做什麼。」

「沙漠中隊營區東南方有道山谷，你從那裡進去，李上校在外面接應。」

「我進去，他接應？聽起來背心涼涼的。」

「最後一個問題，老問題。」

小畢未經小艾許可逕自點燃菸，小艾大力嚼茶葉以對抗二手菸。

「李上校為什麼殺將軍？」

「你們台灣內部的鬥爭，不關我的事。」

「好吧，我已經消化不了這麼多告白，總之台灣高層有人想阻止援救行動，擅自作主殺將軍。」

「我們關在車裡，沒事做，你盡量猜。」

「殺掉將軍，換成李上校來救，要是成功，帶沙漠中隊回台灣，記大功一次，升官三級。要是不成功，消滅沙漠中隊在葉門的腳印？」

「你不適合想政治的事。」

「還需要一點錢。」

「一點是多少？」

「一百萬。」

「我想想。」

「還要李上校目前的位置。」

「幹麼？」

「得了解他能怎麼掩護我、接應我。說過，背心涼颼颼的感覺不好。」

旅館的招牌於某一場戰爭被打得只剩兩個英文字母，從房間鐵柵欄窗戶看出去，殘存的O與E在左邊，遮住連接半島的街道起點，因此他只能看見碼頭有氣無力閃著紅光的警示燈，看不到被黑夜與塵霧遮蓋的大半個城市。

兩名武裝士兵守門口，看樣子得打倒他們才能出去。

敲門聲，亞丁政府新聞部的人來查證小畢與小艾身分，決定是否遞解出境。馬來西亞護照前一晚打鬥挨泥靴踩了幾腳，封面盡是泥，沒時間擦洗。

打開門，一名穿過大、過時西裝的阿拉伯男人站在門外，不帶微笑。

「我是沙林，新聞部祕書，格拉斯哥大學英國文學碩士。」

兩手背腰後仰臉說話，沙林以他的學位自豪。

「馬來西亞？哪裡學的英語？」他打開手電筒檢查護照，「吉隆坡？」

護照比對小艾臉孔，他背著手走到床邊檢視攤在床單的相機、彈弓、餅乾與裝骨灰的機槍彈匣。

「骨灰？」

「採訪途中一名資深記者不幸過世。」小艾得開口了。

「伊拉克？」他看表格。

「去伊拉克採訪，報社臨時叫我們來葉門報導聯合國救援物資分配情況。」小艾看骨灰匣一眼，「離開巴格達不久發生車禍，汽車燒了，這位記者沒逃出來。」

祕書嘰咕幾句小艾聽不懂的話，小艾頭往前傾試圖聽清楚。

「我們向馬來西亞求證。」

護照還給小艾，他拿出一疊表格，小艾找筆，沙林不耐煩拔出胸口鋼筆，慢條斯理轉下筆套，

「填滿每個空格。」

從沒用過鋼筆，筆尖畫破表格，聽到沙林發出不高興的聲音。該不爽的是小艾，翻翻表格頁數，覺得可能得把最後一天花在填幾百份表格。

「聯合國物資足夠嗎？」小艾遞去已開封的餅乾，下車時KC塞給他的。

「不需要物資，需要和平，葉門辛苦很多年了。」沙林看了餅乾很久，彷彿勉強接受小艾的禮數般抽出一片，怕餅乾是種幻夢立即送進嘴。

「雖然才一天，感受到了。」小艾得多講幾句，實在不想填表格。

想到剩兩包萬寶路，以雙手誠懇遞去，這回沙林接受的速度溫柔多了，並且看了草綠色攝影包一眼，小艾拉開包，只剩相機電池。

他皺眉看向表格，小艾趕緊裝認真讀，研究如何下筆。沙林依然背著手走到窗前，從殘存的O與E中間往外望，當然，他看的不是碼頭或空氣品質。

「我兩個女兒，大的三年前失去丈夫，從馬里卜帶孩子回亞丁。馬里卜在北邊，接近沙那政府占領區。」

小艾設法一面填表格一面表現專心聽。

「得加蓋一間房接納他們，畢竟是我女兒。」

小艾點頭，終於接上話，

「找得到工人？對不起，才來一天，對亞丁不太了解。」

「三個月前二女兒也回來，帶著她三個孩子。我得再加蓋一間屋子。」

小艾更用力點頭，

「父親的責任。」

沙林兩手抓住鐵柵欄搖搖，牢固，一時半刻小艾無法鑽出去。

「蓋房子需要錢。」

小艾懂了，不過他沒錢，別說加蓋房間，加蓋狗屋的錢也沒有。

「我認為你可以幫助我，葉門人承擔了為平衡地球運轉的戰爭。」他拉拉西裝下襬，仰起頭看著小艾說。

沙林是位驕傲的男人，即使要錢也要得驕傲。

「蓋一間房大約需要多少錢？」

他又拉西裝，好像拉直西裝能使他的人生更挺、更理直氣壯。

「一千美元。」

如果口袋裡有，小艾毫不遲疑掏出錢恭敬地將錢塞至沙林手裡，並以他的兩手包住沙林的手，交換彼此體溫。他沒錢，如果有時間，他可以動手幫沙林蓋房子，但沒時間。

「明天給你可以嗎？」

「我明天一早交給工人。」

說不出原因，小艾感到慚愧，腦中出現抱著孩子，腳前蹲另兩名孩子的沙林二女兒。

「請你等一下，錢在我同事那裡。」

「我不拿女人的錢。」
小艾面對沙林嚴肅表情迅速做了決定。
「你坐一下，我下樓，十分鐘。」
小艾奔出門三步兩步往下竄，到二樓時小畢在兩名士兵監視下步出房間。
「趕我們離境？」
「一千美元。」
「這麼急？」
小艾收下十張百元美鈔，
「十分鐘後再進我房間，十分鐘。」
回頭兩階兩階往上跳。
「這麼快。」
「想起來，身上有一千美元。」
他如兩分鐘前閃過腦海的畫面，將一千美元塞進沙林掌心，兩手裹住沙林的手，
「問候你女兒和她的孩子，我和你們一家分享擁有屬於自己房間的喜悅。」
沒數錢，沒以手指數錢，他看一眼可能比手指更準。
「我寫收據。」
沙林收回鋼筆，在另一張表格簽了他龍飛鳳舞的英文名字。

「你的採訪證件，STC管轄地區沒人會找你麻煩。」

又一次拉直上裝，小畢進來，她沒敲門，士兵沒攔阻她，而沙林正好重新挺直他的驕傲。

「打擾了。」他對小艾說。

小艾來不及對沙林說，那一疊表格怎麼辦。

旅館內不供應早餐，沒有客房服務，無法從許久前即清空架子的一樓小店買到任何食物，不過旅館不缺酒，在嚴禁飲酒的穆斯林國家，小艾認為這是一千零二夜的奇蹟。

「他直接說要為女兒蓋房間？」

「他驕傲地說。」

「多驕傲？」

「上門來收錢的瓦斯公司人員，對待半年未繳費用的我。」

「很驕傲。」

「妳沒到過葉門？」

「不要問我的工作。」

「總之，他比我見過的所有人都驕傲。」

「比收瓦斯費的人。」

「對，本來他要關閉我家瓦斯，收到錢，他沒關我瓦斯，省得我跑去瓦斯公司申請重新供輸，費時費力。他做了敦親睦鄰的善事。」

「誰又給你茶葉？」

「肚子餓。」

他們拉緊衣領坐廢棄游泳池旁，一如昨晚，遊魂般的人影不時出現，以極慢的速度從這頭走到那頭。

「皮影戲，這裡的人像皮影戲，剩下影子。」

「很好，你精神不錯。」

「夠冷。」

「我可以驕傲地摟住你。」

「不太好，倒是用妳身上的毯子順便蓋住我就可以了。」

「說說明天的計畫。」

「妳不是有計畫？」

「想聽你的。」

「我們不該來這裡，這場仗不是我們的。」

「結果你遇到沙林，他的女婿死了，女兒帶孩子回娘家，你為他女兒加蓋一間房，要我出錢。」

「嘿，妳的說明太社會學。沙烏地為了怕伊朗進入葉門，請美國幫忙打仗，美國人不肯弄溼襪子，找台灣的沙漠中隊飛美國改良的無人機，最後你和我來葉門幫沙林女兒蓋房子。」

「世界是平的。」

「太平了。」

「你不是喜歡戰爭，不然當什麼傭兵。」

「這是我後來寧可當廚師的原因。」

「計畫。」

「差點忘記。計畫簡單，一如妳的計畫。妳聯絡聯合大公國，朝蓋達那個基地射枚大點的炸彈，搞得他們雞犬不寧，妳再聯絡李先覺他們攻擊圍在沙漠中隊藏身地點的蓋達士兵，我乘隙進去，叫沙漠中隊炸了他們營區和騰雲無人機，拿了騰雲機晶片從山谷出來，把人交給李先覺，全體上車奔回亞丁。兩天後，李先覺救出中隊的人到阿曼，搭上飛機回台灣，妳拿了晶片，愛去哪裡我管不著。」

「你呢？」

「留在阿曼的加州旅館喝杯冰涼的雞尾酒，想像沙林為女兒蓋的房子什麼模樣，酒醒了鼓起勇氣回台灣以儀式和態度請我女朋友吃飯，一人三千元預算。什麼飯菜這麼貴，搶人嘛。」

「小艾，展開行動前，求求你戒掉阿拉伯茶葉，以前你不太說話嫌你悶，我錯了。」

「想起來，炒菜講究鑊氣，也稱鍋氣，炒菜鍋先用大火燒得冒煙，下油，燒出更多煙，很快把食材扔進去拌炒，剛剛有點熟即起鍋，保留食材鮮味之外，油和鍋子的氣味也滲進菜裡。身為廚師，我喜歡煎一枚半熟的蛋鋪在菜上，戳破蛋，菜沾蛋液，保證吃兩大碗飯。」

「口袋裡的茶葉全部給我。」

「關鍵在於妳請聯合大公國扔的那枚炸彈，務必強大有力，如我說的鑊氣，滿屋子被油煙塞滿，打仗的氣氛就出來了。」

「聯合大公國我聯絡，李先覺我聯絡，請問剩下九十九萬九千美元做什麼用途？」

「狙擊手發動攻擊前應該巡視戰場，找到有利位置和次有利位置，萬一執行任務時有利位置不行，馬上換到次有利位置。次有利位置就是KC。」

「他負責什麼工作？」

「李先覺掩護我進出營區，KC熟悉環境，他掩護李先覺，聯合大公國的炸彈掩護前面提到的我、李先覺、KC，妳居於後方運用妳的勢力掩護聯合大公國。」

「我的勢力？」

「ＣＩＡ嘍。」

「ＫＣ很重要？」

「太重要了，居中掌控戰場，並且我需要他提供武器、炸藥、運輸工具。」

「什麼運輸工具？」

「救出沙漠中隊成員，需要車輛運送他們和我們回亞丁向妳報到。」

「我安排好了。」

「不早說，已經叫他準備。戰場，後勤支援愈豐富，成功機率愈高，別小氣。戰鬥有其儀式和態度。現在，打開妳手機，告訴我沙漠中隊和李先覺的位置。」

他們看小小手機螢幕。

「攻擊發起時間？」

「明天早上決定。對了，電話借我，確認一件事。」

「還有左口袋，小艾，我說過，把你所有的茶葉全交出來。」

「和沙皇聯絡上了。」

ＫＣ與小艾分享同一碗沙塔，小艾吃得出味道和前一晚不同，食材不同有關。這道菜有意思，有什麼食材便煮什麼。想起台灣的滷肉飯，早期一般人吃不起大塊豬肉，廚師滷了肉，湯底扔了可惜，何況裡面摻了不少碎肉，澆白飯上美味無比。慢慢滷肉飯成了國民美食。葉門人不挑剔沙塔，台灣人不在意碎肉的大小，好吃最重要。

「嗯，今天的更好吃，碎羊肉嫩，不塞牙。」

「他說可以信賴你。」

「謝謝沙皇誇獎。」小艾撕了半張餅遞去，留下半張往碗裡抹。「之前我打給他，問你這個人怎麼樣。」

「他怎麼說？」

「他說，小艾，在陌生戰地遇到，他憑什麼信任你，你又憑什麼信任他。」

「說得好。」

「不牢靠的傭兵情誼外，追加五十萬美元以鞏固信賴。」

「聽起來很讓人滿意。」

「你可以從此退休回家抱女兒。」

「山谷裡到底是什麼人？」

「這就是五十萬裡面的第一個十萬美元酬勞，用來封你嘴的費用，保密期十年。接著是第二筆的二十萬。左臂纏白布的就是我要救的人，你掩護他們脫離山谷。」

「他們？」

「一開始沒對你說清楚，共二十一人，價值二十萬美元，沿途誰妨礙我，你打掉誰。」

「明白。」

「本來我想說還有個你不可出賣我的保證，如果我今晚沒回沙皇電話，他千山萬里追你女兒到無容身之地。」

「沙皇會幹這種事。」

「我又想想，不必對你放狠話，因為你根本沒女兒，講什麼贍養費無非替拿錢找個能感動人的說法。」

「也沒有兒子。」

「不能威脅你，所有行動純憑你的信用。」

「好像你沒其他選擇。剩下的二十萬呢？」

「需要大型車輛運送人員撤退。」

「多大的車？」

「軍用卡車。」

「連你裝二十二人？軍用卡車可以，不好找，為了二十萬，總之到時你會看到軍用卡車，車頂用白漆塗PRESS，車前掛聯合國旗幟。」

「不用PRESS，低調點，掛STC旗子，免得回不了亞丁。」

「好吧。小艾，跟你工作有趣味，難怪沙皇喜歡你。」

「沙皇說，不管世界多大，傭兵總會在尷尬的時刻、意外的戰場碰面，彼此留點餘地比較明智。」

「好，我掩護你進山谷，司機載送你們回亞丁。事情過了，我們相約去匈牙利看沙皇吃你吹牛的炒飯。」

「沙皇果然和你聯絡上。」

「你果然問過沙皇我的事。」

「兩名陌生的傭兵相遇，心裡想，他會出賣我還是我先出賣他。」

「門口那個巨人是你保鑣？」

「司機，伊拉克人，我女伴怕我再被人打黑棍。」

「戰場上巨人沒有用處。」

「錯了，他是神燈裡的精靈。」

阿荷美德護送小艾回旅館，巨大黑影罩住他背心，多少產生些安全感。

「弄到了？」

阿荷美德遞去一張紙，上面是圖形與阿拉伯字母。

「上面寫的是？」

「十一。」

「好，十一點發動攻擊。」

路上沒見到多少行人，可是海風吹得骨頭快打噴嚏。

「三個老婆怎麼辦？」

「三間房子。」

「阿拉伯的房地產生意一定興隆，每個人為蓋房子忙碌。」

「Three wife, three house. 阿荷美德 safe.」

「其實你可以換個角度想，沒有老婆不就不用想房子的事。算了，阿荷美德安全，小艾同意。」

老伍準六點下樓吃飯，沒聞到牛排香味，倒是有麵味，蛋頭朝他招手，並且比個噓的手勢。

他坐下吃麵，門外兩個壯漢仍在，大概吃飽了，精神奕奕。悄悄把手機從桌面塞還給蛋頭，有時他不確定蛋頭是朋友或是敵人，看在手機分上暫時不追究。

他不太擔心小艾，倒是吃著麵擔心起娃娃和兒子，這裡的事忙完也快過年，回到山上該替孩子們準備什麼年菜？

還有老婆，忘記打電話回家，吃完飯可以打了。

「有事和蛋頭在一起，三天吧，過年的菜都買了？要不要我訂佛跳牆，不然弄個砂鍋魚頭。」

老婆習慣他出差，習慣不追問工作上的事。

掛了電話，他問蛋頭：

「年怎麼過？」

「老夫老妻決定出門過年，訂了花蓮一晚上八千元揪高尚旅館，到海邊走走，看看風景，提前適應退休後的生活。」

「什麼旅館一晚上八千元？你捨得花？」

「老伍，人總有想開的一刻。」

旅館的夜晚與前晚一模一樣，一排葉門人靠牆蹲坐，看似悠閒，嘴裡忙著嚼茶葉，小艾想到籃球員的口香糖、棒球員的瓜子，嘴部的運動激化大腦，促進新陳代謝，嚼茶葉使人快樂。

拿衛星電話撥西班牙號碼，響了五十多秒才接通。

「找哪位？」
「我茱爸朋友。」
停了半分鐘，呼吸聲證明對方抓著話筒思考之中。
「這次要什麼車？」
「要船。」
沒有回音，可能對方放下話筒出去抽菸並對馬路狂罵三字經。
「多大的船？」
他至少抽了兩根菸。
「比遊艇大，能載二十至三十人，最好商船、貨櫃輪，卡在蘇伊士運河超大的貨櫃輪也可以。」
「地點。」
「荷台達，葉門。」
這次等得更久，久到小艾以為聽見流星劃過天空的聲音。
「我找找。」
「感謝。」
又沉默，不是去抽菸，對方守在電話機旁咬指甲，起碼咬完右手五根指頭。
「跟茱爸講講，我和他女兒離婚很久了。」

就是今天

天未亮，小艾與ＫＣ已就位，他們趁著夜幕繞過蓋達基地往西北方，躲過埋伏於樹叢內的蓋達監視哨，小艾明白為什麼蓋達不進攻，人手少，至多一百人，大概等援兵。與其攻打一群手上有武器的外國人，不如賣情報給其他單位。

山路曲折，樹木不多，ＫＣ的夜視鏡發揮功能，避過三個蓋達崗哨，小艾滑進一塊岩石後面，仰起臉看上方約五十公尺高的懸崖。

山崖突起於山谷上，圍了鐵絲網，一挺機槍對南方，綠色防空網裡藏著其他幾把時不時突出掩蔽物的槍口。容易辨識ＡＫ步槍，它有個高而突出的準星。

掏出後口袋的彈弓，將信件包住小石頭，橡皮筋綁了幾圈，瞄準機槍哨射去。沒射準，還好準備了三份，第二份射到機槍槍管，發出清脆響音，當哨兵抬起頭看，第三顆石頭打中他防彈背心。

信件是小艾寫的：

我六八的朋友，前陸軍上尉小艾，準么么洞洞發動攻擊搶救各位，請先拆卸騰

雲機上的晶片，並安裝炸彈，我一進你們營區，炸掉無人機和設備隨我撤退，

時間十分鐘。

信件由小畢口授，小艾改寫，寫完再交小畢檢查。

信件由小艾謄寫五份，第四份交小畢轉給李先覺，第五份則交到她的上級。小艾料想CIA的上級也在亞丁，不願意現身罷了。

當小艾發起攻擊，李先覺和他的人壓制監視沙漠中隊基地的蓋達崗哨，掩護小艾率中隊人員從山谷退出，登上KC備妥的卡車，往南急駛。

「這樣我不用和李先覺照面，否則可能控制不住揍他的衝動。」

「誰又給你茶葉？交出來。」當著KC的面，小畢很不顧小艾的男性尊嚴。

按照計畫，救出中隊人員，全員搭上KC的卡車抵達亞丁，換四輛休旅車往阿曼，沿途由阿拉伯聯合大公國派出的無人機確保空優，不停下休息，直到離開葉門國境。小艾隨行。

「懷念阿曼的加州旅館和新加坡司令。」

李先覺與特戰隊員撤回亞丁，由美方安排民間專機送至土耳其轉回台灣。小畢留在亞丁收拾善後。

「妳可以看到沙林為女兒蓋的新房子。」

攻擊時間必須從么么洞洞至么么兩五完成，也就是只有二十五分鐘，這是北方胡希政府軍武裝車輛開至沙漠中隊基地的車程，超過么么兩五，得由ＣＩＡ請求聯合大公國出動無人機阻撓胡希派軍隊的行動速度。因處於停戰時期，聯合大公國尚未同意。

「不好，只有二十五分鐘。」小艾傻笑，露出綠色牙齒。

但這是最後一天，明天蓋達就把沙漠中隊送給胡希的沙那政府，送給沙那政府背後的伊朗了。

收起彈弓，他退回去，與ＫＣ守稜線，等待攻擊發起時間。

「你傳信方法原始，」ＫＣ摸他的俄製狙擊槍，「沒想到這場仗變得石器時代。」

「等待，十一點以後保證不石器時代。」小艾指指他手錶，小畢送的，伍長官得用放大鏡才看得清時針、分針的女錶。

「戴我的錶，小艾，別逞英雄。」她將錶戴上小艾手腕時說的。

「不逞英雄。」

「記得怎麼把晶片交給我嗎？」

「記得，我把晶片裝進袋子，與將軍骨灰放一起，袋不離身，登上ＫＣ備妥的卡車，妳坐副駕駛座，接過晶片回美國升官發財，我捧將軍回台北接受表揚，奉入忠烈祠。」

「為什麼不把將軍骨灰放我這裡，背它和蓋達開戰方便嗎？」

「承諾，將軍有靈，親眼看我完成他交付的使命。」

「有點新的狀況，上級要求行動保密，你捧將軍骨灰回去，台灣方面不表揚，不送入忠烈祠，二十年後解密。」

「非人性行業。」

「不准再嚼茶葉。」

「是。」

「一路順風，抱抱。」

「要嚐嚐綠色牙齒和舌頭嗎？」

小艾一個勁傻笑，他還有幾分鐘放鬆的時間，小畢的女錶沒有秒針，時間進行得較慢。

亞丁政府的氣象單位從沙烏地得到來自美國衛星的情報，北方沙塵暴南下，抵達葉門的時間大約是上午十一點。

沙塵暴提早來到，十點五十五分，遮天蓋地的沙塵翻過一座座山丘往南逼近，小艾

與ＫＣ戴上空氣濾清面罩，戴上夜視鏡。

十點五十七分，蓋達基地傳出震天巨響。小畢的錶慢了，否則扔炸彈的單位太性急。小艾聞到大火燒鍋子的鑊氣，手肘頂頂ＫＣ，

「現在，輪你了。」

ＫＣ對手機講了一句話，眨眼間，蓋達基地爆出第二波與第三波大爆炸，煙霧和剛抵達的沙塵混在一起，比第一波的炸彈壯觀多了。

「蓋達被打醒，台灣來的另批人和他們幹上，已經通知迪亞哥包夾，八個人對吧，繳械送亞丁。」

小艾提槍前進，這種天氣，視線有效距離不到十公尺，他的ＡＫ突擊步槍發揮功力，見到人影便打，如果ＫＣ守信用，應該跟在小艾背後約十公尺處，保護小艾的背心，直到小艾進入中隊基地。

五十萬美元換來的口頭合約，ＫＣ要守到小艾領中隊的人登上山谷口的卡車才功德圓滿，小艾覺得他不會，估計ＫＣ甩下他，趕著去賺迪亞哥的錢，送八名台灣特戰隊員至亞丁，絕對能高價賣給小畢。

蓋達基地方向傳來的槍聲密集，迪亞哥的人馬出動了，想必李先覺嚇一大跳，他的人馬得同時面對蓋達與迪亞哥，大概得忙超過二十五分鐘。

小艾搶進山谷，接近沙漠中隊營區時用國語大喊：

「我是李上校派來的小艾。」

黃沙裡人影出現，幾把槍伸過來，小艾扯下面罩，

「人都到齊了？」

沙霧中傳出聲音，

「報數。」

是沙漠中隊沒錯，二十人。

「拆下的晶片在哪裡？」

「報告，我是代理指揮官空軍中校梁志斌，全在這裡。」

小艾打開袋子，撫摸將軍骨灰的彈匣，將晶片撒進彈匣，至此將軍與晶片混在一起。

想起一首老歌，你泥中有我，我泥中有你。終於明白，這首歌的意思說不定是一對情人死後埋在同一坑洞，混成永不分離的靈魂——或泥漿。

「報告將軍，任務達成。」他對彈匣敬禮。

基地內食物充分，梁志斌沒餓著，中氣十足喊：

「炸彈安裝妥當，設定時間，十分鐘。」

第二十一人從機槍哨趕來，

「你後面沒有人。」

果然ＫＣ沒跟進來，按計畫他應折返山谷登上卡車準備接走小艾和沙漠中隊，小畢

坐副駕駛位子押車，不過偶爾不按計畫行動無傷大雅。

「輕裝，不必攜帶重型武器，往北撤退，我們只有十五分鐘。」

北邊沒有山谷，步行兩公里是條廢棄公路，路況不明，賭它仍能通行車輛。

「能跑嗎？跟著我跑，梁中校斷後。」

後面看著前面人影，他們以當初入伍受訓時的整齊步伐跑在昏黃的沙塵中，右手方向看見模糊的陽光，今天天亮得比尋常晚。

沙漠中隊營區傳出爆炸聲，沒人回頭看，cool guys don't look at explosions，台灣怎麼翻譯？酷哥不鳥爆炸？

他們整齊地跑，正前方有如高雄步兵學校演習場地尾端的拐么四高地，要衝上高地的機槍堡插上部隊旗幟才能回營區洗澡吃晚飯。小艾領頭，背後斜掛步槍，兩手捧行李袋，他喊，兄弟們，跑完吃午餐。

他們喘著大氣跑，汗水逐漸溼透背心，遠處槍聲沒停過，沙塵轉淡，半小時後無人機將看到他們。衛星電話響，小艾對著話筒說：

「拿到晶片，炸了騰雲機和所有設備，放心。他們太久沒吃東西，體力不好，沙塵暴影響視線，十分鐘後到。」

斷話後，小艾撥出一組號碼，對台北他的老骨董答錄機說話：

「順利，小畢是抓耙子，完畢。」

他擲出電話，以當年訓練時手榴彈擲遠競賽的力量。

看到車輛，不是卡車，一輛上個世紀的巴士，阿荷美德站車門口，

「No truck, have bus, gas OK.」

所有人上車，小艾以導遊口氣指揮，

「穿上葉門長袍和頭巾，坐正，學穆斯林祈禱，兩手放大腿，低頭。梁中校坐最後面左側窗旁，ＡＫ藏椅子下，檢查彈藥，沒我暗示不准動槍。我的暗語是，聽清楚，**開飯**。我說開飯，你們開火。」

阿荷美德關上車門，車子駛進到處碎石子的道路。

「椅子底下有水有餅有尿尿用空罐子，沿途不停車，我們往西北進入胡希政府控制的地區，遇到檢查由司機應付。路況不好，大約兩天一夜，萬一車子故障，我們用走的，現在盡量休息，養足氣力。對了，忘記自我介紹，你們可以叫我小艾。名義上我們是從馬來西亞來的朝聖團，往沙那參觀大清真寺。」

一人舉手，

「我是維修士官長，報告小艾，這輛巴士韓國車，說不定我能修。」

「太好了。」

另一人舉手，

「我是補給士官長，帶出來中隊的經費，還剩下三萬七千六百美元。」

「留著以備不時之需。」

小艾從袋子拿出另一個袋子，扔到阿荷美德腳邊，

「講好的二十萬，到目的地再拿另一半。」

阿荷美德沒回答，不踩油門的一隻腳勾住袋子往椅子下塞。

小艾摸口袋，連茶葉渣也找不到。

沒等三天，門外兩名壯漢不見了，蛋頭在沙發打鼾快把房子震倒，老伍覺得他不必太客氣，探頭出去，夜仍陰黑，他拉了拉筋，小步往山下跑。

老伍一直跑到山下也找不到公用電話，很多年沒人用了。他站在公路旁，半夜不會有公車，倒是等到查酒測的警用摩托車。小警員不認識退休資深刑警，老伍裝身體不好，其實跑那麼久他的膝蓋的確狀況很差。

「阿伯，要去哪裡？」

「捷運站，等第一班車。」

小警員本著服務民眾的愛心載老伍往捷運站，老伍在警員頸後說：

「等捷運太久，送我回家好了。」

「你住哪裡？」

「大直。」

老伍當然沒被送回大直，送進北投街上的派出所，他向執班的巡官說出一串老同事名字，快退休的巡官點點頭，攀上關係了。

老伍得到一張椅子可以坐著休息，得到一杯巡官從隔壁便利店買來的咖啡，並且他獲准使用桌上的電話，打多少通也沒關係。

第一通，兒子的聲音，

「有，小艾留了話在他答錄機，小畢是抓耙子。」很好，小艾已經知道了。

第二通，老婆的聲音：

「是你啊，深更半夜想我了？」

清早來接他的是妻子，一路塞車，開了兩個小時，火氣很大，幸好幾分鐘後接到兒子電話，她毫不遮掩興奮的心情對老伍說：

「猜，誰找我。」

「猜不到。」老伍忐忑地回答。

「伍元。他請我去花蓮幫小學生做蘿蔔糕。不枉懷胎十月，我還差點剖肚子。走，陪我菜場買蘿蔔、臘味。」

「遵命。」

老伍很想說妳不看看我狼狽的樣子，載我回家洗個澡再去花蓮不遲。沒這麼說，至少老婆單相思的兒子不是外人。

蛋頭打老伍老婆的手機，

「就算我對不起你，走的時候也該說一聲，不然留張紙條，害我擔心你是不是被拖進山裡餵狗了。」

老伍懶得理會，

「蛋頭，飛花蓮的機位，中午以前的，搶也給我搶兩張，你大嫂去看兒子。記住，你出賣我，欠我一次。」

手機沉默許久，

「中午以前的。」

開往機場途中用老婆手機撥給伍元，他恢復冷靜，

「我們往機場去，中午的飛機到花蓮，你忙完小朋友營養就來接。」

兒子上道，講了一長串轉述自答錄機的話，老伍始終沒答腔。

小艾救出沙漠中隊成員，二十一人，正往沙那方向前進。國際新聞報導了停戰期間葉門發生大爆炸案，沙那政府和ＳＴＣ政府相互指控對方違反停戰協議，伊朗和沙國為

首的聯軍在歐盟協調下近日內進行新一輪談判。

途中陪老婆進菜場，她買他提，夫妻分工合作，家和萬事興，一切為兒子。老伍悶，一路上老婆沒問他一晚上去哪裡，沒問他臉上的傷誰幹的，難得沒罵他身上一股臭酸味。

倒是有位自稱總統府祕書長的人找老伍，兒子的說法顯示他不爽，茱麗找你，說她爸爸找你，她爸爸說總統府祕書長找你，總統府祕書長打給我，叫我找到你馬上回他電話。另外茱麗爸爸請我們過年去他家吃砂鍋魚頭。

於是老伍提好幾個裝了蘿蔔與糯米、牛肉與蔬菜的塑膠袋站在市場中央走道，天空依然飄小雨，當老婆和肉販討論臘腸價錢合不合理時，他撥總統府祕書長辦公室恭敬地報告小艾最新動態。不忘替小艾爭取：

「報告祕書長，他走紅海，有艘長榮貨櫃輪穿過蘇伊士運河一天後接近葉門，小艾想辦法弄到小船接駁上貨櫃輪，雖然已經和貨櫃輪打好商量，如果祕書長肯給長榮一通電話，更加保險。船抵達印度他們換飛機，兩三天後沙漠中隊就到台北。」

祕書長回他一句：等我消息。

老婆買了臘腸問他：

「跟誰講電話，鬼鬼祟祟。」

小年夜

「在葉門學會一道菜，沙塔，怕山上老人家和小朋友吃不慣，改成台式口味，其實是滷肉飯。」

小艾試一口滷汁，舀了一匙給老伍，

「請長官試試。」

「滷肉飯，哼哼，還以為你有新把戲，這個誰不會。」

他們得為學生準備至少五天的飯菜，山上孩子每遇假期沒有學校的營養午餐，靠泡麵和罐頭配白飯過日子，小艾不想他們大過年吃不到好吃的。

「好吃。」伍元挺他。

「伍元和娃娃弄滷味，豆乾、海帶、牛肚、牛腱、雞蛋。」

小艾做示範，從鍋裡舀出一勺滷肉往白飯上澆，

「他們只要微波。善心人士捐贈一戶一臺微波爐。」

老伍不以為然，但不敢多發表意見。老婆來了之後不肯走，此刻在隔壁桌忙著做蘿蔔糕，臘味的，給小朋友當早餐。他努力想，這輩子大概沒吃過老婆做的臘味蘿蔔糕。

她對別人比家人好。

「說說，你帶沙漠中隊二十一個二愣子怎麼穿過沙那政府地盤，他們不檢查證件？」

「攔下三次，順利過關。」

小艾認為付錢給阿荷美德物超所值，在沙烏地打工時認識不少葉門人，阿荷美德和他們仍有聯絡，點子是他們想出來的。接近沙那前，巴士在某個小鎮停下，三十多人上車，頓時巴士擠成沙丁魚罐頭，開不了多遠，胡希政府的士兵攔車檢查，面對整車老人、女人，領頭軍官不想把一長串人弄下車排隊，又快到禮拜時間，揮揮手讓車子過去。開了幾公里，放下臨時的乘客，原來他們都來自同一家族，齊心協力幫忙。

「電影的臨時演員？」

「答對了。」

離開沙那城郊往西，每逢檢查哨前就上來一大家子親戚朋友，和哨所士兵熟識，況且胡希政府防守重心在南邊對付ＳＴＣ政府，不在西邊，那裡只有山和山後的海。阿荷美德弄到幾條菸，往士兵懷裡送。

「想得出這招不容易，你對阿荷美德好吧。」
「到了紅海邊的港口，我們上小船前他抱了我好久。」
「溫暖？」
「被神燈裡精靈抱過，據說長命百歲。」
「不是吧，他抱你兜裡的美金。」
交尾款二十萬美元，阿荷美德有了新主意，三位老婆住一起和三位老婆住三棟房子，對他而言意義一樣，該吵該鬧絕不會少，計畫是買輛全新大巴士，裝冷氣和電視，做朝聖的生意。

「朝聖？」老伍幫老婆削蘿蔔皮。
「是啊，灣岸國家穆斯林去沙烏地阿拉伯的麥加、麥地那，去葉門的沙那、馬里卜。」
「不怕戰爭？」
「萬一老婆們發動戰爭，他可以住車上。我說，讚。」
老婆蒸出第一批蘿蔔糕，老伍切了兩片，兩個男人試味道。小艾對伍媽媽比個拇指，

「伍媽媽，妳可以上網賣蘿蔔糕，叫伍警官當你手下洗菜洗蒸籠。」
「小艾說好就是好。」
伍媽媽高興，去幫兒子做饅頭。
「在家我三餐飯後無不鼓掌叫好，她理也不理，你馬屁精，看她眉飛色舞成那樣。」
「不一樣，報告伍警官，我是廚師，你不是。」
「馬屁分專業不專業？」
蘿蔔糕好吃，小艾弄了碟蒜片醬油沾著吃，本來要加辣椒醬，被老伍制止，他說小朋友不適合吃辣。伍媽媽說，看我們家爸爸，懂得關心別人了。
「今天早上網路的新聞，李先覺他們被抓。媽的，你剛救出沙漠中隊，想不想再去救李先覺，乾脆你長住在葉門。」
「台灣這次不知找誰去談判，消息怎麼抖出來。」
「誰抖的？」
小艾抬起頭喊：
「差點忘記，伍元，烙餅的時候叫我。」
伍元嗯了一聲。
「伍元發到網路上？該死，給我惹麻煩。」
「不麻煩，阿曼政府以非法入境逮捕。就這樣，總統府下令查誰派李先覺率人不辦簽證就去阿曼旅遊，國防部副部長辭職了，行政院副院長見總統臉色不好，也辭職。」

老伍抓切紅蘿蔔的菜刀看不遠處的兒子，

「行政院長老奸巨猾，這次總統扳回一局，媽的，原來副院長是院長的人，本來大家以為他和總統一國。喂，人家搞鬥爭搶名位，伍元你湊什麼熱鬧。」

伍元沒聽見，伍媽媽笑聲太大，她抓伍元的手教他正確姿勢捏麵團，母子同樂。

「一件事你沒做好，小畢的晶片呢？做人不能不講信用。」

老伍口袋裡響起音樂，陰陽怪氣的聲音洩出手機，

「伍先生，記得我吧，那天你在陽明山不告而別，怪我們招待不周是麼。」

「要怪請怪台北市警局副局長。」

「不找你，找小艾。」

「找他？」

「我離你們學校一千公尺，養雞場前面。」

小艾接過手機，只聽不說，十多秒後手機還給老伍。

「什麼事？」

「你朋友嫌我不守信用，沒把晶片給小畢，叫我交出晶片。」

「我說嘛，不守信用，不像你為人。」

小艾停下攪拌滷汁的勺子，認真看老伍，

「伍長官，謝謝你。」
「謝什麼，還人家啊。」
「我忙滷肉，請幫我把東西交給你朋友。」
「他不是我朋友——這張紙交給他就行了？」
「是。」

老伍騎機車下山，看到一輛汽車停路旁，他停下車走到駕駛車窗前送去小艾給他的紙條。
「這是什麼？」皮手套接過紙條。
「小艾說他晶片寄去了，這是郵局的收件單。」
沉默了很久，皮手套老花眼了。
「他從台北郵局寄去？靠，伍先生，海外一般包裹，要寄也寄快捷郵件——」
「小艾這個人，就是小氣，捨不得快捷的郵費。」
「海運寄去，如今海上運輸大塞車，哪年哪月寄得到，而且地址是——」
「寄去美國維吉尼亞州蘭利的ＣＩＡ，劉音音小姐收。」
車內響起快斷氣的爆笑聲。老伍耐心等候。

「這位小艾先生是不是被劉音音小姐惹毛過，這個仇報得饒富深意。」

「深個屁意。」

「想到一句老話，君子報仇十年不晚。」

「喂，小艾叫我帶句話給你，做人哪，見好就收，不要死纏。」

老伍伸起右手往天空揮舞。

「小艾說，神祕先生，請戴上太陽眼鏡看你右邊後照鏡，目不轉睛地看。」

鏘一聲，右後照鏡碎了。老伍往旁邊退了一步，

「這一槍向你揍我的幾拳討回公道。小艾還說，請看你手肘旁的後照鏡，目不轉睛地看。」

鏘一聲，另一面後照鏡毀了，碎片四處飛揚，皮手套縮回車內。

「這一槍抗議原來答應我牛排，用泡麵打發，討回公道。小艾還說，等等，我想想他的話……他說，人人有槍，射得準的最大。」

「這人有點意思。」

「沒，他無聊得要命，唯二長處是廚師和射擊，因為你得罪我，所以你吃不到他拿手的炒飯，因為你得罪我，他還有第三顆子彈在槍膛。」

「我走。」

當皮手套開著少了左右後照鏡汽車迴轉要下山時，老伍攔住他，

「我有一句話，請轉告雇你的人轉告雇他的人，別為難小畢，人家拚了命當湘西趕屍的助手，沒功勞也有苦勞。」

那天傍晚老伍一家開車回台北過年，小艾和娃娃回教會，行前老伍和小艾鬧得不太愉快。車上伍元問他爸吵什麼，老伍沒好氣地回答：

「告訴他燭光晚餐用的蠟燭得進城去買，不能到土地公廟借兩根拜拜用的，這小子不聽。」

「他要蠟燭做什麼？」

「請娃娃吃晚飯。小艾這個人就是小氣。」

他們順著山路轉了一圈又一圈，看到海時就轉出山了。

作者後記

在美國授意下，台灣於一九七九年，由空軍派出現役飛行員與地勤人員以沙烏地阿拉伯空軍軍人身分介入南北葉門戰爭。他們駕駛沙國與北葉門的美造F-5E戰機執行偵察任務，前後十二年間，參與人員達七百多人，台灣軍方命名為「大漠計畫」，被列為最高機密。

一九八〇年代兩伊戰爭爆發，當時北葉門政府在沙烏地阿拉伯默許下，曾要求這批台灣空軍人員增援伊拉克部隊，台灣陷入兩難局面，後來因美國不同意而未接受這項邀請。

一九九〇年五月南北葉門統一，同年七月中華民國政府與沙烏地阿拉伯斷交，大漠計畫人員一度遭葉門扣押，經過多方協調，最後一批人員於九月返台。

歷年參與人員，返台後即恢復軍職。

若干成員表示，由於大漠計畫人員被限制於營區周邊活動，因而行動未外洩，直到二十一世紀初才陸續公開。

成員於日後出了兩名空軍司令、一位聯勤副總司令，一位民航局長。

大漠計畫為一九五〇年代泰緬孤軍之後，台灣最著名的跨國軍事行動，後者是於一九四九年國民黨政府被中共擊退至台灣同時，兩個師數萬名國軍轉而進入泰緬與中國交界的山區，同時與中共和緬甸軍隊作戰，使這個地區成為著名的三不管「金三角」，經聯合國協調，孤軍才於一九七〇年代陸續撤回台灣，迄今新北市中和區仍有一條緬甸街，便是他們返台後居住的地方。

本書出版前，二〇二四年一月十二日，美、英、加、澳、荷與巴林對胡希派發動空襲，要求胡希派立即停止攻擊行經紅海的商船。

Novel N
004

消失的沙漠中隊

作　　者｜張國立
封面設計｜木木 LIN
內文設計｜葉若蒂
特約主編｜許鈺祥
校　　對｜呂佳真
責任編輯｜黃文慧

出　　版｜晴好出版事業有限公司
總 編 輯｜黃文慧
副總編輯｜鍾宜君
編　　輯｜胡雯琳
行銷企畫｜吳孟蓉
地　　址｜104027 台北市中山區中山北路三段 36 巷 10 號 4 樓
網　　址｜https://www.facebook.com/QinghaoBook
電子信箱｜Qinghaobook@gmail.com
電　　話｜（02）2516-6892　傳真（02）2516-6891

發　　行｜遠足文化事業股份有限公司（讀書共和國出版集團）
地　　址｜231023 新北市新店區民權路 108-2 號 9 樓
電　　話｜（02）2218-1417　傳真（02）2218-1142
電子信箱｜service@bookrep.com.tw
郵政帳號｜19504465（戶名：遠足文化事業股份有限公司）
客服電話｜0800-221-029　團體訂購 02-22181717 分機 1124
網　　址｜www.bookrep.com.tw
法律顧問｜華洋法律事務所 蘇文生律師
印　　製｜呈靖印刷

初版一刷｜2024 年 9 月
定　　價｜420 元
I S B N｜978-626-7528-25-9
E I S B N｜（PDF）978-626-7528-21-1
E I S B N｜（EPUB）978-626-7528-22-8

國家圖書館出版品預行編目 (CIP) 資料

消失的沙漠中隊 = The squadron / 張國立著 . -- 初版 . -- 臺北市 : 晴好出版事業有限公司出版 ; 新北市 : 遠足文化事業股份有限公司發行 , 2024.09　432 面 ; 14.8X21 公分
ISBN 978-626-7528-25-9（平裝）
863.57　113012499